Eischnee von gestern

EIN OXFORD-TEAROOM-KRIMI
BAND 7

VON

H.Y. HANNA

AUS DEM ENGLISCHEN VON

RITA KLOOSTERZIEL

Inhaltsverzeichnis

Kapitel 1

Man sagt, Rache sei ein Gericht, das am besten kalt serviert wird – dieses Motto sollte man beherzigen, wenn man vorhat, einen Koch zu ermorden.

Während ich mich in einer Umkleidekabine in einer der angesagtesten Boutiquen von Oxford in ein seidenes Abendkleid zwängte, war ich in Gedanken jedoch nicht bei Mord und Rache, sondern bei dem Reißverschluss, der sich einfach nicht zuziehen lassen wollte. Ich hielt die Luft an und zerrte – vergeblich. Hatte ich in letzter Zeit wirklich so stark zugenommen? Ich hatte immer eine schlanke, fast knabenhafte Figur gehabt, doch jetzt ging ich auf die dreißig zu und bekam endlich ein paar Rundungen. Die hatte ich mir immer gewünscht, das Problem war allerdings, dass sie an den falschen Stellen erschienen. Um die Taille zeigte sich ein eindeutiger Ansatz eines Rettungsrings und meine Hüften waren besser gepolstert, als mir lieb war.

Ich dachte schuldbewusst an das süße, buttrige Chelsea Bun, das ich gestern Abend gegessen hatte - mit einer Füllung aus Zimt, Rosinen und Zuckersirup und einem Überzug aus klebrigem Zuckerguss - und an den köstlichen, vor Karamellsoße nur so triefenden Sticky Toffee Pudding, ganz zu schweigen von dem Stück Victoria Sponge Cake, das mit einer dicken Schicht hausgemachter Erdbeermarmelade und frischer Schlagsahne bestrichen war! Bei diesen Köstlichkeiten handelte es sich um „Reste" aus meinem Laden, dem Little Stables Tearoom, und wie immer waren sie zu verlockend, als dass ich ihnen hätte widerstehen können. Allmählich begriff ich, dass dies eines der Berufsrisiken war, wenn man einen traditionellen englischen Tearoom betreibt und stolz darauf ist, nur das Beste aus der klassischen britischen Küche zu servieren.

„Gemma? Was machst du denn da drinnen? Bist du eingeschlafen?", ertönte die Stimme meiner besten Freundin Cassie.

Sie schob den Vorhang der Umkleidekabine zur Seite und trat ein. In ihrem schlichten weißen T-Shirt und einer eng anliegenden Jeans sah sie umwerfend aus, ohne es bewusst anzustreben. *Cassies Rundungen sind an genau den richtigen Stellen,* dachte ich neidisch. Eine echte Westentaschenvenus - und was ihr an Größe fehlte, machte sie durch ihre üppige Schönheit mehr als wett. Ich hatte mir immer gewünscht, meiner besten

Freundin ähnlicher zu sein, nicht nur, was das Aussehen betraf, sondern ganz allgemein. Als eines von fünf Kindern einer warmherzigen, lebhaften Familie von Künstlern war Cassie ein Freigeist mit einem feurigem Temperament und einer geerdeten, entspannten Einstellung zum Leben - das komplette Gegenteil von mir und meinem ängstlichen Bestreben, von meinen Altersgenossen anerkannt zu werden und alle Regeln einzuhalten, die man mir im Rahmen meiner „korrekten" Erziehung eingeschärft hatte und die mich als typisches Produkt eines verklemmten britischen Haushalts der oberen Mittelschicht kennzeichneten.

Doch obwohl wir so unterschiedlich waren, hielt unsere enge Freundschaft schon seit der Grundschule, wo wir uns kennengelernt hatten. Sie hatte unsere Studienzeit überdauert – zum Glück konnten wir beide in Oxford studieren, wenngleich an verschiedenen Colleges - und der Kontakt war auch in den acht Jahren nicht abgebrochen, in denen ich im Ausland gelebt hatte. Als ich mich entschlossen hatte, meinen hochkarätigen Job im Management einer australischen Firma aufzugeben, nach Oxford zurückzukehren und einen Tearoom zu eröffnen, war Cassie sofort bereit, mich zu unterstützen, und hatte ihre diversen Teilzeitjobs aufgegeben, um im Little Stables zu arbeiten.

Jetzt musterte mich Cassie von oben bis unten und verkündete mit der unverblümten Aufrichtigkeit einer besten Freundin: „Du siehst aus wie eine

Presswurst!"

Ich zuckte zusammen. „Ich könnte den Bauch einziehen", sagte ich und machte es gleich vor.

„Den ganzen Abend? Außerdem siehst du dann nur aus wie eine etwas dünnere Presswurst."

Ich seufzte. „Okay. Dann muss ich wohl eine Nummer größer nehmen."

„Es ist nicht nur die Größe, Gemma - dieses Kleid steht dir überhaupt nicht. Darin siehst du blass und krank aus."

Ich blickte in den großen Spiegel in der Umkleidekabine, drehte mich ein wenig hin und her und musste zugeben, dass Cassie recht hatte. Das schimmernde marineblaue Kleid, das auf dem Kleiderbügel so elegant ausgesehen hatte, zog unansehnliche Falten und die Farbe verlieh meinem Gesicht einen kränklichen Ton.

„Auf dem Bügel sah es so wunderschön aus." Ich strich wehmütig über den seidigen Stoff.

„Deine Frisur passt auch nicht zu diesem minimalistischen Stil. Als Ausgleich für den schlichten Schnitt brauchst du etwas Feminineres, so wie meine Frisur." Cassie schüttelte ihre dunkle, gewellte Mähne.

Ich sah noch einmal in den Spiegel. Kurz vor meiner Rückkehr nach England im letzten Jahr hatte ich mich zu einem Pixie-Cut entschieden und mich zum Ärger meiner Mutter bisher standhaft geweigert, mein dunkles Haar wieder lang wachsen zu lassen. Ich mochte den kurzen, praktischen Stil, nicht zuletzt, weil ich mir einbildete, dass ich damit ein bisschen wie Audrey Hepburn aussah –, aber jetzt fragte ich mich, ob eine so jungenhafte Frisur zu den Kleidern in dieser Boutique passte.

Ich warf Cassie einen verzweifelten Blick zu. „Und jetzt? Wir waren schon in fünf Läden, aber ich habe nichts Passendes gefunden. Und der Ball ist schon übermorgen."

„Ich habe dir ja gesagt, du sollst es nicht bis zur letzten Minute aufschieben", erwiderte Cassie. „Du weißt doch, wie es in der Ballsaison ist. Die guten Sachen werden als Erstes weggeschnappt. Jetzt gibt es kaum noch eine Auswahl."

Ich machte ein reumütiges Gesicht. Im Juni war nicht nur die Ballsaison in Oxford, sondern auch die Zeit, in der die meisten Touristen in die Universitätsstadt und die umliegenden Cotswolds strömten, um während des herrlichen, aber kurzen englischen Sommers die örtlichen Attraktionen zu genießen. Dank seiner erstklassigen Lage in einem kleinen Dorf nicht weit von Oxford florierte das Geschäft in meinem Tearoom, wir hatten von früh bis spät zu tun. Eine Auszeit zu nehmen, um ein Ballkleid zu kaufen, war mir undenkbar erschienen. Meinen einzigen freien Tag in der Woche verbrachte ich normalerweise damit, Schlaf nachzuholen, die liegengebliebene Hausarbeit zu erledigen und E-Mails zu beantworten, aber jetzt war ich dankbar, dass mich Cassie heute in die Stadt geschleppt hatte – auch wenn es so aussah, als seien wir zu spät dran.

„Ich könnte doch einfach das schwarze Kleid anziehen, das ich normalerweise bei Cateringterminen und zu Cocktailpartys trage", schlug ich vor. Auf das Kleine Schwarze war immer Verlass.

Cassie schaute mich entgeistert an. „Gemma, das ist ein Ball in Oxford, mit lauter aufgetakelten und fabelhaft gekleideten Gästen! Die Männer erscheinen mit schwarzer Fliege! Da kannst du unmöglich ein gewöhnliches Arbeitskleid anziehen. Nicht zu einem Ball!"

Sie hatte recht. Oxford war einer der wenigen Orte, an denen man noch aus dem Vollen schöpfen und in Aschenputtel-Fantasien schwelgen konnte. Viele der Oxforder Colleges pflegten die Tradition des Sommerballs am Ende des akademischen Jahres. Zu diesem Anlass verwandelten sich ihre großen Innenhöfe, die eleganten Kreuzgänge und weitläufigen Gärten in ein märchenhaftes Wunderland, in dem die Studenten und ihre Gäste eine Nacht mit Musik und Tanz, Spielen und Geplauder genossen. Und sich in Schale zu werfen und ein romantisches, bodenlanges Ballkleid anzuziehen war wahrscheinlich das Beste daran – jedenfalls für die Frauen. Die meisten männlichen Gäste stöhnten vermutlich über die obligatorische Kleiderordnung, die einen schwarzen Smoking und eine schwarze Fliege vorsah. Ich war sicher, dass sich viele sogar später als ich auf die Suche nach der passenden Kleidung machten.

Seufzend blickte ich erneut in den Spiegel. Mein letzter Sommerball in Oxford lag mehr als acht Jahre zurück, damals war ich gerade mit dem Studium fertig geworden, und ich hatte mich darauf gefreut, noch einmal an einem so denkwürdigen Ereignis teilzunehmen. Es wäre eine Schande, in meinem alten schwarzen Kleid zu einem rauschenden Fest wie diesem zu gehen.

„Warte mal eben", sagte Cassie plötzlich. „Ich habe da ein Kleid gesehen …" Sie verschwand und kehrte kurz darauf mit einer Wolke aus rosafarbenem Tüll zurück.

„Das zieh ich nicht an!" Ich schnaubte angewidert, als sie mir das Kleid hinhielt. „Darin seh ich aus wie ein Baisertörtchen."

„Probier es einfach an, Gemma", bat Cassie. „Vertrau mir."

Mit einem tiefen Seufzer nahm ich das Kleid entgegen. Als ich mich ein paar Minuten später im Spiegel betrachtete, war ich jedoch angenehm überrascht. Das schlichte trägerlose Mieder betonte die schlanke Silhouette von Hals und Schultern und umschloss meinen Körper wie eine zweite Haut. Von der schmalen Taille aus bauschte sich der Rock, der trotz der vielen Lagen aus Tüllstoff graziös und elegant aussah – und gar nicht wie ein Baisertörtchen. Zum ersten Mal hatte ich tatsächlich das Gefühl, meinem Vorbild Audrey Hepburn einen guten Schritt näher zu kommen; dieses Kleid verkörperte den Glanz der 1950er-Jahre, wie in „Ein

Herz und eine Krone".

„Es ist wunderschön!", hauchte ich.

„Sag ich doch", grinste Cassie.

Ich erwiderte ihr Grinsen – ich hätte ihrem Blick für Formen und Farben trauen sollen. Dann spähte ich auf das Preisschild, das am Rock baumelte.

„Liebe Güte, hast du gesehen, was es kostet?"

„Ja, es ist nicht ganz billig, aber es ist in Italien hergestellt worden, aus Seidentüll, das ist beste Qualität. Und es ist von Hand bestickt." Sie wies auf die zarten Silberstickereien am Mieder.

Ich schüttelte den Kopf. „Cassie, ich kann nicht so viel Geld für ein Kleid ausgeben, das ich wahrscheinlich nur einen Abend tragen werde."

„Ach, komm schon, Gemma! In der Teestube lief es in letzter Zeit wirklich gut - du hast mir und Dora sogar eine Gehaltserhöhung gegeben. Ich bin sicher, du kannst es dir leisten."

„Ja, aber ich sollte das Geld nicht leichtsinnig verschleudern, sondern es lieber in den Tearoom investieren."

„In den Tearoom hast du schon genug investiert. Wann hast du das letzte Mal etwas für dich gekauft?", fragte Cassie herausfordernd. „Seit deiner Rückkehr aus Australien konzentrierst du dich voll und ganz auf dein Geschäft. Es ist höchste Zeit, dass du dir etwas gönnst. Ja, das Kleid ist ein bisschen teuer, aber es wird wohl kaum die Bank sprengen, wenn du es kaufst. Und du siehst absolut umwerfend darin aus."

Ich betrachtete mich im Spiegel und spürte, wie ich weich wurde. Cassie hatte wieder einmal recht - ich sah in dem Ballkleid wirklich wunderbar aus. Der zarte Rosaton ließ meinen Teint frisch und glatt erscheinen, und meine Augen wirkten größer und strahlender. Plötzlich dachte ich an meinen Freund, Devlin O'Connor, und stellte mir vor, wie seine blauen Augen aufleuchteten, wenn er mich in diesem Kleid sah ...

„Also gut, ich nehme es", sagte ich entschlossen und lächelte.

„Toll!" Cassie war begeistert. Dann schaute sie auf ihre Uhr. „Beeil dich und zieh dich um - wir müssen dir noch passende Schuhe kaufen, aber vorher habe ich eine Überraschung für dich gebucht."

„Für mich? Was für eine Überraschung?"

Cassie weigerte sich jedoch hartnäckig, mich einzuweihen, und kurz darauf verließen wir den Laden mit einer großen Tragetasche, in der mein neues, sorgfältig in Seidenpapier eingepacktes Ballkleid lag. Wir schlossen uns den Menschenmengen an, die sich die Cornmarket Street hinunterschoben, die Haupteinkaufsstraße in Oxford. Obwohl es ein Wochentag war, herrschte in der Stadt reges Treiben. Gruppen japanischer Touristen fotografierten aufgeregt jeden Wasserspeier und jeden Laternenpfahl, Studenten fuhren auf ihren gebrauchten Fahrrädern vorbei und die Einheimischen hasteten durch die kopfsteingepflasterten Gassen, um ihren alltäglichen

Geschäften nachzugehen. Und um uns herum ragten die „träumenden Türme" von Oxford in den Himmel - die gotischen Türme, eleganten Türmchen und majestätischen Zinnen, die die Skyline der alten Universitätsstadt so berühmt machten. Das war das Besondere an Oxford: Selbst wenn man nur schnell eine Tube Zahnpasta in der nächsten Drogerie kaufen wollte, war es, als begebe man sich auf eine Reise in die Vergangenheit.

„Hier entlang." Cassie bog in eine Seitengasse ein und steuerte auf einen kleinen Laden im Erdgeschoss eines viktorianischen Backsteinhauses zu.

Überrascht stellte ich fest, dass es sich dabei um ein modernes Nagelstudio handelte, das sich dank seiner geschickten Aufmachung nahtlos in die historische Umgebung einfügte.

„Ich habe eine Maniküre und Pediküre für dich gebucht - ich lade dich ein", verkündete Cassie mit einem Lächeln.

„Oh, Cass! Wie lieb von dir!" Ich umarmte meine Freundin stürmisch.

„Nun, ich dachte mir, dass deine Hände vor dem Ball ein Verwöhnprogramm gebrauchen könnten, schließlich werden sie im Tearoom stark beansprucht." Cassie zwinkerte mir zu. „Außerdem ist es die perfekte Ausrede für mich, mir eine Pediküre zu gönnen. Dieser Laden hat gerade erst eröffnet und lockt mit fantastischen Angeboten."

Wir traten ein, eine fröhlich klimpernde Glocke

verkündete unsere Anwesenheit und eine junge Asiatin eilte herbei, um uns zu begrüßen. Sie führte uns zu einer Reihe von bequemen Ledersesseln, vor denen jeweils ein Fußsprudelbad angebracht war. Mit einem wohligen Seufzer ließ ich meine müden Füße in das warme Wasser gleiten, dem die kosmetische Fußpflegerin ein paar Tropfen duftenden Aromaöls hinzugefügt hatte, bevor sie sich entschuldigte und im hinteren Teil des Salons verschwand, um ihr Set für die Behandlung zu holen.

Ich lehnte mich zurück und schaute mich um. Der Raum war nicht groß, aber er war gekonnt eingerichtet, mit hellem Holz, großen Spiegeln und sanften Pastelltönen, die ihn leicht und luftig erscheinen ließen. Bambusjalousien schirmten die Fenster zur Straße von neugierigen Blicken der Passanten ab und ein leise plätscherndes Wasserspiel an der Eingangstür sorgte für eine entspannende Geräuschkulisse.

Das Einzige, was die friedliche Atmosphäre störte, war die laute, schrille Stimme der Frau, die auf dem Sessel neben uns lag und telefonierte. Ich schätzte sie auf Anfang dreißig, sie war stark geschminkt, hatte blond gefärbtes Haar und leuchtend rote, spitz zulaufende Fingernägel. Die Beine hatte sie auf einem gepolsterten Hocker ausgestreckt, während eine junge Asiatin vor ihr kniete und versuchte, ihr die Fußnägel zu lackieren. Das war gar nicht so einfach, denn die Frau zappelte beim Telefonieren ständig herum und ihre Zehen zeigten mal in die eine, mal in die andere Richtung.

„Oh!", rief die Asiatin, als die Frau plötzlich ein Bein zur Seite zog und der kleine Pinsel mit dem Nagellack eine rote Spur auf ihrem Fuß hinterließ.

„Hey! Passen Sie gefälligst auf!", schnauzte die Kundin.

„Es ... es tut mir leid!", entschuldigte sich die junge Frau hastig.

Sie tränkte einen Wattebausch mit Nagellackentferner und begann vorsichtig, den roten Streifen wegzuwischen. Währenddessen telefonierte die Kundin weiter, doch als sie erneut mit dem Bein zuckte, stieß sie die junge Fußpflegerin so heftig an, dass sie das Fläschchen mit dem Entferner umwarf. Der Inhalt ergoss sich über den Boden – und über die Schuhe der Frau.

„AARGH!", fauchte die Besitzerin der Schuhe erbost. „Dämliche Kuh! Können Sie nicht aufpassen!"

„Es tut mir schrecklich leid", jammerte die junge Kosmetikerin. Sie war den Tränen nahe, während sie die Schuhe verzweifelt mit einem Papiertaschentuch abtupfte.

Die Frau schlug ihr unwirsch die Hand weg und schnappte sich die Schuhe. „Das sind echte Marc Jacobs! Und Sie haben sie ruiniert!", kreischte sie.

„Hey, das war ein Versehen", meldete sich Cassie zu Wort. „Sie brauchen Ihren Ärger nicht an ihr auszulassen. So etwas kann passieren. Wenn Sie sich nicht ständig bewegt hätten, wäre sie gar nicht gegen das Fläschchen gestoßen.“

Die Frau sah Cassie wütend an. „Wer zum Teufel sind Sie?“, schnauzte sie. „Warum kümmern Sie sich nicht um Ihren eigenen Mist?“

Cassies Augen blitzten auf. „Weil ich es hasse, wenn jemand von Leuten wie Sie schikaniert wird.“

Im Bruchteil einer Sekunde hatte sich die Frau vor Cassie aufgebaut. „Wer schikaniert hier wen, hm?“ Sie hob drohend die Faust.

Cassie sprang ebenfalls auf, doch bevor ich zwischen die beiden Streithähne gehen konnte, kam die Inhaberin aus dem hinteren Teil des Salons geeilt. In ihrer Miene spiegelte sich blankes Entsetzen, als sie die Situation erfasste. Zu der Kundin gewandt sagte sie besänftigend: „Es tut mir fruchtbar leid, Madam! Ich bitte vielmals um Entschuldigung. Für die Pediküre berechnen wir Ihnen selbstverständlich nichts und für Ihren nächsten Besuch würde ich Ihnen gerne einen Gutschein anbieten.“

Die Frau beruhigte sich allmählich. „Na, das hört sich schon besser an“, brummelte sie.

Sie ließ sich ihre Zehennägel zu Ende lackieren, dann ging sie zum Empfangstresen, um ihren Gutschein entgegenzunehmen. Mein Blick fiel auf eine Plastiktüte, die sie in der Seitentasche des Sessels hatte stecken lassen. Ich beugte mich vor, um sie herauszuziehen, und staunte nicht schlecht, als ich Schachtel über Schachtel mit unterschiedlichen Schmerzmitteln, starken Abführmitteln und einer Flasche Hustensaft darin entdeckte.

„Hey! Geben Sie das her!" Mit wenigen Schritten war sie bei mir und riss mir die Tüte aus den Händen. „Was glotzen Sie denn so?", zischte sie.

„Ich habe die Tüte nur herausgeholt, damit Sie sie nicht vergessen."

„Ja, klar. Sie sind genau wie Ihre Begleiterin und stecken Ihre Nase in Dinge, die Sie nichts angehen!" Mit einem letzten wütenden Blick drehte sie sich um und verließ dann fluchtartig den Salon, nicht ohne die Tür krachend zuzuschlagen.

Einen Moment sahen wir uns verlegen schweigend an, dann zwang sich die Dame, die uns in Empfang genommen hatte, zu einem Lächeln und sagte höflich: „Bitte entschuldigen Sie diese unschöne Szene. Meine kleine Schwester ist neu hier, heute ist ihr erster Tag und sie lernt noch." Sie wies auf die junge Beauty-Assistentin, die völlig verzweifelt hinter ihr stand.

„Oh, machen Sie sich keine Sorgen um uns", erwiderte Cassie fröhlich, die inzwischen wieder auf ihrem Sessel saß und die Füße erneut in das Fußsprudelbad vor ihr steckte. „Wir haben vollstes Verständnis."

„Ich würde mich freuen, wenn Ihre Schwester mir meine Zehnägel lackieren könnte", fügte ich hinzu und lächelte die junge Asiatin ermutigend an, die mir ihrerseits ein zittriges Lächeln schenkte und vorsichtig einen Schritt vortrat.

Sie zeigte mir eine Farbtabelle, und nachdem Cassie und ich unsere Wahl getroffen hatten, eilte sie davon, um die entsprechenden Fläschchen zu holen. In der Zwischenzeit bot uns ihre ältere Schwester Erfrischungen an und zog sich dann zurück, um uns eine Tasse Tee zu machen. Als sie im hinteren Teil des Salons verschwand, wackelte Cassie mit den Zehen im sprudelnden Wasser und sagte: „Bin ich froh, dass diese schreckliche Person weg ist. Sie war ein Störfaktor, noch bevor sie angefangen hat herumzubrüllen." Sie verzog das Gesicht. „Hoffentlich laufen wir ihr nicht in die Arme, wenn wir die Geschäfte nach passenden Schuhen für dich abklappern. In einer kleinen Stadt wie Oxford ist alles möglich."

„Solange wir keinen Großeinkauf in einer Apotheke planen, werden wir sie wohl kaum zu Gesicht bekommen", erwiderte ich trocken.

„Wie meinst du das?"

Ich schilderte Cassie, was ich in der Plastiktüte gesehen hatte. „Entweder will sie selbst eine Apotheke aufmachen oder sie rechnet damit, dass sie demnächst furchtbare Kopfschmerzen kriegt."

„Oder sie plant, jemanden mit einer Überdosis umzubringen."

„Was?" Ich sah sie ungläubig an. „Wie kommst du denn darauf?"

„Vor Kurzem habe ich in einem Artikel gelesen, wie gefährlich es ist, bestimmte frei verkäufliche

Schmerzmittel miteinander zu kombinieren. Selbst wenn die Dosis jeweils nicht groß ist, kann die Kombination zum Tod führen. Wenn man also jemanden vergiften und gleichzeitig verhindern will, dass eine Überdosis eines einzelnen Medikaments Misstrauen auslöst, könnte man einfach einzelne Mittel zu einem tödlichen Cocktail mischen."

„Das mag ja sein, aber ich verstehe nicht, warum du dieser Frau Mordabsichten unterstellst."

„Hast du nicht mitbekommen, was sie am Telefon gesagt hat?"

Ich schüttelte den Kopf. „Ich habe nicht zugehört."

„Sie hat sich über ihren Ex-Freund beschwert, der sie verlassen hat oder so und wurde dabei richtig gemein." Cassie verdrehte die Augen. „Ich könnte es ihrem Ex nicht verübeln, wenn er sie hat sitzen lassen."

„Das heißt aber noch lange nicht, dass sie ihn umbringen will", gab ich lachend zu bedenken.

Cassies Miene war ernst. „Vielleicht nicht, aber bevor sie aufgelegt hat, sagte sie: ,Ich bringe ihn um, und wenn es das Letzte ist, was ich tue!'

Kapitel 2

Nach der Maniküre waren meine Nägel so schön, dass ich unwillkürlich sehr vorsichtig hantierte, als ich am nächsten Morgen die Katzenbox mit meinem kleinen Kater Müsli in den Korb am Lenker meines Fahrrads schnallte, aufstieg und mich auf den Weg zur Arbeit machte. Ich war ein wenig spät dran und beeilte mich, um noch genug Zeit zu haben, alles für die ersten Gäste vorzubereiten. Doch als ich vor dem Little Stables Tearoom abstieg, stellte ich fest, dass ich mir unnötig Sorgen gemacht hatte. Die Vorhänge waren bereits zurückgezogen und die Fenster geöffnet, um frische Luft hereinzulassen. Im Gastraum watschelten die Silberlocken von Tisch zu Tisch und rückten Stühle, Servietten und Bestecke zurecht.

Ich beobachtete sie lächelnd: Mabel Cooke, Glenda Bailey, Florence Doyle und Ethel Webb - vier neugierige Klatschbasen um die achtzig, die in Meadowford-on-Smythe, dem kleinen Dorf in den

Cotswolds, in dem sich mein Tearoom befand, das Sagen hatten. Mit ihrem flauschigen weißen Haar, den Taschentüchern im Ärmel ihrer Strickjacken und den orthopädischen Schuhen sahen sie aus wie harmlose alte Damen - aber wer sie unterschätzte, tat dies auf eigene Gefahr. Sich in die Angelegenheiten anderer Leute einzumischen, war ihre Spezialität, vor allem, wenn sie ein Geheimnis witterten. Das Problem war nur, dass die Silberlocken mit ihrer überbordenden Fantasie und ihrer Vorliebe für Agatha-Christie-Romane immer und überall Geheimnisse witterten! Und sie zögerten nicht, sich ohne Rücksicht auf ihre sorgsam gewellten Frisuren kopfüber in jede Mordermittlung zu stürzen - sehr zum Verdruss der Polizei von Oxfordshire.

An diesem strahlenden Junimorgen sahen sie jedoch aus wie nette alte Damen, die wie geschaffen schienen für ein Dorf wie Meadowford mit seinen malerischen strohgedeckten Cottages und den schmalen kopfsteingepflasterten Gassen, die sich durch das Dorf schlängelten und bei Touristen regelmäßig Begeisterungsstürme hervorriefen. Mein kleiner Tearoom in einem ehemaligen Gasthof aus der Tudorzeit passte ebenso ins Bild des guten, alten England wie unsere Speisekarte: Wir servierten den traditionellen englischen Nachmittagstee in ehrwürdigen Teekannen aus Porzellan, selbstverständlich mit unseren weithin bekannten Scones, Marmelade, Clotted Cream, zierlichen

Finger-Sandwiches, Kuchen und Buns.

Als ich die verrückte Idee hatte, meine vielversprechende Karriere aufzugeben, um in der Nähe von Oxford einen Tearoom zu eröffnen, war ich mir nicht sicher, ob es mir gelingen würde, meinen Traum zu verwirklichen. Es war ein großes Wagnis, meinen gut bezahlten Job zu kündigen und meine gesamten Ersparnisse in dieses Lokal zu stecken, und die ersten Monate waren nervenaufreibend, nicht zuletzt, weil es kurz nach der Eröffnung einen Mordfall gab: Ein amerikanischer Tourist wurde tot im Tearoom aufgefunden – ermordet mit einem meiner Scones! Aber jetzt, nur acht Monate später, liefen die Geschäfte besser, als ich es mir je erträumt hatte. Der Tearoom war inzwischen in ganz Oxfordshire für seine hervorragenden Scones bekannt und mittlerweile bekamen wir auch immer mehr hochkarätige Catering-Aufträge, vor allem von den renommierten Colleges und Instituten der Universität Oxford.

Ich schloss mein Fahrrad ab und eilte in die Teestube, wobei ich wie jedes Mal, wenn ich mein kleines Reich betrat, einen Anflug von Stolz verspürte. An der Eingangstür ließ ich wie immer Müsli aus der Transportbox, bevor ich in die Küche ging.

Doch so weit kam ich gar nicht. Ich blieb wie vom Donner gerührt stehen und sah mich um.

Im ganzen Tearoom waren zahllose Spitzendeckchen verteilt. Auf jedem Tisch und auf den Fensterbänken lagen weiße Deckchen, die Zuckerdosen und Marmeladengläser trugen weiße Häkelhauben und ein riesiges gestricktes Spinnennetz war kunstvoll auf dem Kaminsims drapiert. Wohin ich auch blickte – überall traf mein Blick auf ein Meer aus luftigen, zierlichen Spitzendeckchen.

„Ah, Gemma, Liebes, wir haben schon auf dich gewartet", begrüßte mich Mabel mit ihrer dröhnenden Stimme. Sie war die furchteinflößendste der Silberlocken und hatte eine herrische Art, hinter der sich ihre wohlmeinenden Absichten und ihr gutes Herz geschickt verbargen. Sie wies mit einer gebieterischen Hand auf den Raum. „Glenda, Florence, Ethel und ich haben gestern beim Bingo geplaudert - ein sehr langweiliges Spiel, die schreckliche Mrs Curtis hat den Ansager wahrscheinlich gebeten, jede Zahl viermal zu wiederholen! Mit ihren Hörgeräten stimmt etwas nicht, sie sollte sie umtauschen oder ihr Geld zurückverlangen. Jedenfalls waren wir uns alle einig, dass in der Teestube etwas fehlt. Und dann wurde uns klar, was du im Gastraum dringend brauchst." Sie sah mich triumphierend an. „Deckchen!"

„D-Deckchen?", wiederholte ich schwach.

Glenda strahlte. „Und wie es der Zufall will, hatten wir alle ein paar Spitzendeckchen zu Hause. Wir hatten trotzdem Sorge, dass wir möglicherweise nicht genug für die ganze Teestube haben, also haben wir einige der anderen Damen in Meadowford gebeten, die Deckchen zu spenden, die sie nicht mehr brauchen."

„Äh ... das war sehr nett von Ihnen."

„Und Ethel hat gestern Abend sogar noch vier Deckchen als Untersetzer fertig bekommen. Sie kann wirklich gut häkeln", fügte Florence hinzu und lächelte ihre Freundin an.

Ethel senkte den Blick und verbarg ihre Freude über das Lob hinter einem verlegenen Hüsteln.

„Wie sage ich immer - es gibt nichts, was man nicht mit ein bisschen Häkelspitze hübscher machen könnte", erklärte Mabel. „Und Deckchen sind so vielseitig! Ich habe meinem Schwiegersohn in Melbourne sogar eine Abdeckung für das Ersatzrad an seinem Geländewagen gehäkelt."

Ich zuckte insgeheim zusammen und fragte mich, ob sich ganz Australien über den armen Mann lustig machte. „Äh ... ja, sie sind schön ... aber ... ähm ..." Verzweifelt blickte ich mich um. „Meinen Sie nicht, dass das hier ein bisschen zu viel des Guten ist?"

„Unsinn!", erwiderte Mabel entschieden. „Man kann nie genug Spitzendeckchen haben."

„Jetzt, wo wir mit der Teestube fertig sind, Gemma, könnten wir doch etwas für dich machen", schlug Ethel vor. „Dein T-Shirt sieht so kahl aus. Soll ich dir nicht einen schönen gehäkelten Spitzenkragen annähen?"

„Oh, danke, aber -"

„Wie wär's dann mit einer gehäkelten Kette?", unterbrach mich Ethel eifrig. „Die habe ich in einer

Zeitschrift gesehen, sie ist gar nicht schwierig. Ich könnte dir heute Abend eine machen."

„Ach, wissen Sie … eigentlich trage ich nur ganz selten Ketten."

„Oder Ohrringe? Ich könnte dir Ohrgehänge machen. Stell dir vor: Kleine Spitzendeckchen, die an deinem Ohrläppchen baumeln!"

„Äh, vielen Dank, aber ich brauche wirklich keinen Schmuck aus Spitzendeckchen." Ich musterte Ethel besorgt. Woher kam dieser plötzliche Eifer, Deckchen zu häkeln? Die zierliche Ethel war normalerweise die sanfteste und ruhigste der Silberlocken. Dass sie eine heimliche Leidenschaft für Spitzendeckchen hegte, hätte ich nicht für möglich gehalten.

Es war höchste Zeit, das Thema zu wechseln. Ich schnupperte mit übertriebener Begeisterung und sagte: „Mmh, was backt Dora denn heute Morgen? Es riecht köstlich!"

Ich atmete tief ein und stellte fest, dass aus der Küche tatsächlich ein betörender Duft nach frischem Backwerk drang. Vermutlich war meine Konditorin Dora bereits dabei, ihre berühmten Scones für den Tearoom herzustellen. Als ich jedoch dicht gefolgt von den Silberlocken in die Küche kam, stand Dora über ein großes Backblech mit Mulden gebeugt, die sie mit Mürbeteig ausgekleidet hatte. In diese Mulden füllte sie eine gelbe Creme, die sie mit fein geriebener Muskatnuss bestreute.

„Ah, Eierpuddingtörtchen!" Mabel rieb sich

begeistert die Hände. „Ein britischer Klassiker! Es gibt nichts Besseres."

„Ich finde die portugiesische Variante, die Pastéis de Nata, auch lecker", wandte ich ein. „Sie ist unseren Eierpuddingtörtchen sehr ähnlich, allerdings wird sie mit Blätterteig statt mit Mürbeteig und mit Zimt statt mit Muskatnuss zubereitet. Die Oberfläche ist leicht angebrannt, sodass der Zucker karamellisiert und -"

„Kein Törtchen ist besser als das englische Eierpuddingtörtchen." Mabels Augen funkelten gefährlich.

„Vor allem, wenn Josh McDermott sie macht", schwärmte Glenda und legte schmachtend die Hand aufs Herz. „Wenn er den Teig flachklopft und das Nudelholz schwingt ... dann kriege ich Hitzewallungen." Sie fächelte sich mit einer Hand Luft zu.

Ich musste grinsen. Josh McDermott war ein prominenter Fernsehkoch, der in den letzten Jahren unvermutet zu Ruhm gekommen war. Sein blondes Haar, die markanten Gesichtszüge und sein unverhohlener Sex-Appeal hatten ihm den Spitznamen „Posh McDishy" eingebracht, doch obwohl seine Konkurrenten spotteten, dass er ohne die Hilfe eines Schönheitschirurgen kaum solchen Eindruck bei Hausfrauen und „Damen eines gewissen Alters" machen würde, war er tatsächlich ein brillanter Koch und Konditor. Seine Version der traditionellen englischen Eierpuddingtörtchen hatte das ganze Land im Sturm erobert und bildete den Grundstein für seine Popularität.

„Ich habe gerade erfahren, dass unsere Eierpuddingtörtchen letzte Woche in einem Food-Blog vorgestellt worden sind", meldete sich Dora zu Wort. Auf ihrem sonst so strengen Gesicht erstrahlte ein stolzes Lächeln. „Meine Nichte hat mich angerufen und es mir erzählt. Sie hat die Seite aus diesem ... Interweb kopiert und mir geschickt. In dem Artikel werden unsere Törtchen sogar mit denen von Josh McDermott verglichen - und es hieß, unsere schmeckten so gut, dass man fast meinen könnte, sie seien von ihm!"

„Wirklich?", rief ich erfreut. „Wahrscheinlich hatten wir deshalb letztes Wochenende so viel mehr Kundschaft als sonst - und die meisten Gäste haben die Eierpuddingtörtchen bestellt. Die haben sich sogar besser verkauft als die Scones!"

„Es ist ein großes Kompliment, mit Josh McDermott verglichen zu werden." Florence strahlte. „Sie können wirklich stolz darauf sein, Dora."

„Seine Zähne sind perfekt – so weiß und gleichmäßig", fuhr Glenda verträumt fort. „Und dieses wunderbare honigblonde Haar ..."

„Ob er eine Perücke trägt?", überlegte Ethel. „Als ich noch in der Dorfbibliothek gearbeitet habe, war da ein Herr mit wunderbaren Haaren – blond und leicht gewellt. Wir haben ihn alle bewundert - bis er eines Tages stolperte und hinfiel und ihm die Perücke vom Kopf rutschte. Darunter war er völlig kahl!"

Ich lachte. „Nein, Joshs Haare sind echt. So haben sie schon damals an der Uni ausgesehen, nur dass er sie früher ganz lang und zottelig getragen hat. Alle haben ihn deswegen gehänselt."

Die Silberlocken sahen mich mit großen Augen an. „Gemma! Kennst du Josh McDermott?"

„Wir waren nicht eng befreundet oder so", erklärte ich. „Aber es stimmt, ich kenne ihn aus meiner Zeit in Oxford. Wir waren zwar nicht auf demselben College - er war am Boscobel College, genau wie Cassie, aber sein Zimmer lag in dem Trakt neben ihrem, so dass wir uns manchmal über den Weg gelaufen sind, wenn ich sie besucht habe."

In diesem Moment kam Cassie in die Küche und hörte den letzten Teil meines Satzes. „Von wem redet ihr?", fragte sie.

„Über Josh McDermott", antwortete ich.

Sie rümpfte die Nase. „Oh, Josh."

„Gemma sagt, er war an deinem College. Kanntest du ihn gut?", fragte Glenda eifrig. „Wie ist er denn so?"

„Er ist ein ziemlich arroganter Trottel", erwiderte Cassie unverblümt. „Lassen Sie sich nicht von seinem charmanten Fernsehimage täuschen. Er ist nicht so nett, wie er aussieht."

Glenda sah derart enttäuscht aus, dass ich Mitleid mit ihr hatte. „Cassie hat Josh nie besonders gemocht", beeilte ich mich zu erklären. „Also ist sie vielleicht ein bisschen voreingenommen."

„Voreingenommen?" Cassie schnaubte. „Ich liege ihm nur nicht zu Füßen wie die meisten Frauen, also betrachte ich ihn nicht durch eine rosarote Brille. Josh hält sich für einen tollen Hecht und erwartet, dass die komplette Damenwelt ihn anhimmelt - und der Rest der Menschheit wahrscheinlich ebenfalls. Und ich wette, durch das Leben im Rampenlicht ist es nur noch schlimmer geworden. Nun, ich denke, davon können wir uns morgen selbst überzeugen."

Ich sah sie überrascht an. „Morgen?"

„Er kommt ebenfalls auf den Ball, als Special Guest. Er veranstaltet eine Live-Kochshow im Speisesaal."

„Du machst Witze!"

„Nein, mache ich nicht. Das gehört alles zu einer Reality-TV-Show, an der er teilnimmt ... das Leben eines Starkochs oder etwas in der Art. Die Idee war, dass er bei der Rückkehr an sein altes College gefilmt wird, wo er ein fantastisches Menü zaubert. Das Komitee des College-Balls war natürlich begeistert; das ist mal etwas anderes als das übliche Unterhaltungsprogramm ..." Cassie zeigte ein schiefes Lächeln. „Natürlich ist Josh keine angesagte Band und auch kein Comedian, aber er hat mittlerweile den Status eines Stars, und da dachten sie, es wäre okay. Und damit lagen sie offenbar richtig. Soweit ich gehört habe, waren die Karten für den Ball innerhalb von Minuten nach der Veröffentlichung der Pressemitteilung restlos ausverkauft. Unser Ball ist also *das* Ereignis der

Saison. Normalerweise würden wir uns nicht mit den größeren Colleges wie St. John's und Christ Church messen können, sie haben mehr Geld und prominentere Gäste, aber dieses Jahr ist der Boscobel College-Ball in aller Munde."

„Dann gibt es also keine Karten mehr?", fragte Glenda enttäuscht.

Cassie schüttelte den Kopf. „Nein, tut mir leid."

„Mach dir nichts draus." Mabel klopfte Glenda aufmunternd auf die Schulter. „Wir finden einfach heraus, in welchem Hotel Josh McDermott in Oxford wohnt." Sie winkte die Silberlocken zu sich. „Kommt mit - wir müssen ein bisschen herumspionieren!"

Kapitel 3

Bevor sich die Küchentür hinter den Silberlocken schloss, schlüpfte eine kleine pelzige Gestalt an ihren Beinen vorbei in die Küche und trottete zu Dora, Cassie und mir an den Holztisch.

„Miau!"

„Müsli!" Ich nahm meine kleine Tigerkatze auf den Arm. „Du weißt doch, dass du nicht in die Küche darfst."

„Genau deshalb versucht sie ja immer wieder, hereinzukommen", sagte Cassie mit einem Grinsen. „Typisch Katze!"

„Ich glaube, ich bin daran nicht ganz unschuldig", gab Dora verschämt lächelnd zu. „Ich gebe ihr immer ein paar Leckerlis, wenn sie reinkommt."

„Dora!", rief ich verärgert. „Sie dürfen sie nicht auch noch ermutigen! Der Inspektor vom Amt für Lebensmittelsicherheit und Hygiene hat gesagt, dass Müsli nur in der Teestube sein darf, wenn sie sich von den Bereichen fernhält, in denen Speisen und

Getränke zubereitet werden. Wir müssen uns an die Regeln halten."

„Ja, aber die arme Kleine ist immer sehr hungrig", wandte Dora zu ihrer Verteidigung ein. „Und wenn sie einen dann so ansieht …"

Ich warf einen Blick auf Müsli, die mir zublinzelte und mit ihren großen grünen, schwarz umrandeten Augen und ihrer hübschen rosa Nase zweifelsohne niedlich aussah. Sie streckte mir eine weiße Pfote entgegen.

„Miau?"

„Das klappt bei mir nicht, du kleines Biest", erklärte ich. „Allmählich bereue ich es, dass ich dich wieder mit zur Arbeit nehme, bei all dem Ärger, den du machst."

„Oh, Gemma - das meinst du doch nicht ernst?", lachte Cassie. „Sie kann zwar manchmal nervig sein, aber ich finde es schön, Müsli wieder in der Teestube zu haben."

„Ja, es könnte wirklich schön sein, wenn sie gehorchen würde", erwiderte ich mit finsterem Blick. „Ich dachte, sie könnte in ihrem gemütlichen Bett auf der Fensterbank hinter dem Kamin vor sich hindösen oder aus dem Fenster sehen. Dann würde sie niemandem in die Quere kommen. Und wenn unsere Gäste sie streicheln wollen, können sie sich zu ihr auf die Fensterbank setzen, aber sie will partout nicht dortbleiben! Ständig läuft sie herum und ist allen im Weg. Ich habe Angst, dass uns jemand das Amt auf den Hals hetzt."

„Bis jetzt hat sich niemand beschwert", bemerkte Cassie. „Alle Gäste lieben sie, vor allem die älteren. Sie fragen mich ständig, ob sie kein Zuhause hat. Ehrlich gesagt würde ich mir eher Sorgen machen, dass jemand sie mitnimmt. Vielleicht habe ich mich getäuscht, aber ich glaube, ich habe letzte Woche gesehen, wie die alte Mrs Purdy versucht hat, sie in ihre Tasche zu stecken."

„Red keinen Unsinn", wies ich sie lachend zurecht und brachte Müsli in den Gastraum zurück.

Mittlerweile trafen die ersten Gäste ein, und bald hatten weder Cassie noch ich Zeit für ein Schwätzchen. Wir eilten im Sturmschritt durch den Tearoom, teilten Speisekarten aus, nahmen Bestellungen auf und schleppten Tabletts mit Tee und Platten mit Kuchen und Buns zu den Tischen (während wir unauffällig versuchten, so viele Spitzendeckchen wie möglich verschwinden zu lassen). Trotz der Hektik bemühte ich mich wie immer, zwischendurch ein wenig mit den Gästen zu plaudern. Ich genoss es, mich mit Besuchern aus aller Herren Länder zu unterhalten und nicht nur etwas über ihre Sitten und Gebräuche zu erfahren, sondern auch selbst etwas über die zahlreichen kuriosen Traditionen Englands zu erzählen.

„Wir müssen natürlich ein paar Scones nehmen", sagte ein amerikanischer Mann lächelnd zu mir, als ich kam, um die Bestellung aufzunehmen. „Als unsere Freunde hörten, dass wir nach England reisen, sagten sie: ,Ihr müsst die Scones probieren!'"

„Wir haben natürlich auch Scones in den USA“, beeilte sich seine Frau zu erklären. „Aber ich habe gehört, dass die englischen ganz anders sind.“

„Ja, sie haben keine Ähnlichkeit mit den dreieckigen Teilchen, wie man sie in amerikanischen Coffee Shops bekommt“, pflichtete ich ihm bei. „Englische Scones sind rund, manchmal sind sie mit ein paar Korinthen oder Rosinen bestreut, aber sonst ist nichts unter den Teig gemischt. Sie sind also ganz anders als die amerikanische Version mit ihren Trockenfrüchten, Nüssen und Schokostückchen und enthalten außerdem nicht so viel Butter oder Zucker. Man könnte sie am ehesten mit Ihren *Biscuits* vergleichen, also mit einer Art Brötchen.“

„Ah, dann ist die englische Version wohl gesünder?“, fragte die Gattin des Amerikaners.

Ich lachte. „Wahrscheinlich nicht. Was dem Teig an Butter und Zucker fehlt, kommt nachträglich drauf. Scones in England bilden eine Unterlage, auf die man tonnenweise Butter, Marmelade und Clotted Cream streicht, und es gibt sie immer zum Tee.“

„Ach ja, diese Clotted Cream - davon haben unsere Freunde auch gesprochen“, sagte der Ehemann. „Das ist so etwas wie frische Sahne, nicht wahr?“

Ich nickte. „Sie wird traditionell aus der frischen Milch von Jersey-Kühen hergestellt, die ganz langsam erhitzt und dann über einen langen Zeitraum abgekühlt wird. Dabei entsteht diese wunderbare, seidige, goldgelbe Sahne, die in kleinen

Klümpchen an die Oberfläche steigt. Sie wird abgeschöpft und zu Scones und anderen Desserts serviert. Manche Leute beschreiben sie als eine Mischung aus Butter und Schlagsahne, aber ich finde, damit wird man echter Clotted Cream nicht gerecht. Der Geschmack ist wirklich einzigartig."

„Ich glaube, die habe ich schon mal gegessen. Zu Hause, also in Amerika, hat ein Freund ein Glas importierte Clotted Cream in einem Delikatessenladen gekauft, aber wahrscheinlich kann man sie nicht mit dem frischen Original vergleichen", meinte die Frau.

„Nun, ich bringe Ihnen gleich welche, dann können Sie sie probieren", erwiderte ich lächelnd.

Kurz darauf brachte ich ein Tablett mit einer Kanne English Breakfast Tea, zwei Teetassen und einem Teller mit frisch gebackenen Scones an ihren Tisch. Dazu gab es hausgemachte Marmelade und Clotted Cream in kleinen Glasschalen.

„Sie schneiden die Scones einfach waagerecht in zwei Hälften und bestreichen sie mit der Sahne und der Marmelade", erklärte ich ihnen.

„Erst die Marmelade oder erst die Sahne?", fragte der Ehemann.

Ich kicherte. „Oh-oh, das ist ein schwieriges Kapitel. Darüber tobt seit Menschengedenken eine hitzige Debatte. Die einen sagen, man solle zuerst die Marmelade und dann die Sahne darauf geben - so macht man es in Cornwall. Die anderen schwören, dass die Sahne unbedingt als Erstes aufgetragen werden muss, mit einem Klecks Marmelade obendrauf. So isst man Scones in Devon, auch bekannt als Devonshire Cream Tea". Im Flüsterton fügte ich hinzu: „Was auch immer Sie tun, stellen Sie diese Frage nie, wenn Sie auf eine Gruppe von Briten treffen - es sei denn, Sie wollen einen Bürgerkrieg anzetteln!"

„Danke, das werden wir beherzigen", grinste der Amerikaner. „Und vielleicht machen wir es mal so, mal so, zum Vergleich."

Ich lächelte und überließ sie ihren Experimenten. Die Zeit verging wie im Fluge, und ehe ich mich versah, lichteten sich die Reihen der Gäste, die ihren Nachmittagstee genossen hatten, und der Tag neigte sich dem Ende zu. Als schließlich nur noch eine ältere Dame als einziger Gast in der hintersten Ecke der Teestube saß, zogen Cassie und ich uns zu einer wohlverdienten Pause hinter den Tresen zurück.

„Was für ein Tag!" Cassie massierte sich den Nacken. „Und heute ist erst Dienstag - ich mag mir gar nicht ausmalen, wie es am Wochenende wird. Oh, apropos Wochenende, der neue Bond-Film ist raus – hat du Lust, am Freitag ins Kino zu gehen?"

„Würde ich sehr gerne, aber ich kann leider nicht. Ich bin mit Devlin zum Abendessen verabredet - und mit seiner Mutter. Sie kommt übers Wochenende nach Oxford."

„Ooh!" Cassie hob die Augenbrauen. „Ist das das wichtige ‚Kennenlern-Essen mit Eltern'?"

„Na ja, jedenfalls mit Mutter." Ich verzog das

Gesicht.

„Wie ist sie denn so?“, wollte Cassie wissen.

Ich zuckte hilflos mit den Schultern. „Ich habe keine Ahnung! Devlin spricht so gut wie nie über sie, und wenn ich ihn frage, gibt er mir nur vage Antworten. Ich verstehe nicht, warum er sich so wortkarg gibt, sobald die Sprache auf sie kommt.“

„Nun, dein Detective Inspector Devlin O'Connor ist ein sehr rätselhafter Mann“, neckte mich Cassie. „Gib es zu - das ist ein Teil seiner Anziehungskraft. Devlin wird dir immer ein kleines Rätsel bleiben und das macht ihn für dich so attraktiv.“

„Unsinn!“ Dann räumte ich mit einem verlegenen Grinsen ein: „Na ja, okay - vielleicht ein bisschen.“

„Und was ziehst du für dieses historische Ereignis an?“

Ich seufzte. „Ich weiß es nicht. Wenn ich doch nur ein bisschen mehr über seine Mutter in Erfahrung bringen könnte! Es würde schon helfen, wenn ich wüsste, ob sie so prüde und auf Respektabilität bedacht ist wie meine Mutter oder eher liberal und entspannt, wie deine. Auf keinen Fall will ich overdressed erscheinen, sonst denkt sie womöglich, ich sei ein eitles Dummchen. Aber wenn ich mich zu lässig kleide, hält sie mich eventuell für eine Chaotin. Oh, Cass, was soll ich nur tun? Ich möchte unbedingt einen guten Eindruck machen!“

„An deiner Stelle würde ich mir nicht den Kopf zerbrechen. Vor den Augen einer Mutter findet wohl kaum eine Freundin ihres Sohnes Gnade, keine Frau ist gut genug für ihn. Vermutlich findet dich Devlins Mutter sowieso hässlich, egal was du anziehst."

Ich bedachte Cassie mit einem säuerlichen Blick. „Oh, danke. Da fühle ich mich gleich viel besser."

Cassie grinste. „Genau das wollte ich erreichen. Warum solltest du dir überhaupt Gedanken machen, wenn sie sowieso alles missbilligt?"

„Ich weiß nicht ... Ob du immer noch so reden würdest, wenn du deiner zukünftigen Schwiegermutter zum ersten Mal begegnest", sagte ich. Dann errötete ich, als mir klarwurde, was ich da gesagt hatte. „Nicht, dass Devlin ... ich meine, ich erwarte nicht ... wir haben nicht darüber gesprochen ..."

Cassie schmunzelte. „Aber du denkst darüber nach."

Ich wich Cassies Blick aus. „Äh ... nein ... ich meine ..."

Sie grinste. „Hey, es ist okay, Gemma – warum solltest du nicht darüber nachdenken? Die meisten Frauen tun das. Und außerdem hat Devlin dir schon einmal einen Antrag gemacht."

„Ja, aber das ist lange her", antwortete ich schnell. „Vielleicht denkt er jetzt ganz anders darüber. Jedenfalls hat er nie wieder angedeutet, dass das Heiraten für ihn ein Thema ist."

„Na ja, ihr seid erst seit einem halben Jahr wieder zusammen. Und so, wie du seinen Antrag abgewiesen hast, kannst du es dem armen Kerl nicht verübeln, wenn er es mit dem nächsten Versuch nicht eilig hat."

„Ich weiß", räumte ich bedrückt ein. „Ich war eine Idiotin. Ich war jung und … na ja, einfach dumm."

„Wer weiß? Vielleicht sollte es so sein. Vielleicht ist es sogar gut, dass ihr beide eine Weile getrennt wart. Jedenfalls seid ihr jetzt wieder zusammen, und das ist alles, was zählt." Cassie schaute auf die Uhr. „Zeit, die Küche abzuschließen. Dora hat wahrscheinlich alles aufgeräumt, bevor sie gegangen ist, aber ich sehe besser nach."

Kaum war sie in der Küche verschwunden, hörte ich Schritte. Der letzte Gast für heute, eine ältere Dame, hatte endlich ihren Tee ausgetrunken und wollte nun ihre Rechnung bezahlen. Es war Mrs Purdy, die gleich um die Ecke vom Tearoom allein in einem Häuschen wohnte. Sie gehörte zu den Stammgästen und kam fast jeden Tag auf einen Tee vorbei, immer in Begleitung ihres Regenschirms und ihrer riesigen Segeltuchtasche. Jetzt mühte sie sich, die Tasche festzuhalten, während sie ihr Geld hervorkramte.

„Das war wunderbar, meine Liebe", sagte sie mit zittriger Stimme. „Das Eierpuddingtörtchen war köstlich. Die Puddingfüllung mag ich am liebsten."

„Freut mich, dass es Ihnen geschmeckt hat", erwiderte ich, und als es ihr nicht gelingen wollte, sich die Tasche unter den Arm zu klemmen, bot ich an: „Soll ich die mal halten?"

„Nein!", wehrte sie hastig ab. „Äh, nein, das geht schon. Danke, meine Liebe."

Ich sah sie fragend an, nahm aber das Geld, ohne etwas zu sagen, und tippte den Preis in die Kasse ein. Als sie sich jedoch abwandte, fiel mir auf, dass die Segeltuchtasche ... zu wackeln schien.

„Mrs Purdy, äh, haben Sie da etwas ... Lebendiges in Ihrer Tasche?", platzte ich heraus, ohne nachzudenken.

„In meiner Tasche?" Sie wich meinem Blick aus. „Nein, meine Liebe, natürlich nicht." Das gute Stück fest an sich gedrückt wandte sie sich zur Tür.

Hatte ich mir das eingebildet, überlegte ich stirnrunzelnd? Ich starrte ihr nach, wie sie die Tasche an sich gepresst hielt. Nein, ich hatte mich nicht getäuscht – da zappelte etwas. Und gleich darauf hörte ich ein gedämpftes: *„Miau!"*

„Müsli!", rief ich erschrocken.

Ich fing die ältere Dame ab, bevor sie auf die Straße trat.

„Mrs Purdy", begann ich zögernd. Wie sollte ich eine nette alte Dame bezichtigen, meine Katze gestohlen zu haben? Ich räusperte mich. „Ähm, Mrs Purdy, haben Sie Müsli irgendwo gesehen? Ich kann sie nicht finden. Ob sie versehentlich in Ihre Tasche gekrochen ist?"

„Ganz bestimmt nicht!", rief Mrs Purdy und drückte die Tasche noch fester an ihre Brust. „Ich habe Ihnen doch gesagt, dass da nichts drin ist."

Ich streckte die Hand danach aus. „Darf ich mal einen Blick hineinwerfen? Wissen Sie, Müsli ist so frech - sie könnte einfach hineingekrabbelt sein, ohne dass Sie es bemerkt haben.“

Sie drehte sich ruckartig von mir weg. „Nein, nein! Ich weiß nicht, wo sie ist!“ Sie hatte Mühe, die Tasche festzuhalten, so heftig war das Gezappel darin.

Im nächsten Moment erschien ein kleiner grau gestreifter Kopf am Rand der Segeltuchtasche.

„*Miau!*“ Müsli klang entrüstet. Das Fell rund um die Ohren war zerzaust und ihre Schnurrhaare waren krumm. Zappelnd wand sie sich aus der Tasche und sprang auf den Boden. Sie schüttelte sich, setzte sich hin und begann, sich mit beleidigter Miene zu putzen.

„Oh!“ Mrs Purdy war puterrot geworden. „Ich … ich dachte, Müsli würde vielleicht lieber bei mir wohnen.“

„Ähm, das ist wirklich lieb von Ihnen, aber … nun ja, Müsli lebt nun mal bei mir.“

„Sie könnte doch einfach zu mir ziehen. Es würde ihr bestimmt gefallen und ich würde mich sehr gut um sie kümmern“, versicherte sie mir ernsthaft.

„Das würden Sie ganz gewiss“, erwiderte ich mit einem schwachen Lächeln, „aber Sie können Müsli nicht mit nach Hause nehmen, Mrs Purdy.“

Die alte Dame sah mich mürrisch an. „Warum nicht?“

„Weil … weil sie meine Katze ist“, antwortete ich mit einem hilflosen Schulterzucken.

„Aber sie sieht meinem Smudge zum Verwechseln ähnlich, mit ihrem graugetigerten Fell und dem weißen Lätzchen auf der Brust. Smudge hatte auch diese weißen Pfötchen und wunderschöne grüne Augen. Und so ein hübsches rosafarbenes Näschen ..." Ihre Stimme zitterte. „Er ist vor ein paar Monaten gestorben und seitdem bin ich ganz allein." Sie betrachtete Müsli wehmütig. „Sie sieht genau aus wie er. Man könnte meinen, sie sei Smudge."

„Ja, aber sie ist nicht Ihr Smudge", sagte ich sanft. „Sie ist meine Katze und sie bleibt bei mir. Aber Sie können sie jederzeit besuchen, wenn Sie in die Teestube kommen", fügte ich mit einem Lächeln hinzu. „Sie wissen ja, dass Sie immer willkommen sind. Oh, außer morgen - da haben wir ausnahmsweise geschlossen, weil Cassie und ich auf einen Ball gehen."

Mit einem letzten kummervollen Blick auf Müsli und einem tiefen Seufzer schlurfte Mrs Purdy zur Tür hinaus. Ich sah ihr mit einem unbehaglichen Gefühl nach. Ich hätte ihr gerne geholfen, wusste aber nicht wie. Müsli sprang derweil auf einen Stuhl und fuhr sich mit der Pfote über das linke Ohr.

„Tja, ich hoffe, du benimmst dich von nun an", ermahnte ich meine kleine Katze. „Das nächste Mal rette ich dich nicht, wenn Mrs Purdy dich entführen will. Ich werde ganz einfach -" Ich verstummte, als die Eingangstür der Teestube aufgestoßen wurde. Ich wollte gerade sagen: „Tut mir leid, wir haben geschlossen", doch dazu kam ich gar nicht. Ein großer, dicker Mann mit einer auffälligen Knollennase stürmte herein, gefolgt von einer gehetzt wirkenden Frau mit einem Klemmbrett unter dem

Arm und einem Mann mit einer riesigen Videokamera auf der Schulter – keine Kamera für Hobbyfilmer, sondern ein professionelles Gerät mit einem Windschutz am Mikrofon, einem Zoomobjektiv und zahllosen Knöpfen.

„Sie!", schnaubte der Dicke und zeigte mit dem Finger auf mich. „Gehört Ihnen der Laden hier?"

„Ja", antwortete ich verblüfft. „Kann ich Ihnen helfen?"

„Und ob! Sie können mir erklären, wie Sie Josh McDermotts Rezept für Eierpuddingtörtchen gestohlen haben!"

Einen Moment war ich sprachlos. Hatte ich richtig gehört? „Wie bitte?", brachte ich schließlich hervor.

Die Frau mit dem Klemmbrett lächelte verlegen. „Äh, Sie müssen Jerry entschuldigen. Er meint es nicht -"

Die Küchentür ging auf und Cassie kam heraus. „Was ist hier los? Wer sind Sie?", fragte sie den dicken Mann kämpferisch.

„Ich bin Jerry Wallis, der Manager von Josh McDermott", erwiderte er und schob trotzig das Kinn vor. Zu mir gewandt sagte er drohend: „Und spielen Sie bloß nicht die Unschuldige, Miss. Ich weiß genau, was Sie getan haben: Sie haben Ihre zweitklassigen Törtchen als Joshs Kreationen ausgegeben und ohne seine Erlaubnis seinen Namen verwendet!"

„Jetzt halten Sie aber mal die Luft an." Langsam wurde ich wütend. „Ich habe keine Ahnung, wovon Sie reden, aber ich kann Ihnen versichern, dass ich nicht versucht habe, irgendetwas als eine Kreation von irgendjemand anderem *auszugeben*, wie Sie es nennen."

„Ach nein? Und was ist das hier?"

Er hielt mir ein Blatt Papier unter die Nase. Es sah aus wie ein Ausdruck einer Webseite, ein Blogartikel, um genau zu sein. Dann dämmerte es mir. Es war der Beitrag einer Food-Bloggerin über den Little Stables Tearoom, in dem sie von unseren Eierpuddingtörtchen schwärmte.

„Hören Sie, wir können nichts dafür, wenn eine Bloggerin unsere Tarts mit denen von Josh McDermott vergleicht", empörte sich Cassie. „Schließlich haben wir den Artikel nicht geschrieben. Und außerdem: Wenn sie denkt, dass unsere Tarts so gut sind wie die von Josh ... nun, es ist ihr gutes Recht, ihre Meinung zu äußern."

„Kommen Sie mir nicht dumm! Ich weiß, dass Sie sie dazu angestiftet haben", knurrte Wallis. „Wie haben Sie das gemacht? Haben Sie sie bestochen? Ihr ein paar Scheine zugesteckt?"

„Jerry!", rief seine Begleiterin entsetzt.

„Nein, das haben wir verdammt noch mal nicht getan!", fauchte Cassie. „Wir wussten nicht einmal, dass sie in der Teestube war, bis uns jemand von dem Blog erzählt hat."

„So ein Quatsch! Sie haben das Ganze geschickt eingefädelt! Sie dachten wohl, ein bisschen kostenlose Werbung für Ihren Laden könnte nicht schaden, nicht wahr? Josh McDermott ist berühmt, also hängen Sie sich einfach hinten dran und nutzen seinen Bekanntheitsgrad für Ihre gefälschten Tarts."

„Unsere Eierpuddingtörtchen sind keine Fälschungen!", rief ich zornig. „Unsere Konditorin Dora Kempton macht sie nach ihrem eigenen Rezept. Und wenn unsere Gäste meinen, dass sie gut schmecken, dann können Sie ihnen das nicht verbieten. Oder hat Josh McDermott etwa ein Monopol auf alle Puddingtörtchen in Großbritannien?"

„Werden Sie nicht unverschämt, junge Dame!", zischte Jerry Wallis. „Ich kenne jede Menge einflussreiche Leute und kann Ihnen das Leben gehörig schwer machen, wenn ich -"

„Jerry!" Die Frau mit dem Klemmbrett sah aus, als wäre sie am liebsten im Erdboden versunken. „Du kannst ihr doch nicht drohen!", ermahnte sie ihn und versuchte, ihn wegzuziehen. „Die beiden jungen Damen haben gesagt, dass sie nichts von dem Blogartikel wussten - und ich glaube ihnen. Ich denke, wir sollten jetzt gehen."

Er wehrte ihre Hand unwirsch ab und schien etwas erwidern zu wollen, überlegte es sich jedoch anders, stieß einen grässlichen Fluch aus und stürmte aus der Teestube. Die Frau schenkte uns ein schwaches Lächeln, murmelte eine Entschuldigung und eilte dann hinter ihm her, gefolgt von dem Kameramann.

„Du meine Güte, was war das denn?" Cassie starrte ihnen verwundert nach.

Ich schüttelte fassungslos den Kopf. „Ich habe nicht die geringste Ahnung.“

„Ich habe dir gesagt, dass Josh noch schlimmer geworden ist, seit er berühmt ist“, erinnerte mich Cassie mit mürrischem Blick. „Ich wette mit dir, dass er seinen Manager angestiftet hat, uns zu drohen. Wahrscheinlich hat es sein Ego nicht verkraftet, dass jemand gesagt hat, unsere Törtchen seien genauso gut wie seine.“ Sie hob warnend den Finger. „Du wirst sehen - von Josh McDermott und seinen verdammten Puddingtörtchen werden wir noch hören!“

Kapitel 4

„Na, Müsli, was meinst du? Kann ich mich so blicken lassen?"

Meine kleine Tigerkatze saß auf meinem Bett und sah zu, wie ich eine Pirouette vor dem großen Spiegel in meinem Schlafzimmer drehte. Sie neigte bedächtig den Kopf, warf mir einen ernsten Blick aus ihren grünen Augen zu und gab dann ein zustimmendes *„Miau!"* von sich.

Ich grinste und betrachtete mich im Spiegel. Das Kleid sah noch schöner aus als in der Boutique, und die späte Nachmittagssonne, die durch die Fenster meines Schlafzimmers fiel, ließ die zarten Silberfäden in dem bestickten Mieder aufblitzen und schimmerte durch die Tüllschichten, die mir bis zu den Knöcheln reichten. Mein Haar war so gestylt, dass es sich anmutig um meine Ohren kringelte, die Silhouette meines Halses und die glatte helle Haut meiner bloßen Arme und Schultern betonte. Den seltenen freien Tag hatte ich genutzt, um nach

Herzenslust ausgiebige Körperpflege zu betreiben, und jetzt kam ich mir vor wie ein Schmetterling, der gerade aus seinem Kokon geschlüpft ist und seine Flügel ausbreiten will.

Und diese Flügel sind spektakulär, dachte ich lächelnd, drehte mich erneut vor dem Spiegel und sah entzückt, wie sich der volle Rock wie eine Wolke aus weicher rosa Seide bauschte. Ich konnte es kaum erwarten, zu sehen, was Devlin von meinem neuen Kleid hielt.

Wie aufs Stichwort hörte ich das vertraute Röhren des Motors vor meinem Häuschen und eilte zum Fenster. Ein glänzender schwarzer Jaguar XK hielt vor der Tür und ein dunkelhaariger Mann stieg aus. Ich spürte, wie mein Herz einen kleinen Satz machte, wie immer, wenn ich Devlin O'Connor sah. Er war wie der Inbegriff des Byron'schen Helden: hochgewachsen, grüblerischer Blick und keltisch-blaue Augen. Die maßgeschneiderten Anzüge, die er gewöhnlich trug, brachten seinen schlanken Körper perfekt zur Geltung.

Heute Abend jedoch sah er noch atemberaubender aus als sonst. Er hatte sich für einen schwarzen Smoking mit Seidenaufschlag an der Jacke, eine schwarze Hose, ein strahlend weißes Hemd, die vorgeschriebene schwarze Fliege und den passenden Kummerbund aus Seide entschieden. Mit einer Pistole in der Hand hätte er ohne Weiteres die Hauptrolle in dem neuesten Bond-Film spielen können, von dem Cassie erzählt hatte. Ich grinste über meine verrückten Gedanken und rannte nach unten zur Haustür, schnappte mir meine Abendtasche aus Satin und gab Müsli zum Abschied einen Klaps.

Devlins blaue Augen verdunkelten sich, als ich die Tür öffnete, er streckte die Hand aus und zog mich an sich. „Du siehst wunderschön aus", sagte er mit heiserer Stimme.

„Oh ... nein, mein Lippenstift!" Ich duckte mich lachend unter seinem Kuss weg.

Auf dem Weg zum Ball machten wir im Randolph Hotel Halt, um in der berühmten Morse Bar etwas zu trinken. Sie war nach dem legendären Detektiv benannt, der in dem eleganten, holzgetäfelten Gastraum oft über schwierige Fälle nachgedacht hatte. Von der Bar aus konnte man das Foyer des Hotels überblicken, und Cassie winkte uns zu, als wir eintraten. Sie sah selbst hinreißend aus, in einem roten Seidenkleid, das ihren dunklen Teint wunderbar zur Geltung brachte. Sie stand bereits mit Seth Browning, ihrem Date für diesen Abend, an der Bar, um Drinks zu bestellen.

Seth war ein guter Freund aus College-Zeiten, und Cassie, Seth und ich waren während des Studiums unzertrennlich gewesen. Im Gegensatz zu Cassie und mir hatte sich Seth jedoch entschieden, nach seinem Abschluss in Chemie an der Uni zu bleiben. Eine akademische Karriere passte perfekt zu ihm, denn er war zurückhaltend und ein wenig eigenbrötlerisch und verkroch sich gern hinter seinen Büchern. Mittlerweile war er wissenschaftlicher Mitarbeiter am Chemischen Institut des Gloucester Colleges und wechselte zwischen seinen Forschungen und der Arbeit als Tutor. Er lächelte zaghaft, als er Devlin und mich sah, und beeilte sich, Barhocker für uns zurechtzurücken.

„Wow, Gemma, du siehst umwerfend aus", rief Cassie und musterte mich anerkennend. Sie stieß Seth mit dem Ellbogen an und grinste. „Sie hat sich richtig Mühe gegeben, meint du nicht auch?"

Seth nickte bedächtig. „Ja, ganz reizend, aber nicht so schön wie du ... Versteh mich bitte nicht falsch – du siehst natürlich immer bezaubern aus, Cassie, aber heute Abend bist du einfach ... atemberaubend ... äh, ich meine ..."

Cassie warf den Kopf zurück und lachte herzlich. „Keine Sorge, Seth – du musst mich nicht mit Komplimenten überhäufen, schließlich bist du kein richtiges Date."

„Nein, das bin ich nicht ... das heißt ...", stotterte Seth. Seine Miene wirkte gequält.

Ich seufzte insgeheim, denn ich wusste, dass Seth nur zu gerne Cassies „richtiges Date" wäre. Er hatte von Anfang an ein Auge auf sie geworfen und hegte die heimliche Hoffnung, dass Cassie seine Gefühle erwidern würde. Aber seine Schüchternheit und die Angst, ihre Freundschaft zu zerstören, hielten Seth immer wieder davon ab, etwas zu sagen, und so konnte er nur frustriert zusehen, wie immer wieder andere Männer Cassies Herz eroberten.

Ich hatte Mitleid mit ihm und beschloss, ihm zu Hilfe zu kommen. „Ihr Jungs seht auch nicht schlecht aus", sagte ich leichthin. „Wir sind fast -"

Mir stockte der Atem, als mein Blick plötzlich auf eine Gruppe auf der anderen Seite der Bar fiel. Ich sah noch einmal genauer hin und zischte meinen Begleitern zu: „Die Silberlocken! Was machen die denn hier?"

Die anderen drehten sich um und starrten die vier netten alten Damen an, die uns nun mit gespielter Überraschung zu bemerken schienen. Sie standen auf und kamen zu uns.

„Na so was! Gemma, Liebes, wie schön, dich hier zu sehen!", dröhnte Mabels Stimme durch die Bar.

„Ja, so ein Zufall", erwiderte ich trocken.

„Du siehst bezaubernd aus, meine Liebe. Ich hatte auch mal so ein Kleid, als ich noch jung und hübsch war", kicherte Glenda.

Trotz ihres Alters hatte sich Glenda das Herz und die Seele eines jungen Mädchens bewahrt und zeigte ein reges Interesse an Mode und Kosmetik, doch heute Abend hatte ich das Gefühl, dass ihre geröteten Wangen nicht auf ihren bisweilen ungeschickten Umgang mit Rouge zurückzuführen waren. Sie bestätigte meinen Verdacht, als sie sich zu mir beugte und flüsterte: „Wir haben herausgefunden, dass Josh McDermott in diesem Hotel wohnt! Wir haben den ganzen Tag hier gewartet, in der Hoffnung, einen Blick auf ihn zu erhaschen. Mabel denkt … oh mein Gott, das ist er!"

Ein Tumult im Foyer ließ uns aufblicken. Josh McDermott betrat die Lobby, begleitet von seinem Manager und der Dame mit dem Klemmbrett, die mich gestern in der Teestube heimgesucht hatten. Außerdem war er von einer Schar von Fotografen und Journalisten umgeben, die alle seinen Namen riefen, um seine Aufmerksamkeit zu erlangen.

„Mr McDermott! Mr McDermott, stimmt es, dass Sie in der neuen Staffel von ‚Superchef' den Platz Ihres Rivalen Antonio Casa einnehmen?"

„Huhu, hier, Josh! Bitte lächeln!"

„Was halten Sie davon, dass die Kritiker Sie einen ‚eitlen Pfau ohne echtes Talent' nennen?"

„Haben Sie vor, ein eigenes Restaurant zu eröffnen, Mr McDermott?"

„Josh, hatten Sie einen One-Night-Stand mit dem Model Chloe Minx?"

„Stimmt es, dass Sie eine Hautpflegeserie für Männer auf den Markt bringen?"

„Bitte mal hersehen, Mr McDermott! Ein Lächeln für die Kamera, bitte!"

Der Starkoch drehte sich um und posierte im Blitzlichtgewitter, ließ sein berühmtes Lächeln erstrahlen und wischte alle Fragen mit geübter Leichtigkeit weg. Selbst aus dieser Entfernung konnte ich seine Ausstrahlung spüren, und es überraschte mich nicht, dass fast das ganze Land Josh McDermott zu Füßen lag. Er hatte sich seit unserer Studienzeit kaum verändert - er war höchstens etwas fülliger geworden und hatte ein paar Fältchen um die dunkelbraunen Augen, aber das schien seinen Sex-Appeal nur noch zu verstärken. Und das Selbstbewusstsein, von dem er immer schon mehr als genug hatte, schien sich vervielfacht zu haben.

„So selbstverliebt wie eh und je", bemerkte Cassie trocken, die ihn kritisch beäugte.

Glenda trat zu mir und hauchte atemlos: „Oh Gemma - könntest du ihn um ein Autogramm für mich bitten?" Sie griff in ihre Handtasche und zog eines von Joshs Kochbüchern heraus.

Ich schaute sie überrascht an. „Warum fragen Sie ihn nicht selbst?"

„Ich hätte keine Chance, an ihn heranzukommen, aber du kennst ihn von früher. Bestimmt würde er dich erkennen und dir zuliebe eine Ausnahme machen." Glenda drückte meine Hand. „Das wäre das schönste Geschenk, das man mir machen könnte!"

Wie hätte ich da Nein sagen können? Ich zögerte kurz, dann nahm ich das Kochbuch und sagte: „Na gut. Ich werde es versuchen."

Ein wenig verlegen verließ ich die Bar, um ins Foyer zu gehen. Die Paparazzi hatten sich inzwischen in alle Winde zerstreut und Josh und sein Gefolge stiegen gerade die geschwungene Treppe hinauf, die von der Eingangshalle zu den Gästezimmern führte. Ich zögerte erneut und überlegte, ob ich den Versuch abbrechen sollte, doch als ich über die Schulter zurück in die Bar blickte, sah ich Glenda, die mich mit hektischem Handwedeln die Treppe hochscheuchte.

Widerstrebend wandte ich mich um, raffte meine Röcke mit einer Hand und begann den Aufstieg, was mit dem langen Kleid gar nicht so einfach war. Ich hatte Angst, dass ich auf den Saum treten und den zarten Tüllstoff zerreißen könnte, daher ging ich sehr vorsichtig. Als ich den ersten Treppenabsatz erreichte, war Joshs Gruppe auf dem nächsten Treppenabsatz schon fast außer Sichtweite. Ich hielt meine Röcke ein wenig höher und ging schneller, doch als ich im obersten Stockwerk ankam, fand ich nur einen leeren Korridor vor, der sich zu beiden Seiten der Treppe erstreckte.

Verdammt. Wie sollte ich ihn jetzt finden? Schließlich wusste ich nicht, welches Zimmer Josh McDermott hatte. Während ich noch überlegte, was ich tun sollte, sah ich zwei Gestalten aus einem Zimmer auf halber Höhe des Korridors zu meiner Rechten kommen. Es waren Jerry Wallis und die gehetzt aussehende Frau mit dem Klemmbrett. Das Herz schlug mir bis zum Hals. Ich befürchtete, dass mich der streitlustige Manager wiedererkennen würde, aber er war in eine heftige Diskussion mit seiner Begleiterin verwickelt und keiner von beiden würdigte mich eines Blickes, als sie an mir vorbeikamen.

Ich wartete, bis sie die Treppe hinuntergegangen und außer Sichtweite waren, bevor ich mich dem

Zimmer näherte, aus dem sie gekommen waren. Als ich vor der Tür stand, hörte ich jedoch zu meiner Überraschung laute Stimmen, wie bei einem heftigen Streit. Ich biss mir auf die Lippe. Das war auf jeden Fall nicht der beste Zeitpunkt, Josh um ein Autogramm zu bitten! Ich wollte gerade den Rückweg antreten, als eine wütende Stimme ertönte, die ich kannte: „... du herzloser Mistkerl! Ich habe all die Jahre zu dir gehalten, als du noch ein Niemand warst, und jetzt lässt du mich wegen dieser Schlampe sitzen, nachdem du den Durchbruch geschafft hast!"

Es war die Frau, der Cassie und ich im Nagelstudio begegnet waren, da war ich mir ganz sicher.

Joshs Stimme klang ruhig und vernünftig: „Leanne, ich habe dir doch gesagt, dass es nichts mit meiner Karriere zu tun hat. Es lief sowieso nicht gut zwischen uns -"

„Zwischen uns war alles in bester Ordnung! Du hast sogar gesagt, du wolltest mich heiraten. Und dann kamen immer mehr Fernsehauftritte, dein Ruhm ist dir zu Kopf gestiegen und plötzlich hieß es, du bräuchtest ‚deinen Freiraum' - um dich hinter meinem Rücken mit Models zu vergnügen, stimmt's? Ich nehme an, ich war dir nicht schlank genug? Oder waren meine Brüste nicht groß genug?"

„Du machst dich lächerlich." Joshs Stimme troff vor Verachtung. „Und ich habe keine Zeit für so etwas. Ich muss mich fertig machen, ich breche gleich zum Boscobel College auf."

„Du kannst mich nicht so abwimmeln! Ich bleibe!"

„Oh nein, das wirst du nicht. Wenn du nicht freiwillig verschwindest, rufe ich den Sicherheitsdienst des Hotels und zeige dich an, weil du mich belästigst. Die Paparazzi treiben sich wahrscheinlich immer noch draußen herum, und ich bin mir sicher, dass sie nur zu gerne ein paar Aufnahmen davon machen würden, wie meine Ex-Freundin aus dem Haus geworfen wird."

„Du … du …!" Leanne stotterte vor Wut. „Damit kommst du nicht durch! Ich lasse nicht zu, dass du mich einfach beiseiteschiebst. Du wirst sehen, Josh McDermott! Du wirst es bereuen, dass du mich hast sitzen lassen!"

Plötzlich wurde die Zimmertür aufgerissen und ich sprang schuldbewusst zurück, als die blonde Frau herausstürmte.

Sie drängte sich an mir vorbei, hastete den Korridor hinunter und verschwand mit klackernden Stöckelschuhen über die Treppe. Einen Moment war ich unsicher, was ich tun sollte, dann folgte ich ihr schnell. Es war mir zu peinlich, Josh McDermott unmittelbar nach der Auseinandersetzung mit seiner Ex-Freundin gegenüberzutreten, denn er hätte sofort gewusst, dass ich an der Tür gelauscht hatte. Außerdem klang es nicht so, als sei er in der Stimmung, Autogramme zu geben. Ich kehrte an die Bar zurück und reichte Glenda das Kochbuch zurück.

„Es tut mir leid", erklärte ich. „Ich ... Es war nicht der geeignete Zeitpunkt. Glauben Sie mir, ich hätte ihn gefragt, wenn es möglich gewesen wäre, aber ..." Als ich die Enttäuschung in ihrem Gesicht sah, versprach ich spontan: „Hören Sie, ich versuche es auf dem Ball erneut. Seine Kochvorführung wollte ich mir sowieso ansehen, und wenn ich ihn danach noch kurz erwische, bitte ich ihn um ein Autogramm."

„Oh, Gemma, Liebes - würdest du das tun? Vielen Dank!", rief Glenda und ihre Miene erhellte sich wieder.

„Allerdings kann er nur auf einer Serviette oder etwas Ähnlichem unterschreiben", warnte ich sie. „Ich kann das Kochbuch nicht den ganzen Abend mit mir herumschleppen."

„Oh, eine Serviette wäre prima", beteuerte Glenda. „Hauptsache, ich bekomme mein Autogramm."

Als wir eine halbe Stunde später endlich das Boscobel College betraten, waren alle Gedanken an Josh McDermott wie weggeblasen, als ich in dem großen Innenhof stand und mich voller Bewunderung umsah. Die Universität von Oxford bestand aus fast vierzig Colleges und selbst Studenten kannten meist nicht alle. Normalerweise hielt man sich außer im eigenen College in denen der Freundinnen und Freunde auf oder man besuchte Tutorien oder die Veranstaltungen der Universitätsgesellschaft, die an unterschiedlichen Orten stattfanden. Ich musste mir allerdings eingestehen, dass ich in meiner Zeit in Oxford längst nicht alle Colleges gesehen hatte. Das Boscobel College kannte ich gut, weil Cassie dort studiert hatte, und bisher hatte ich es nie für eine sonderlich ansehnliche oder beeindruckende Institution gehalten. Als eines der kleineren Colleges in Oxford verfügte es weder über die großen Innenhöfe noch über die majestätischen Türme der berühmteren Colleges, und auch die ausgedehnten Parks und Gärten und die fantastischen Aussichten auf die Stadt fehlten hier. Das Boscobel war immer eine Art unscheinbarer „armer Cousin" in der Hierarchie der Oxforder Architektur gewesen.

Für den heutigen Abend hatte sich das Boscobel jedoch in ein zauberhaftes Wunderland verwandelt, mit Lichterketten an den Steinmauern, elfenbeinfarbenen Luftballons an den schmiedeeisernen Laternenpfählen und eleganten Zelten, die den Rand des großen Innenhofs säumten. Im angrenzenden Hof an der Bibliothek spielte eine Jazzband und aus einem nahen Pavillon duftete es verführerisch nach gegrilltem Fleisch. Es herrschte eine Atmosphäre wie auf einem Jahrmarkt, auf den Rasenflächen fanden Wettkämpfe statt wie bei einem Ritterturnier aus alter Zeit, neben dem Haupttor war eine kleine Autoscooterbahn aufgebaut und es gab sogar einen Mann auf Stelzen, der im Vorbeigehen seinen Zylinder lüpfte.

Devlin bot mir lächelnd seinen Arm und wir schlossen uns den vielen Menschen an, die über den

Innenhof schlenderten, die Männer in ihren schwarzen Smokings, die Frauen in ihren schimmernden Kleidern aus Seide und Satin. Ich schmiegte mich an ihn und fühlte mich plötzlich in die Zeit vor acht Jahren zurückversetzt, als wir ebenfalls Arm in Arm unter dem Sternenhimmel flaniert waren.

„Hey, Gemma, sieh mal – da ist eine Wahrsagerin!", sagte Cassie hinter uns und zeigte auf einen Stand in der Nähe. Sie eilte hinüber und zog Seth mit sich.

„Cassie, du weißt doch, dass das alles Quatsch ist", protestierte ich. Trotzdem folgte ich den beiden, um meiner besten Freundin nicht den Spaß zu verderben. „Du kriegst immer das Gleiche zu hören: Du wirst Glück haben oder bekommst bald einen Brief."

„Heutzutage wäre das eine E-Mail", bemerkte Devlin lachend. „Und damit kann man wirklich nicht danebenliegen - ich meine, wer bekommt nicht bald eine E-Mail?"

Cassie achtete gar nicht auf uns, sondern nahm vor der dunkelhäutigen Frau Platz, die sich ein Kopftuch umgebunden hatte und riesengroße runde Ohrringe trug. Meine Freundin wartete gespannt, während die Wahrsagerin ihre Handfläche eingehend betrachtete.

„Sie werden bald eine gute Nachricht erhalten ...", murmelte sie. „Sie sind bei guter Gesundheit, aber mit Ihren Finanzen steht es nicht zum Besten. Sie sind immer bereit, anderen zu helfen ... und ... Sie sind kreativ! Sie versuchen sich als Künstlerin ... vielleicht schreiben Sie eines Tages ein Buch?"

Ich verdrehte die Augen. Cassie grinste. Sie bedankte sich bei der Frau, stand dann auf und wies auf den frei gewordenen Stuhl.

„Na los, Gemma – lass mal hören, was dir die Zukunft bringt."

Ich wollte mich schon abwenden, aber dann zuckte ich gleichgültig mit den Schultern und beschloss, sie nicht zu enttäuschen. Ich setzte mich und streckte der Frau meine Hand entgegen. Sie ergriff sie gelangweilt, betrachtete sie – und fuhr dann mit einem Aufschrei zurück. Meine Hand ließ sie fallen wie eine heiße Kartoffel. Alle Umstehenden sahen uns neugierig an. Ich war völlig perplex. In den Augen der Frau lag blankes Entsetzen und ihr Mund öffnete und schloss sich, ohne dass sie ein Wort hervorbrachte.

„Was ist los?", fragte Devlin stirnrunzelnd. Er trat vor und legte der Wahrsagerin sanft die Hand auf den Arm. „Stimmt etwas nicht?"

Sie deutete mit zitterndem Finger auf meine Handfläche. „Ich ... ich sehe Tod!"

Kapitel 5

„Komm schon, Gemma, mach nicht so ein mürrisches Gesicht!"

Ich warf meiner besten Freundin einen finsteren Blick zu. „Du wärst auch nicht gerade gut gelaunt und fröhlich, wenn dir eine Wahrsagerin gesagt hätte, dass du sterben wirst."

„Sie hat nicht gesagt, dass *du* sterben wirst", hielt Cassie dagegen. „Sie hat nur gesagt, dass sie den Tod in deiner Nähe sieht - dass du ihm bald begegnen wirst. Wahrscheinlich bedeutet das zum Beispiel, dass du einen großen Catering-Auftrag von einem Bestattungsunternehmen bekommst."

Ich musste lachen. „Wenn ich über eine Leiche stolpern sollte, habe ich wenigstens den besten Detective der Kripo von Oxfordshire dabei", sagte ich mit einem neckischen Blick in Devlins Richtung.

„Oh nein, danke", wehrte Devlin mit gespieltem Entsetzen ab. „Ich bin heute Abend nicht im Dienst. Keine Morde bitte."

Seth, der kurz verschwunden war, tauchte plötzlich aus der Menschenmenge auf und überreichte Cassie einen großen Plüschhasen.

„Der ist für dich", sagte er schüchtern.

„Für mich?"

„Ich habe ihn im Kasino-Zelt gewonnen", erklärte er und deutete über seine Schulter.

„Ach, wie süß!", rief Cassie und gab ihm einen Kuss auf die Wange.

Seth wurde knallrot. Er fuchtelte unbeholfen mit den Armen, als wollte er Cassie an sich ziehen, traute sich aber nicht. Dann wich sie zurück und der Moment war vorbei.

„Ich wusste gar nicht, dass es hier ein Kasino-Zelt gibt", sagte Devlin begeistert. „Kommt, ich habe Lust auf eine Runde am Roulettetisch."

Seth führte uns in ein kleines Zelt, das wie ein elegantes Kasino hergerichtet war, bis hin zu den uniformierten Croupiers, die das Spielgeschehen an den grünen Kartentischen überwachten. Wir stellten uns zu einer Gruppe von Leuten, die wie gebannt den Weg der kleinen weißen Kugel in dem sich drehenden Rouletterad verfolgten. Sie wurde allmählich langsamer, bis sie schließlich in die Mitte fiel und auf einer der Zahlen zum Liegen kam. Der Croupier sammelte die verlorenen Jetons ein, woraufhin mehrere Spieler aufstöhnten.

„Das Rad ist manipuliert!", rief ein Mann wütend und wandte sich angewidert vom Roulettetisch ab. Er kam mir irgendwie bekannt vor, aber mir fiel nicht ein, wo ich ihn schon einmal gesehen hatte.

„Hey, das ist Antonio Casa", flüsterte Cassie, als er an uns vorbei aus dem Zelt stürmte.

„Wer?"

„Er ist ein berühmter Koch; hast du ihn nicht im Fernsehen gesehen? Er ist der Star bei ‚Superchef' – na ja, ich habe gerade gehört, dass sie ihn aus der Show geworfen haben. Er ist sehr jähzornig und hat immer wieder heftige Auseinandersetzungen angezettelt."

„Das scheint doch heutzutage eine Vorbedingung für einen Fernsehkoch zu sein", sagte ich mit einem zynischen Lachen.

„Ja, aber Antonio hatte nicht das nötige Charisma, um so etwas vor der Kamera durchzuziehen. Ich glaube, die Leute fanden seine Wutausbrüche einfach nur nervig. Jedenfalls munkelt man, dass Josh McDermott in der neuen Staffel an seine Stelle tritt."

„Stimmt, jetzt fällt es mir wieder ein - einer der Reporter im Hotel hat Josh danach gefragt." Ich blickte zum Eingang des Zeltes, durch den der wütende Küchenchef verschwunden war. „Was Antonio Casa wohl hier macht?"

Cassie zuckte mit den Schultern. „Vielleicht will er Josh bei seiner Kochshow ausbuhen. Es würde mich jedenfalls nicht wundern. In den sozialen Medien werfen sich die beiden die übelsten Gemeinheiten an den Kopf, sie können sich auf den Tod nicht ausstehen. Neuerdings behauptet Antonio

Casa, Josh sabotiere sein neues Restaurant." Sie schaute auf die Uhr. „Und wo wir gerade von Josh sprechen: Seine Kochvorführung beginnt bald. Wahrscheinlich sollten wir uns auf den Weg zum Speisesaal machen, damit wir einen Platz in der ersten Reihe bekommen."

Am Roulettetisch ertönte ein Jubelschrei – Devlin hatte gewonnen und kam uns mit seinem Preis entgegen: einem riesigen Plüschbären.

„Bitte sehr", sagte er augenzwinkernd und reichte mir den gigantischen Teddy. „Nicht, dass du dich benachteiligt fühlst, nur weil du kein großes Plüschtier hast."

„Danke", sagte ich trocken.

„Hört zu, Gemma und ich gehen jetzt rüber in den Speisesaal. Holt euch doch ein paar Drinks und kommt dann nach", schlug Cassie vor.

Während die Männer zum Cocktailstand gingen, überquerten Cassie und ich den großen Innenhof und betraten den nächsten Hof, von dem aus man zur Mensa gelangte. Wir kamen nur langsam voran, unsere langen Kleider und die riesigen Stofftiere waren ausgesprochen hinderlich. Cassie hatte recht gehabt: Vor dem Saal hatte sich bereits eine lange Schlange gebildet. Wir stellten uns an, wobei wir uns bei etlichen Leuten entschuldigen mussten, denn mit den Plüschtieren eckten wir überall an.

„Wir können diese Dinger nicht den ganzen Abend herumschleppen", stellte ich ärgerlich fest und blickte in Richtung des Torbogens, der die beiden

Höfe miteinander verband. Das Boscobel College war ziemlich klein, zur Pförtnerloge und zurück würde ich nicht lange brauchen. „Pass auf", sagte ich zu Cassie, „du bleibst hier in der Warteschlange und ich bringe diese Monstrositäten rüber zum Portier."

Mit dem Plüschhasen unter dem einen Arm und dem Plüschteddy unter dem anderen machte ich mich so schnell ich konnte auf den Weg zu dem kleinen Dienstzimmer neben dem Haupttor. Die College-Pförtner in ihren düsteren schwarzen Anzügen waren eine charmante Eigenart der Universität Oxford. Sie boten den Studenten und Lehrkräften, die im College lebten, rund um die Uhr die Dienste einer Concierge, sorgten für Ruhe und Sicherheit auf dem Gelände, behielten das Haupttor im Auge, um Unbefugte fernzuhalten, setzten lauten Partys um Mitternacht unerbittlich ein Ende und verteilten die Post in die Postfächer der Studenten. Darüber hinaus waren sie die guten Geister eines Colleges, an die man sich wenden konnte, wenn man einen Stadtplan von Oxford brauchte oder sich aus seinem Zimmer ausgesperrt hatte!

Oft bekleideten sie ihren Posten jahrelang und ich erinnere mich gut an den freundlichen Oberpförtner an meinem alten College. Auch am Boscobel hatte ich einige dieser Herren kennengelernt, wenn ich Cassie besucht hatte, und ich fragte mich, ob wohl noch einer von ihnen im Dienst war. Doch den Mann hinter dem Empfangstresen, der mich freundlich begrüßte, hatte ich nie gesehen. Er nahm die beiden

Plüschtiere mit altmodischer Höflichkeit entgegen und versprach, sie sicher aufzubewahren.

„Das College sieht so schön aus, mit all den Lichtern und Zelten", bemerkte ich lächelnd.

„Ja, schön aussehen tut es, aber meinetwegen kann der Abend nicht schnell genug vorbei sein."

Ich wunderte mich über seinen Mangel an Begeisterung, doch dann überlegte ich, dass ein Ball für einen College-Pförtner wahrscheinlich nur noch mehr betrunkene Studenten und noch mehr achtlos hingeworfenen Müll als sonst bedeutete.

„Ich nehme an, ein solches Ereignis bringt viel zusätzliche Arbeit für Sie mit sich", sagte ich mitfühlend. „Dieses Jahr sind so viele Leute da."

Er nickte. „Und die Hälfte von denen sollte wahrscheinlich gar nicht hier sein."

„Wie meinen Sie das?"

„Wir haben ein großes Problem mit ungebetenen Gästen. Wahrscheinlich liegt es an dem berühmten Koch, der dieses Jahr auftritt. Den wollen mehr Leute sehen als Karten da waren, also mogeln sie sich irgendwie ins Gebäude."

„Wie machen sie das?"

„Ach, Sie glauben ja nicht, was die sich alles einfallen lassen. Manche bestechen Studenten, damit sie sie als ihre Gäste ausgeben, andere schlüpfen einfach an den Sicherheitsleuten vorbei. Wir behalten natürlich den Haupteingang im Auge, aber von einer Gasse an der Seite des Colleges gibt es noch ein kleineres Tor. Das ist normalerweise verschlossen, nur die Bewohner des Colleges haben einen Schlüssel. Aber jemand hat das Schloss irgendwie verbogen, das Tor schließt deshalb nicht mehr richtig. Also kommen sie da rein." Er stieß einen tiefen Seufzer aus. „Jedenfalls ist Rodney - das ist der andere Pförtner - jetzt runtergegangen, um es zu reparieren. Ich hoffe, dass sich die Sache damit erledigt."

„Die Vorführung von Josh McDermott fängt sowieso bald an", tröstete ich ihn. „Vielleicht verschwinden danach auch die Eindringlinge."

Ich verabschiedete mich und machte mich auf den Weg zurück zum Speisesaal. Als ich mich dem Torbogen näherte, der in den hinteren Hof führte, stellte ich jedoch zu meiner Verärgerung fest, dass der Weg inzwischen blockiert war. Eine riesige Menschenmenge, die auch darauf wartete, in den Speisesaal gelassen zu werden, hatte sich dort versammelt.

Nach kurzem Zögern drehte ich mich um und ging am Torbogen vorbei an der Seite des Hofes entlang, bis ich zu einer stabilen Holztür in der Hofmauer kam. Ich erinnerte mich, dass man durch diese Tür zu einem Gang gelangte, der an der Rückseite des Gebäudes am Haus des Masters vorbei in den Säulengang und von dort zum Hintereingang des Speisesaals führte. Als Studentinnen waren Cassie und ich diesen Weg manchmal gegangen und nun hoffte ich, auf diese Weise in den Speisesaal zu gelangen, ohne mich durch die Menschenmenge zwängen zu müssen.

Zum Glück war die Tür wie in alten Zeiten unverschlossen. Ich streckte die Hand nach dem schweren Messingring aus, der sich leicht drehen ließ, sodass ich die Tür aufstoßen und das kleine Vorzimmer dahinter betreten konnte. Im Schein einer alten Messinglampe erkannte ich eine hölzerne Wendeltreppe und den Zugang zu einem schummrigen Korridor. So schnell ich konnte, lief ich ihn entlang und gelangte in einen kleinen, abgeschiedenen Innenhof, an dem das Haus des Masters lag. Aus dem steinernen Säulengang mit seinen aufwendig gestalteten Pfeilern und der gewölbten Decke, der den Hof umgab, trat plötzlich eine Dame in einem dunklen Abendkleid. Sie erschrak, als sie mich sah, doch ihre Stimme klang ruhig und freundlich.

„Hallo, haben Sie sich verlaufen?"

Ich errötete schuldbewusst, denn vermutlich hatte ich in diesem Teil des Colleges nichts zu suchen. „Äh ... nein, ich wollte nur zum Speisesaal. Ich kenne diesen Weg von früher und da dachte ich ..."

Die Dame nickte. „Ja, wenn Sie den Säulengang bis zum Ende gehen, kommen Sie am hinteren Teil des Speisesaals aus. Aber eigentlich ist dieser Bereich privat, wie Sie sicher wissen", fügte sie lächelnd hinzu.

„Ja, natürlich, es tut mir leid." Dass sie so nett mit mir sprach, machte die Sache nur noch schlimmer. „Ich wollte zurück zu meiner Freundin, die in der Schlange vor dem Speisesaal steht, aber der Besucherandrang ist so groß, dass ich nicht mehr zu ihr durchgekommen bin.“

„Ja, ich glaube, mein Mann hat die Popularität von Josh McDermott unterschätzt“, erwiderte sie mit einem leisen Lachen. „Nun, wenn Sie den Pförtnern nichts verraten ...“ Mit einem verschwörerischen Lächeln trat sie einen Schritt beiseite, um mich durchzulassen.

„Danke!“ Ich verabschiedete mich, raffte meine Röcke und eilte davon.

Wie der größte Teil des Colleges wurde auch dieser Gang von alten, an den Mauern angebrachten Lampen beleuchtet, die ein unheimliches Licht auf die Steinplatten warfen. Während meiner Studienzeit in Oxford hatte ich mich an die gespenstische Atmosphäre gewöhnt, die abends an vielen Colleges herrschte, aber ich war trotzdem froh, als ich den langen Säulengang hinter mir gelassen hatte und auf einen besser ausgeleuchteten Innenhof trat.

Erleichtert ging ich auf die Rückseite des Gebäudes zu, in dem sich die Küche und der Speisesaal befanden. Der Lieferanteneingang stand offen und ich sah Kisten mit Lebensmitteln und allerlei Küchengeräten sowie die Utensilien eines TV-Teams. Es herrschte ein reges Treiben, Kameraleute, Tontechniker und andere Mitglieder des Filmteams eilten umher und führten letzte Checks durch.

Aus der Tür traten in diesem Moment zwei Leute,

die ich sofort erkannte: Es waren Jerry Wallis und die gehetzt wirkende Frau mit dem Klemmbrett. Verdammt! Warum musste ich den beiden immer wieder über den Weg laufen? Ich duckte mich hinter einen Busch, in der Hoffnung, dass sie mich nicht gesehen hatten. Der streitlustige Manager würde mich wahrscheinlich beschuldigen, dass ich am Set spionieren wollte, um noch mehr von Josh McDermotts kulinarischen Geheimnissen zu stehlen!

„… wie lange will er denn da drinbleiben?", fragte die Frau besorgt. „Schließlich muss die Crew letzte Soundchecks machen."

„Vor einer Kochvorführung braucht er zehn Minuten für sich allein, das gehört für ihn einfach dazu. Er testet gerne persönlich die Ausrüstung und die Zutaten und bereitet sich auf seinen Auftritt vor", antwortete Wallis. „Die Wartezeit wird die Leute nicht stören - lass Josh ruhig sein Ding machen. Du willst doch eine gute Show, oder?"

Ihre Stimmen wurden leiser, als sie aus meinem Blickfeld verschwanden. Ich trat aus meinem Versteck und wollte ihnen folgen, hielt dann aber inne, als ich mich der offenen Tür näherte und mir Glendas Autogrammwunsch einfiel. Eine bessere Gelegenheit, Josh um ein Autogramm zu bitten, würde ich wohl kaum bekommen. Wenn ich bis nach der Show wartete, würde ich ihn möglicherweise verpassen, wenn er sich schnell aus dem Staub machte. Und wahrscheinlich müsste ich mich gegen

Hunderte anderer Frauen durchsetzen, um nahe genug an ihn heranzukommen.

Kurz entschlossen trat ich ein und eilte den kurzen Flur hinunter, der sich anschloss. An seinem Ende zweigten zwei Gänge in entgegengesetzte Richtungen ab. Zu meiner Rechten sah ich einen dunkelhaarigen Mann, der sich durch eine Schwingtür schob, und erhaschte einen Blick auf glänzende Edelstahltische und Dampf, der aus offenen Töpfen aufstieg. Dann fiel die Tür wieder zu. Da hier die Küche war, führte der andere Gang wohl zum Speisesaal, den man durch eine schwere, mit Stoff bespannte Tür betrat. Es war ein schöner Raum mit dunkler Holzvertäfelung, einer gewölbten Decke und in die Wände eingelassenen Buntglasfenstern. Im Licht der alten Lampen auf den langen Holztischen und zahlreicher Kerzen sah er ehrwürdig und stimmungsvoll aus: die perfekte Kulisse für „Posh McDishy".

Aber wo war er?

Ich schaute mich suchend um; es war niemand zu sehen. Langsam ging ich an den langen Holztischen vorbei, an denen normalerweise die Studenten saßen, bis zu dem schweren Eichentisch, der auf einem erhöhten Podest am anderen Ende des Raumes stand. Dies war der sogenannte „High Table", an dem die Dons und andere führende Mitglieder der Fakultät speisten. Für die heutige Show hatte man ihn in einen behelfsmäßigen „Küchentresen" verwandelt. Das Klappern meiner

Absätze klang überlaut, als ich mich dem Podium näherte, und mir war ein wenig unheimlich zumute. Draußen konnte ich das Stimmengewirr der wartenden Menge hören, aber hier drinnen herrschte gespenstische Stille, die nur durch das gelegentliche Zischen einer Kerzenflamme unterbrochen wurde.

„Josh?", rief ich.

Keine Antwort.

Ich runzelte die Stirn. War er gar nicht hier? Aber wohin sollte er gegangen sein? Durch den Haupteingang zum Speisesaal konnte er nicht verschwunden sein – die wartende Menge wäre durchgedreht. Und durch den Lieferanteneingang war er gewiss nicht gekommen, denn dann hätte ich ihn gesehen. Außerdem hatte ich aus Wallis' Worten geschlossen, dass er und die Dame mit dem Klemmbrett ihn gerade im Speisesaal zurückgelassen hatten. Wo war er also?

Langsam betrat ich das Podium und ging auf den massiven Eichentisch zu. Er war bereits für die Show hergerichtet worden: Gewürze und trockene Zutaten standen in aufeinander abgestimmten Glasschalen bereit, frisches Obst und Gemüse war ansprechend in Weidenkörben arrangiert. Am Rand des Tisches entdeckte ich einen Stapel Servietten und nahm mir eine, da ich nichts anderes für Joshs Unterschrift hatte.

Wenn ich den Mann allerdings nicht finde, wird es mit dem Autogramm nichts, dachte ich missmutig. Ich drehte mich um und ließ den Blick frustriert noch einmal durch den Raum schweifen.

Dann wandte ich mich wieder dem Tisch zu, ging auf die dem Saal abgewandte Seite – und blieb wie angewurzelt stehen, während mir die Serviette aus den erstarrten Fingern glitt.

Josh McDermott lag zusammengekrümmt auf dem Boden.

Ich starrte ihn an, das Herz klopfte mir bis zum Hals. Vielleicht lag es daran, dass er sich nicht rührte, vielleicht aber auch daran, dass er so unnatürlich bleich aussah – auf jeden Fall wusste ich, dass er tot war.

Kapitel 6

„Möchten Sie eine Tasse Tee?"

Ich blickte von dem Sofa auf, auf dem ich kauerte. Es stand im Wohnzimmer des Masters und die freundliche Dame, die mich zuvor im Säulengang angesprochen hatte, beugte sich besorgt über mich. Sie war etwa Ende vierzig, an den Wangenknochen war ihre Haut straff gespannt, was sie müde und abgehärmt aussehen ließ, und um die Mundwinkel zeigten sich tiefe Falten.

Lächelnd stellte sie sich vor: „Ich bin Irene Mansell, die Frau des Masters. Henry hat mir erzählt, dass Sie Joshs Leiche entdeckt haben."

„Ja, kurz nachdem wir miteinander gesprochen hatten. Ich bin in den Speisesaal gegangen, um ihn um ein Autogramm zu bitten, und ich ... ich habe ihn hinter dem High Table gefunden."

Ihr Gesicht wurde ernst. „Es muss ein furchtbarer Schock für Sie gewesen sein, eine Leiche zu sehen."

Ich schluckte. „Streng genommen ist es nicht das

erste Mal, aber Sie haben recht, es war ein schrecklicher Schock. Ich glaube, es war besonders schlimm, weil ich ihn kannte. Vermutlich ist es immer etwas anderes, wenn es jemand ist, den man persönlich kennt.“

„Oh, das tut mir leid - war Josh ein Freund von Ihnen?“

„Nicht direkt ein Freund, aber ... nun, ich kannte ihn, als ich hier in Oxford studiert habe. Ich habe ihn oft im College gesehen.“

Sie schaute mich überrascht an. „Waren Sie am Boscobel? Ihr Gesicht kommt mir gar nicht bekannt vor – normalerweise kann ich mir Gesichter gut merken. Ich glaube, ich kann mich an alle Studenten erinnern, die sich hier eingeschrieben haben, seit mein Mann die Leitung des Colleges übernommen hat.“

„Nein, ich war nicht am Boscobel, aber meine beste Freundin Cassie war hier und ich habe sie oft besucht.“

„Cassie?“

„Cassandra Jenkins.“

„Oh! Ja, natürlich, ich erinnere mich an sie. Sie war eine der ersten Studentinnen, die ich kennengelernt habe, glaube ich. Henry hatte damals gerade die Stelle als Master angenommen und wir waren im Sommer ins College gezogen. Sie war künstlerisch veranlagt, wenn ich mich recht entsinne, und hat einige fantastische Bilder für die Wohltätigkeitsauktion des Colleges gemalt.“ Als sie sah, dass ich zitterte, fragte sie besorgt: „Ist Ihnen kalt? Soll ich Ihnen eine Decke bringen?"

„Schon gut", beruhigte ich sie und rieb mir die bloßen Arme. „Das ist nur die Reaktion auf den Schock, glaube ich."

„Sie brauchen einen heißen Tee", beschloss Irene. „Und ich hole Ihnen einen Schal, den Sie sich um die Schultern legen können. Hat die Polizei gesagt, wie lange Sie hier warten sollen?"

„Nein, aber ich denke nicht, dass es noch lange dauert. Sie musste nur das Gelände absichern, vor allem weil so viele Ballgäste hier herumlaufen."

„Ja, ein weiterer Unfall wäre das Letzte, was wir gebrauchen können", seufzte Irene. „Es ist schon erschreckend, wie gefährlich ein ganz gewöhnliches Küchengerät sein kann. Sie hatten großes Glück, dass Sie nicht ebenfalls einen Stromschlag bekommen haben, als Sie Joshs Leiche gefunden haben."

Ich erschauderte. „Vermutlich hat Josh den Stecker aus der Steckdose gerissen, als er zu Boden gestürzt ist. Sonst hätte er weiterhin unter Strom gestanden, denn er hatte den elektrischen Schneebesen noch in der Hand."

Sie klopfte mir aufmunternd auf die Schulter. „Nun, denken Sie nicht mehr daran. Es ist eine schreckliche Tragödie, aber Gott sei Dank ist sonst niemand verletzt worden. Mein Mann ist Ihrem Freund sehr dankbar – es ist hilfreich, wenn ein Polizist zur Stelle ist und die Sache in die Hand nimmt."

„Ja, es war ein Glück, dass Devlin so schnell vor Ort sein konnte", erwiderte ich sarkastisch, „obwohl er gehofft hatte, heute Abend nicht in offizieller Funktion auftreten zu müssen."

„In offizieller Funktion? Wie meinen Sie das? Ich weiß, dass Ihr Freund bei der Kripo ist – aber es war doch ein Unfall, oder etwa nicht?"

„Oh nein, nein, ich meinte nur, dass mein Freund sich auf einen dienstfreien Abend gefreut hat, aber -"

In diesem Moment erschien Devlin in der Tür zum Wohnzimmer und räusperte sich höflich. Irene Mansell beeilte sich, mir eine Tasse heißen, süßen Tee und einen Wollschal zu holen, und ließ uns allein.

„Alles in Ordnung, Gemma?" Devlin setzte sich neben mich und legte fürsorglich den Arm um mich. „Es tut mir leid, dass ich dich allein lassen musste, aber die Jungs von der Wache sind gerade angekommen und ich musste ihnen die nötigen Informationen geben."

Ich winkte ab. „Keine Sorge, es geht mir gut. Es war nur ein kleiner Schock, das ist alles."

„Kannst du ein paar Fragen beantworten?"

„Ja, sicher." Sein Tonfall überraschte mich. „Warum - ist etwas passiert?"

Er antwortete nicht, sondern setzte sich mir gegenüber auf einen Sessel, sodass er mein Gesicht besser sehen konnte, und legte einen Ordner auf den

Couchtisch zwischen uns. Devlin, mein sexy Freund war verschwunden, stattdessen war Detective Inspector Devlin O'Connor an seine Stelle getreten: kühl, analytisch und auf den Fall konzentriert.

„Hast du kurz vor dem Auffinden von McDermotts Leiche jemanden in der Nähe des Speisesaals gesehen?"

„N-nein ... Ich meine, ich habe seinen Manager Jerry Wallis in Begleitung einer Dame gesehen, sie könnte zur Filmcrew gehören, eine kleine Frau mit braunem Haar und Brille. Sie trug ein Klemmbrett unter dem Arm. Sie kamen durch den Lieferanteneingang aus dem Gebäude, aber sie waren nicht im Speisesaal selbst."

„Ah, ja. Das ist Madeleine Gill, genannt Maddie - sie ist die Produzentin dieser Reality-TV-Show, die Josh gedreht hat. Also waren sie und Wallis zusammen?"

„Ja. Und nach dem, was sie gesagt haben, waren sie gerade bei Josh gewesen. Es ging ihm offensichtlich gut, als sie ihn im Speisesaal zurückgelassen haben."

„Und sonst hast du niemanden gesehen?"

„Nein, ich ... oh, warte! In dem Korridor, der zur Küche führt, habe ich einen Mann gesehen."

Devlin sah mich eindringlich an. „Einen Mann? Wie sah er aus?"

„Sein Gesicht konnte ich nicht erkennen", sagte ich entschuldigend. „Er ging gerade in die Küche, also hat er mir den Rücken zugewandt. Ich weiß nur, dass er dunkles Haar hatte und etwa mittelgroß war, aber das ist auch schon alles.“

„Du hast ihn also nicht erkannt?“

„Na ja, ich …“ Ich zögerte. „Er hat mich an jemanden erinnert, die Art, wie er sich bewegt hat …“ Ich schüttelte den Kopf. „Aber wahrscheinlich täusche ich mich.“

„Nein, sag es ruhig“, drängte Devlin. „Manchmal sind diese unbewussten Assoziationen präziser, als wir denken.“

„Er sah so aus wie ein Typ, den ich im Kasino-Zelt gesehen habe. Cassie meinte, es sei Antonio Casa - ein weiterer Starkoch. Sie hat behauptet, Antonio und Josh seien Rivalen und es gebe viel böses Blut zwischen ihnen.“

„Aha? Interessant …“ Devlin kritzelte in sein Notizbuch.

Bevor ich mich erkundigen konnte, was es mit seinen Fragen auf sich hatte, griff er in die Mappe, zog ein Foto im Din-A4-Format heraus und reichte es mir mit den Worten: „Hast du diese Frau heute Abend zufällig irgendwo im College gesehen?“

Ich riss verwundert die Augen auf, als ich das Gesicht mit dem auffälligen Make-up und die blond gefärbten Haare erkannte. Es war die Frau, die Cassie und ich im Nagelstudio getroffen hatten - die Frau, deren Stimme ich in Joshs Hotelzimmer gehört hatte.

„Nein, hier im College habe ich sie nicht gesehen, aber Cassie und ich haben sie vor zwei Tagen in der

Stadt kennengelernt, in einem Nagelstudio in der St. Michael's Street. Sie hat sich schrecklich aufgeführt, hat die arme Nageldesignerin für etwas zusammengestaucht, woran sie selbst schuld war, und wir mussten eingreifen, um die junge Frau in Schutz zu nehmen."

„Ja, anscheinend ist sie für ihr aufbrausendes Temperament bekannt."

„Josh hat sie Leanne genannt, aber wie heißt sie weiter?"

„Ihr Name ist Leanne Fitch. Sie ist die Ex-Freundin von Josh McDermott."

„Ja, das habe ich mir schon gedacht, nach dem, was sie zu ihm gesagt hat ..."

„Was hat sie gesagt?"

„Oh, tut mir leid, das habe ich vergessen, dir zu erzählen. Ich habe sie heute Abend tatsächlich ... nicht gesehen aber gehört, als ich im Flur vor Joshs Hotelzimmer stand, um Glenda ein Autogramm zu besorgen. Die beiden haben sich heftig gestritten, ich konnte es selbst durch die Zimmertür hören."

Devlin schaute mich interessiert an. „Sie haben sich gestritten? Worüber?"

„Leanne klang sehr verbittert. Sie hat Josh vorgeworfen, sie fallengelassen zu haben, als er berühmt wurde, obwohl sie ihn in seinen Anfangsjahren unterstützt hatte." Ich lächelte traurig. „Das war der Grund, warum ich ihn nicht nach einem Autogramm für Glenda gefragt habe. Leanne stürmte wütend aus dem Zimmer und hätte mich fast umgestoßen - und dann war es mir zu peinlich, bei Josh anzuklopfen. Er hätte wahrscheinlich sofort gemerkt, dass ich gelauscht hatte, und außerdem hatte ich das Gefühl, dass er sowieso nicht in der richtigen Stimmung war, um Autogramme zu geben."

„Hmm ..." Devlin sah nachdenklich aus.

„Aber ... ich verstehe nicht. Warum hast du ein Foto von Leanne? Warum fragst du nach ihr?"

„Das Foto ist aus dem Internet. Leanne ist Schauspielerin."

Ich runzelte die Stirn. „Ich verstehe immer noch nicht. Devlin, was ist hier los? Warum stellst du mir all diese Fragen?"

„Ich leite Ermittlungen ein, wegen der Ereignisse des heutigen Abends."

„Ermittlungen? Warum?"

„Im Zusammenhang mit Josh McDermotts Tod gibt es anscheinend verdächtige Umstände."

„Was meinst du mit ‚verdächtigen Umständen'? Er hat einen Stromschlag bekommen – es war ein Unfall."

„Oh, dass er durch einen Stromschlag gestorben ist, steht zweifelsfrei fest", erwiderte Devlin. „Ich habe das Kabel des Schneebesens überprüft: Die stromführenden Drähte sind absichtlich freigelegt worden. Außerdem befinden sich Spuren eines leitfähigen Gels auf dem Griff, das die Wahrscheinlichkeit eines Stromschlags erhöht. Mit anderen Worten: Josh McDermott wurde ermordet."

Kapitel 7

Die Fassungslosigkeit, die Devlins Mitteilung bei mir ausgelöst hatte, wirkte immer noch nach, als ich am nächsten Morgen den Little Stables Tearoom betrat. Erwartungsgemäß hatte sich bereits die Hälfte der älteren Dorfbewohner vor der Teestube eingefunden. Sie tratschten über den Mord an Josh McDermott und hofften, dass ich ihnen weitere grausige Details liefern würde. Ich schüttelte verständnislos den Kopf. Sollten sich nette alte Damen nicht vor allem für Gartenarbeit, Backen, Stricken und Enkelkinder interessieren? Die netten alten Damen von Meadowford schienen jedoch eine blutrünstige Ader zu haben und blühten geradezu auf, wenn es um Mord ging. Dann erblickte ich die Silberlocken inmitten der Seniorengruppe und wusste sofort Bescheid.

Ich betrat die Teestube durch die Hintertür, die in die Küche führte, wo Dora bereits mit Nudelholz und Kuchenteig beschäftigt war. Ich begrüßte sie lächelnd und dachte wieder einmal, wie glücklich ich mich schätzen konnte, dass sie die Stelle als Konditorin angenommen hatte. Da sie nur wenige Gehminuten von der Teestube entfernt im Dorf wohnte, hatte ich morgens ein paar Stunden mehr Zeit, um meine Hausarbeiten zu erledigen - oder sogar etwas länger zu schlafen. Dora kam früh, um mit dem Backen zu beginnen, und ging normalerweise, wenn alle Kuchen, Törtchen und Kekse fertig waren, sodass sie an den Nachmittagen freihatte. Ihr machte es nichts aus, in aller Herrgottsfrühe mit der Arbeit anzufangen, während ich morgens kaum einen zusammenhängenden Satz zustande brachte. Diese Einteilung war also für uns beide perfekt.

In den acht Monaten seit der Eröffnung des Tearooms hatte es manche glückliche Fügung dieser Art gegeben. So war Cassies jahrelange Erfahrung als Kellnerin für einen Branchen-Neuling wie mich von unschätzbarem Wert, während ich es ihr möglich machte, ihre Arbeitszeiten so flexibel zu gestalten, dass sie nebenher weiter malen, ihre Kurse im Tanzstudio von Meadowford geben oder anderweitig kreativ sein konnte. Und wenn viel los war und wir zu zweit nicht mehr zurechtkamen, sprangen die Silberlocken bereitwillig ein, wie ich zu meiner Freude festgestellt hatte. Sie liebten es, im Tearoom zu bedienen, nicht zuletzt, weil sie auf diese Weise tratschen und neugierige Fragen stellen konnten. Und die Touristen, die einen großen Teil unserer

Gästeschar ausmachten, ließen sich nur zu gern von weißhaarigen englischen Damen im fortgeschrittenen Alter den Tee servieren.

Da sie sich weigerten, sich für ihre Hilfe bezahlen zu lassen, durften sie den Tearoom als ihr „Wohnzimmer" betrachten, was dazu führte, dass man ihn gut und gerne für das Senioren-Hauptquartier von Meadowford halten konnte, während sie mit ihren Freundinnen an ihrem bevorzugten Tisch am Fenster Tee tranken und Shortbread knabberten. Leider bedeutete es auch, dass sie jetzt das Schild mit der Aufschrift „GESCHLOSSEN" an der Eingangstür ignorierten und mir durch die Hintertür folgten, mich in der Küche in die Enge trieben und wissen wollten, was genau am Abend des Balls im Boscobel College passiert war.

„Ich weiß wirklich kaum mehr als das, was die Polizei veröffentlicht hat", wandte ich ein. „Ja, ich habe Joshs Leiche gefunden, aber dass es Mord war, weiß ich erst von Devlin, der gesagt hat, der elektrische Schneebesen sei manipuliert worden."

„Aber wer würde Josh McDermott ermorden wollen?", jammerte Glenda.

Ich warf ihr einen zynischen Blick zu. „Nun, anscheinend eine ganze Reihe von Leuten. Die Polizei hat vor allem zwei Verdächtige im Visier."

„Davon war in den Nachrichten nicht die Rede." Mabel stürzte sich begierig auf diese Information. „Wer sind diese Verdächtigen?"

Ich zögerte für den Bruchteil einer Sekunde. Wenn die Polizei dieses Detail nicht veröffentlicht hatte, sollte ich es vielleicht auch nicht herausposaunen. Aber unter den Blicken der Silberlocken, die mich anstarrten wie hungrige Hunde einen Knochen, hatte ich nicht das Herz, es ihnen vorzuenthalten. „Eine ist die Ex-Freundin von Josh: Leanne Fitch. Anscheinend hat sie ihm Briefe geschickt, in denen sie ihm Rache androht, weil er sie verlassen hatte. Das hat Devlin von Maddie Gill erfahren, Joshs Fernsehproduzentin, die einige der Briefe abgefangen hat." Mit einem Blick auf Glenda fuhr ich fort: „Ich habe sie selbst streiten hören, als ich vor Joshs Zimmer stand, um ein Autogramm für Sie zu ergattern. Leanne hat Josh angebrüllt und ihm vorgeworfen, dass er sie wegen einer anderen Frau verlassen hat, als er berühmt wurde."

„Hat sie ihm gedroht, es ihm heimzuzahlen?", fragte Cassie, die gerade in die Küche kam und den letzten Teil unserer Unterhaltung mitbekommen hatte.

„Sie hat tatsächlich gesagt: ‚Das wird dir noch leidtun' oder so ähnlich."

„Eine eifersüchtige Ex-Geliebte!", rief Ethel mit ihrer sanften, atemlosen Stimme aus. „Oh, genau wie in ‚Tod auf dem Nil' von Agatha Christie."

„Aber die Leute sagen so etwas ständig, wenn sie wütend sind. Das muss überhaupt nicht ernst gemeint sein", wandte ich ein. „Außerdem scheint Leanne der Typ zu sein, der wegen jeder Kleinigkeit ausflippt. Wissen Sie, Cassie und ich haben sie vor ein paar Tagen in einem Nagelstudio in Oxford erlebt, und sie hat wegen einer Bagatelle die Beherrschung verloren und ist richtig ausfallend geworden."

„Ja, und ich habe dir gesagt, dass sie vorhat, jemanden umzubringen, weißt du noch?", sagte Cassie. „All diese Medikamente, die sie dabeihatte …"

„Allerdings ist Josh McDermott nicht vergiftet worden", erinnerte ich sie. „Er ist durch einen Stromschlag ums Leben gekommen."

„Nun, vielleicht hat sie es sich anders überlegt und beschlossen, dass es zu gnädig wäre, ihn zu vergiften", sagte Cassie. „Ein Stromschlag entsprach womöglich eher ihrer Rachsucht."

Ich lachte. „Du hast wirklich etwas gegen sie, nicht wahr?"

Cassie schaute finster drein. „Sie war ein echtes Mistst-" Mit einem Blick zu den Silberlocken korrigierte sie sich. „Sie war wirklich unangenehm. Einen Mord würde ich ihr ohne Weiteres zutrauen. Sie macht den Eindruck, als könnte sie mit einer Mordswut ausrasten und jemanden umbringen."

„Ja, aber es sieht eher nach einem vorsätzlichen Mord aus und nicht nach einem Verbrechen aus Leidenschaft", gab ich zu bedenken.

„Was ist mit dem anderen Verdächtigen, Liebes?", fragte Florence. „Du sagtest, die Polizei habe zwei Personen im Visier."

„Oh, ja, das ist ein Rivale von Josh, ein Fernsehkoch namens Antonio Casa."

„Den kenne ich." Glenda rümpfte missbilligend die Nase. „Meine Güte, dem sollte mal jemand den Mund mit Seife auswaschen! Er hat ein ganz furchtbares Temperament. Und er sagte immer schreckliche Dinge über Josh."

Ich hob die Augenbrauen. „Wirklich? Cassie hat mir erzählt, dass es so etwas wie eine Fehde zwischen den beiden Köchen gibt."

Glenda nickte ernsthaft. „Angeblich hat Josh versucht, Antonios neues Restaurant am Eröffnungsabend zu sabotieren. Das sagt Antonio jedenfalls. Er behauptet, dass Josh mehrere Scheinreservierungen vorgenommen hat ... als würde der so etwas tun!", fügte sie entrüstet hinzu.

„Nun, es wäre auf jeden Fall ein cleverer Schachzug gewesen", meinte Cassie. „Soweit ich gehört habe, sind am Abend der Eröffnung viele gebuchte Gäste nicht erschienen, sodass zahlreiche Tische leer geblieben sind, was für ein neues Restaurant natürlich sehr peinlich ist. Es wäre die perfekte Methode, ihm Schaden zuzufügen."

„Aber in dem Interview hat Josh alles kategorisch abgestritten", sagte Glenda.

„In welchem Interview?", fragte ich.

„Letzte Woche hat das Frühstücksfernsehen einen Sonderbeitrag über Josh gebracht", erklärte Glenda. „Er sah immer so gut aus. So schöne Zähne", seufzte sie.

„Oh ja, ich habe die Sendung gesehen", meldete sich Dora vom anderen Ende des Tisches zu Wort, wo sie gerade Teig für Scones ausrollte. „Es war interessant. Es ging um seinen Aufstieg zum Starkoch und all die Geheimnisse und Skandale -"

„Vielleicht hat er in dem Interview etwas verraten und damit das Motiv für den Mord geliefert", meinte Cassie im Scherz. „Irgendein dunkles Geheimnis, das jemand anderes geheim halten wollte."

„Nein, nein, ich bin sicher, dass Antonio Casa ihn aus Eifersucht und Rache umgebracht hat", beharrte Glenda. „Er hat Josh schon immer gehasst, weil dieser jünger, attraktiver und charmanter ist - und im Fernsehen viel beliebter."

„Ja, und bei ‚Superchef' wollten alle lieber Josh sehen als Antonio", pflichtete Florence ihr bei.

„Aha!" Mabels Augen leuchteten. „Somit hat Antonio Casa ein perfektes Mordmotiv. Er hätte sich nicht nur gerächt, sondern auch einen Konkurrenten ausgeschaltet - und nun, wo Josh aus dem Weg geräumt ist, wird er vielleicht wieder in die Show aufgenommen." Sie rieb sich die Hände. „Ja, das passt alles!"

„Allerdings hätte Antonio auf dem Ball gewesen sein müssen, um sich an dem elektrischen Schneebesen zu schaffen machen können", erinnerte Ethel sie mit ihrer sanften Stimme.

„Oh, er war tatsächlich auf dem Ball!", rief Cassie. „Gemma und ich haben ihn gesehen - nicht wahr?" Sie stieß mich mit dem Ellbogen an. „Er ist im Kasino-Zelt an uns vorbeigegangen. Wir haben uns schon gefragt, was er auf dem Ball zu suchen hatte."

„Ich habe ihn später erneut gesehen - zumindest glaube ich das." Schnell beschrieb ich den Mann, den ich in der Küche des Boscobel Colleges hatte verschwinden sehen. „Allerdings konnte ich sein Gesicht nicht erkennen, außerdem war der Korridor nicht gut beleuchtet, deshalb bin ich mir nicht sicher. Aber der Mann hat mich wirklich an Antonio Casa erinnert, vor allem, weil ich ihn davor aus einer ähnlichen Perspektive gesehen hatte."

„Dann war er es, bestimmt!" Glenda war ganz aufgeregt. „Als du ihn gesehen hast, kam er gerade aus dem Speisesaal, wo er an dem Kabel herumgepfuscht hat, und ist dann durch die Küche entwischt. Oh, das müssen wir unbedingt der Polizei melden!"

„Keine Sorge, ich habe Devlin schon alles erzählt. Die Polizei weiß Bescheid."

„Ach, die!" Mabel winkte ab. „Was weiß die schon? Für einen Fall wie diesen braucht man Profis."

Ich sah sie verärgert an. „Äh, und bei der Polizei sind keine Profis?"

„Ich meine echte Profis." Mabel funkelte mich böse an. „Leute wie Glenda, Florence und Ethel und mich, die sich ein Leben lang eingehend mit der Kunst des Mordens beschäftigt haben -"

„In Romanen", murmelte ich.

„- und die einen ausgeprägten Instinkt für Verbrechen haben, natürlich gepaart mit der Weisheit des Alters und der Erfahrung." Sie lächelte selbstgefällig und faltete zufrieden die Hände vor dem Bauch.

„Äh ...“ Ich überlegte gerade, was ich darauf sagen sollte, als die Küchentür aufging und meine Mutter hereinspazierte. In ihrem cremefarbenen Leinenkleid mit passenden Schuhen war sie wie immer perfekt gekleidet und natürlich lag jedes Haar auf ihrem Kopf dort, wo es hingehörte. Und wie immer kam ich mir in meiner alten Baumwollbluse und den verblichenen Jeans sofort ungepflegt und schlampig vor.

„Aber Schätzchen, was für eine fürchterliche Bluse! Du hast doch hoffentlich nicht vor, sie heute Abend beim Kochworkshop zu tragen. Denk daran, dass man dabei nur ein paar Sekunden Zeit hat, um einen Eindruck zu hinterlassen, und der erste Eindruck ist so wichtig.“

„Was?“ Ich starrte sie verwirrt an.

„Sag nicht ‚was‘, Liebling – es heißt ‚Verzeihung‘.“

Ich verdrehte die Augen. „Verzeihung, Mutter? Ich weiß nicht, wovon du sprichst.“

„Der Josh-McDermott-Kochworkshop, Schatz! Er findet heute Abend in der Oxford University Fine Dining Society statt – zum Glück sitzt dein Vater im Vorstand, sodass er uns Karten besorgen konnte. Dorothy Clarke kommt auch, allerdings verspätet sie sich vielleicht, weil sie bei Marks & Spencer eine neues Wäschenetz abholen muss - möchtest du auch einen, Schatz? Es gibt sie in drei Größen oder du kannst ein Viererset kaufen - oh, und eine gepolsterte Version für deine Seiden- und

Spitzenunterwäsche sowie eine speziell gewölbte für deine BHs, bis Größe 105E, glaube ich - oder war es 105A?"

Ich blinzelte verwirrt. Die Vielzahl der Wäschenetzoptionen überforderte mich.

„Natürlich sollte man die Feinwäsche mit der Hand waschen", fuhr meine Mutter fort. Mein verblüfftes Schweigen schien sie gar nicht wahrzunehmen. „Aber wenn man keine Zeit hat, ist es zugegebenermaßen sehr praktisch, sie einfach in einen Netzbeutel zu packen und in die Waschmaschine zu stecken. Natürlich sollte man sie auf jeden Fall im Schonwaschgang waschen -"

„Mutter", unterbrach ich sie verzweifelt, „danke, ich brauche kein Wäschenetz."

„Aber du wäschst doch deine BHs und Schlüpfer getrennt, Gemma?" Meine Mutter sah mich streng an.

Ich dachte schuldbewusst an die wilde Mischung aus weißen und bunten Socken, T-Shirts und Unterwäsche, die ich in die Waschmaschine gestopft hatte, bevor ich mich auf den Weg nach Meadowford gemacht hatte.

„Äh, ja, natürlich. Aber was ist das mit diesem Kochworkshop? Ich dachte, ich sollte mir den Abend für ein Abendessen mit Dad und dir freihalten."

„Ach, es sollte eine Überraschung sein." Meine Mutter strahlte mich an. „Ich dachte, es wäre eine wunderbare Gelegenheit, von einem Meisterkoch zu lernen - vor allem für dich, Gemma." Sie runzelte die

Stirn. „Da du dich geweigert hast, den Cordon-Bleu-Kochkurs zu besuchen, zu dem ich dich nach der Schule schicken wollte, kann es mit deinen kulinarischen Fertigkeiten nicht weit her sein."

Ich seufzte. Meine Mutter ließ keine Gelegenheit aus, mich daran zu erinnern. „Ich komme ganz gut zurecht, Mutter - ich habe nur kein großes Interesse am Kochen und es ergibt einfach keinen Sinn, Geld für Kochkurse auszugeben."

„Aber, mein Schatz, wie kannst du erwarten, dass dich ein Mann zur Frau haben will, wenn du nicht einmal ein richtiges Drei-Gänge-Menü zustande bringst?"

„Ach, heutzutage heiraten Männer Frauen nicht nur wegen ihrer Kochkünste", erwiderte ich. „Außerdem verstehe ich nicht, wie du noch zu einem Josh-McDermott-Workshop gehen kannst, wenn Josh McDermott tot ist?"

„Oh, ist das nicht eine schreckliche Tragödie, Liebling? Aber ich habe heute Morgen die Sekretärin der Fine Dining Society angerufen, nachdem ich von dem Todesfall gehört habe, und sie hat mir mitgeteilt, dass Antonio Casa für ihn einspringen soll", erklärte meine Mutter. „Die Eintrittskarten waren ziemlich teuer und man wollte nicht allen das Geld zurückerstatten, also lässt sich der Workshop auf diese Weise retten. Was für ein glücklicher Zufall, dass Antonio Casa zufällig auch in Oxford ist!"

„Ja, ein sehr glücklicher Zufall", bemerkte ich trocken.

„Gibt es noch Karten?", wollte Mabel wissen.

„Ursprünglich waren sie alle ausverkauft, aber seit der Nachricht von Josh McDermotts Tod haben mehrere Leute abgesagt und um eine Rückerstattung gebeten - es sind also einige Plätze frei, und wie ich gehört habe, werden sie zum halben Preis vergeben." Meine Mutter kramte in ihrer Handtasche nach ihrem Handy. „Wenn Sie interessiert sind, kann ich die Sekretärin dort anrufen und fragen, ob noch Karten zu haben sind."

„Das wäre wunderbar, meine Liebe - wir hätten gerne vier Karten", erwiderte Mabel.

Ich warf ihr einen misstrauischen Blick zu. „*Sie* wollen an einem Kochkurs teilnehmen?"

„Ich denke, es ist eine gute Gelegenheit, unsere Kochkünste aufzufrischen", antwortete Mabel lässig und tätschelte beiläufig ihre Frisur.

„Sie meinen wohl Ihre Schnüffelkünste", gab ich leicht anklagend zurück. „Sie kommen doch nur mit, weil Antonio Casa da sein wird. Was haben Sie denn vor? Dass Sie der Polizei nicht in die Mordermittlung pfuschen dürfen, wissen Sie ja."

„Wir pfuschen nirgendwo hinein", sagte Mabel entrüstet. Aus ihrem Mund klang es, als hätte ich sie einer sexuellen Perversion bezichtigt. „Und man sollte meinen, dass die Polizei für unsere Bemühungen dankbar ist. Bei unserem besonderen Talent für Rätsel und Geheimnisse fällt uns bestimmt etwas auf, was der Polizei sonst entgehen würde."

Ich gab auf. Wenn sich Mabel etwas in den Kopf gesetzt hatte, war sie nicht davon abzubringen. Da ich ebenfalls beim Workshop sein würde, konnte ich hoffentlich ein Auge auf die Silberlocken haben und dafür sorgen, dass sie keinen Ärger bekamen. Als ich jedoch durch den Gastraum zur Eingangstür ging, um sie aufzuschließen, dachte ich unwillkürlich: „Berühmte letzte Worte …"

Kapitel 8

„Oh nein, das darf doch nicht wahr sein!"

„Was ist los?" Ich folgte Cassies entgeistertem Blick. Eine ältere Dame saß allein an einem Tisch vor einer Kanne Tee und einem Stück Victoria Sponge Cake mit seiner üppigen Sahnefüllung und den frischen Erdbeeren. Daran war nichts Ungewöhnliches. Womit ich nicht gerechnet hatte, war der Anblick der kleinen grau getigerten Katze, die auf dem Stuhl neben ihr saß, immer wieder eine Pfote in die Schlagsahne tauchte und sie mit selbstgefälliger Zufriedenheit abschleckte.

Mit wenigen Schritten war ich an dem Tisch. „Müsli!", zischte ich, „was um alles in der Welt machst du da?"

Ich wollte sie auf den Arm nehmen, aber die alte Dame – es war Mrs Purdy - streckte die Hand aus, um mich aufzuhalten.

„Oh nein! Lassen Sie sie", bat sie. „Es schmeckt ihr so gut, genau wie meinem Smudge! Er hat Schlagsahne geliebt, und wenn ich gebacken habe, habe ich ihm immer etwas davon gegeben."

„Mrs Purdy, Sie können Müsli nicht von Ihrem Teller essen lassen. Das ist unhygienisch."

„Das macht mir nichts aus", entgegnete sie mit einem strahlenden Lächeln. „Ich habe den Kuchen extra für sie bestellt."

„Aber Müsli darf nicht einfach so vom Tisch essen. Die Lebensmittelbehörde könnte mir mein Hygienezertifikat entziehen."

Ich beugte mich erneut vor, aber bevor ich Müsli hochheben konnte, packte Mrs Purdy sie und zog sie an sich. „Oh, lassen Sie sie bei mir. Ich lasse sie auch nicht mehr von meinem Teller essen - versprochen."

Ich zögerte und sah auf meine kleine getigerte Katze, die sich mit zufrieden geschlossenen Augen von der alten Dame kraulen ließ. „Na gut. Aber halten Sie sie bitte unbedingt vom Tisch fern."

Im Weggehen hörte ich, wie Mrs Purdy mit einschmeichelnder Stimme zu Müsli sagte: „Mach dir nichts draus. Das nächste Mal bringe ich dir eine Büchse Sardinen mit. Smudge hat Sardinen geliebt, aber Thunfisch hat er auch gern gegessen. Und sonntags gab es Räucherlachs ..."

„Mrs Purdy ist eine aussichtsreiche Kandidatin auf den Titel der verrücktesten Katzenliebhaberin", bemerkte Cassie, als ich zu ihr an die Theke trat.

Ich blickte seufzend zu der alten Dame, die noch

immer Müsli auf dem Schoß hatte.

„Sie tut mir ein bisschen leid. Sie lebt allein und hat vor Kurzem ihren alten Kater verloren, den sie schrecklich vermisst. Hör zu", ich warf einen Blick auf die Uhr, „kannst du eine Weile die Stellung halten? Ich muss nach Oxford, einen Catering-Auftrag ausliefern."

„Kein Problem. Der Mittagsansturm ist vorbei, bis zur Teezeit wird nicht viel los sein."

Als ich eine halbe Stunde später aus dem Universitätsgebäude kam, in dem ich eine Bestellung für Teesandwiches und Scones abgegeben hatte, sah ich in der Ferne den hohen Kirchturm der Kapelle des Boscobel Colleges. Dabei fiel mir ein, dass ich die Stofftiere aus der Pförtnerloge noch nicht abgeholt hatte. In der ganzen Aufregung nach dem Fund von Josh McDermotts Leiche hatte ich das völlig vergessen. Einen Moment lang war ich versucht, sie einfach dort zu lassen, aber dann hatte ich ein schlechtes Gewissen. Schließlich konnte ich den armen Pförtner nicht diese riesigen Stofftiere aufbürden, das wäre sehr unhöflich und rücksichtslos. Und wenn Cassie und ich sie nicht behalten wollten, konnte ich sie dem örtlichen Kinderkrankenhaus spenden.

Ein Blick auf die Uhr bestätigte mir, dass ich noch eine gute Stunde Zeit hatte, bevor es in der Teestube wieder rundging. Das reichte, um zum Boscobel College hinüberzugehen und die Sachen zu holen. Nun ja, eigentlich hoffte ich insgeheim auch, von dem freundlichen Pförtner vielleicht etwas Klatsch und Tratsch über den Mord an Josh McDermott zu erfahren. Immerhin hatte ich die Leiche gefunden, also war es nur natürlich, dass ich so viel wie möglich erfahren wollte, oder etwa nicht? Das war etwas ganz anderes als die Schnüffelei der Silberlocken, sagte ich mir.

Am Boscobel College ging ich nicht direkt zur Pförtnerloge, sondern blieb in dem großen Innenhof stehen und blickte mich verwundert um. Im hellen Tageslicht sah es hier völlig anders aus als nachts. Einem Impuls folgend überquerte ich den Innenhof in Richtung des Torbogens, der zum Speisesaal des Colleges führte. Ich weiß nicht, was es war - vielleicht morbide Neugier -, aber ich verspürte den Drang, den Tatort noch einmal zu sehen. Im anschließenden hinteren Hof stellte ich jedoch zu meiner Enttäuschung fest, dass über die große Holztür des Speisesaals das rot-weiße Absperrband der Polizei gespannt war. Ein Schild wies alle Studenten darauf hin, dass die Mahlzeiten ab sofort im Junior Common Room serviert wurden.

Ich zögerte einen Moment, bevor ich den Weg einschlug, der neben dem Gebäude verlief. Er führte um die Rückseite des Speisesaals herum an der Stelle vorbei, an der gestern Abend das Fernsehteam mit seiner Ausrüstung gestanden hatte, zu dem Lieferanteneingang, durch den ich auf meiner Suche nach Josh gegangen war. Auch diese Tür war nun fest verschlossen. Dahinter verbreiterte sich der Weg zu einem kleinen Platz. Auf der einen Seite ging es zum Säulengang – den ich auf jeden Fall meiden wollte. Es wäre wirklich peinlich, wenn Irene Mansell, die Frau des Masters, mich erwischen würde. Auf der anderen Seite des Platzes öffnete sich ein winziger Garten.

Der Anblick von Dutzenden von Schmetterlingen, die zwischen den Sträuchern umherflatterten, lockte mich zu der kleinen Anlage. Wie alle Colleges in Oxford beschäftigte auch das Boscobel einen Gärtner, was man für gewöhnlich an den gepflegten Rasenflächen und schön angelegten Blumenbeeten erkennen konnte. Hier schloss sich jedoch eine Wiese an und statt von einer Mauer war der Garten von einer stacheligen Ilexhecke umgeben, die sich mit wild wuchernden Sträuchern und Gräsern vermischte.

Da ich kürzlich einen entzückenden kleinen Igel namens Pricklebum kennengelernt hatte, war ich froh über die Hecke als Begrenzung, denn sie bedeutete, dass Wildtiere auf der Suche nach Nahrung leicht hindurchschlüpfen konnten. Ich lauschte – es hörte sich tatsächlich an, als sei da gerade ein Tier auf Nahrungssuche, denn ich hörte ein lautes Rascheln in den Büschen zu meiner Rechten. Neugierig ging ich in die Richtung, aus der das Geräusch kam, und blieb wie angewurzelt stehen, als ich ein grau getigertes Fell aufblitzen sah.

Moment mal ... war das ...? Ich rieb mir verwundert die Augen. Müsli kann es nicht sein, aber ich war mir sicher, dass ich einen Blick auf grau getigertes Fell, einen weißen Brustlatz und weiße Pfoten erhascht hatte. Ich hatte sogar ein Paar große grüne, schwarz umrandete Augen gesehen, wie sie Müsli ein exotisches Flair verliehen.

„Müsli?", rief ich und kam mir dabei ein bisschen albern vor.

Einen Moment lang herrschte Stille, dann ertönte ein tiefes *„Miauuu …?"*

Ich schlich näher, ging in die Hocke und spähte durchs Unterholz. Ich hörte erneut ein Rascheln und plötzlich trat eine Katze aus dem Gebüsch und starrte mich an. Ich hielt den Atem an. Auf den ersten Blick sah sie Müsli zum Verwechseln ähnlich, doch bei näherem Hinsehen erkannte ich, dass sie viel größer war – oder er, um genau zu sein. Er hatte genau die gleiche Zeichnung wie meine Katze, nur seine Nase war nicht rosa, sondern dunkelbraun. Ein zerfetztes Ohr und etliche Narben im Gesicht ließen vermuten, dass er keinem Kampf aus dem Weg ging.

„Hallo, wie heißt du denn?", fragte ich leise.

Er beäugte mich misstrauisch, dann gab er ein herrisches *„Miau!"* von sich.

„Du bist ein hübscher Bursche", sagte ich und streckte eine Hand nach ihm aus. „Allerdings ein bisschen dünn, nicht wahr? Ich wette, du würdest gerne Hühnchen mit Thunfisch essen - das ist eine von Müslis Lieblingskombinationen." *Lieber Himmel, ich rede wie Mrs Purdy,* dachte ich kopfschüttelnd.

Ich benehme mich schon selbst wie eine verrückte Katzenliebhaberin.

Ich wurde jedoch belohnt, als der Kater langsam auf mich zuging und den Hals vorstreckte, um mich vorsichtig zu beschnuppern. Ich hielt ganz still, als er noch näher kam, bis er mich fast berührte. Er schnupperte an meinen Schuhen, dann an meinen Knöcheln und arbeitete sich bis zu meinen Knien vor, dann drehte er sich um und rieb sich an meinen Beinen. Als ich ihn sanft am Kopf berührte, erstarrte er, wich aber nicht zurück. Ich begann, ihn vorsichtig zu streicheln, strich über das Fell zwischen seinen Ohren und fuhr mit dem Handrücken über sein Kinn. Zu meiner Überraschung und Freude war bald ein leises Grummeln zu hören - er schnurrte!

„Du bist ein Charmeur, nicht wahr?", sagte ich lachend, als er mich anstupste, weil ich mit dem Streicheln aufgehört hatte. Ich streckte erneut die Hand aus, aber ein Geräusch ließ den Kater plötzlich von mir wegzucken. Das Fell sträubte sich, er fauchte und spuckte, dann flüchtete er ins Unterholz und war in Windeseile aus meinem Blickfeld verschwunden. Ich drehte mich um und sah Irene Mansell, die Frau des Masters, mit ungläubigem Blick hinter mir stehen.

„Haben Sie den Kater gestreichelt?", fragte sie.

„Ja ...", antwortete ich verlegen und hoffte inständig, dass sie nichts von meiner kleinen Unterhaltung mit ihm mitbekommen hatte. „Gehört er zum College?"

„Um Himmels willen, nein!", lachte sie. „Er ist ein Streuner - er lebt auf der Wiese hinter dem Grundstück, glaube ich, obwohl er sich oft hier herumtreibt." Sie verzog das Gesicht. „Er sorgt immer wieder für Ärger, wühlt in den Blumenbeeten herum und sucht in der Küche nach Essbarem. Er hat sogar ein paar Studenten angegriffen, allerdings vermute ich, dass sie ihn geärgert haben. Aber wir müssen aufpassen, heutzutage kann man wegen jeder Kleinigkeit verklagt werden! Wenn sich hier auf dem Gelände jemand einen Kratzer holt, der sich infiziert, wäre das College haftbar."

„Haben Sie versucht, ihn einzufangen?"

„Ja, aber bisher ist er nicht in die Falle gegangen, er ist sehr gerissen. Und er lässt niemanden an sich heran - er kann ziemlich aggressiv werden, wissen Sie. Deshalb war ich auch so überrascht, dass Sie ihn gerade gestreichelt haben. Ich habe nie gesehen, dass er jemanden an sich herangelassen hätte oder ihn gar berühren durfte." Sie sah mich voller Bewunderung an. „Sie müssen ja eine richtige Katzenbändigerin sein."

„Eigentlich mag ich Hunde lieber als Katzen", gestand ich verlegen. „Aber ich habe selbst eine Katze. Es hat sich so ergeben, dass sie bei mir gelandet ist, aber ich muss zugeben, dass ich Katzen mittlerweile schätzen gelernt habe. Es sind faszinierende Geschöpfe."

„Wenn Sie meinen ... ich habe Katzen noch nie

gemocht und Henry hasst sie geradezu. Er mag auch keine Hunde oder andere Haustiere."

„Oh, und bestimmt haben Ihre Kinder gebettelt, einen Hund oder wenigstens ein Meerschweinchen anschaffen zu dürfen", sagte ich mit einem leisen Lachen.

Ein Schatten flog über ihr Gesicht. „Wir haben keine Kinder."

„Oh." Betretenes Schweigen breitete sich zwischen uns aus. Ich sollte wirklich nachdenken, bevor ich den Mund aufmachte! „Ähm, wie können Sie etwas gegen den Kater unternehmen, wenn er sich nicht einfangen lässt?"

„Henry hat davon gesprochen, einen Kammerjäger zu rufen. Der Gärtner des Colleges ist auch dafür - er ärgert sich ständig, weil der Kater seine Blumenbeete kaputt macht und Setzlinge ausgräbt."

Ich sah sie misstrauisch an. „Und was würde der Kammerjäger mit ihm anstellen?"

„Nun ..." Sie wich meinem Blick aus. „Ich schätze, der Kater wird erschossen, wenn er nicht in die Falle geht."

„Erschossen?", wiederholte ich fassungslos.

„Ein Kammerjäger ist für so etwas ausgebildet, das Tier würde bestimmt nicht leiden", fügte sie schnell hinzu.

„Ja, trotzdem ..." Ich schluckte. Einerseits war ich entsetzt, andererseits sagte mir meine anerzogene Höflichkeit, dass es mich nichts anging, wie das College mit Problemen auf seinem Grundstück umging.

„Ich hoffe, Sie haben sich von dem Schreck gestern Abend erholt?", fragte Irene Mansell. Ihr war offenbar ebenso wie mir daran gelegen, das Thema zu wechseln.

„Oh ... ja. Ich meine, die Erinnerung ist schrecklich, aber der Schock lässt langsam nach. Heute hatte ich sogar das Bedürfnis, noch einmal in den Speisesaal zu gehen, deshalb bin ich hier. Vielleicht versuche ich, die bösen Geister aus meinem Kopf zu vertreiben ..." Ich lachte verlegen.

„Das verstehe ich gut, allerdings darf den Speisesaal niemand betreten."

„Ja, ich habe das Schild und das Absperrband gesehen. Für das College ist es sicher furchtbar lästig, auf den Junior Common Room auszuweichen, oder?"

„Nein, das ist kein großes Problem, die meisten Studenten sind sowieso nach Hause gefahren. Mit dem Ball war das Semester offiziell zu Ende. Natürlich bleiben ein paar über die Ferien hier, aber die passen mühelos in den J.C.R." Sie sah mich neugierig an. „Soweit ich gehört habe, geht die Polizei nicht mehr von einem Unfall aus – stimmt das? Hat Ihr Freund Ihnen etwas gesagt? Mein Mann macht sich große Sorgen, dass langwierige Ermittlungen dem College schaden könnten."

„Wahrscheinlich weiß ich nicht viel mehr als Sie, Mrs Mansell. Ja, es scheint, dass Josh McDermott ermordet wurde – jemand hat sich an dem elektrischen Schneebesen zu schaffen gemacht. Und ich weiß, dass die Polizei ein paar Verdächtige im Visier hat, aber ich würde nicht mit einer raschen Klärung des Falles rechnen."

Sie seufzte. „Na ja, zum Glück ist das Semester zu Ende. In den Sommerferien ist es ruhig am College und bis zum Beginn des neuen Semesters sind die Ermittlungen hoffentlich abgeschlossen. Und je schneller der Mörder von Josh gefasst wird, desto besser", beeilte sie sich hinzuzufügen und fuhr mit einem verschämten Lächeln fort: „Ich hoffe, es klingt nicht zu herzlos, dass ich zuerst ans College und erst in zweiter Linie an Josh denke. Wissen Sie, an einem College in Oxford führt man ein so behütetes Leben. Alles geht seinen Gang und die Gespräche drehen sich um hochtrabende akademische Themen, von denen kaum ein ‚normaler' Mensch je gehört hat, sodass man sehr empfindlich reagiert, wenn die Abläufe gestört sind oder das reale Leben in diese abgeschlossene Welt eindringt. Man will einfach nur, dass alles wieder so wird, wie es war."

„Das verstehe ich", versicherte ich ihr.

Und als ich langsam durch das College zur Pförtnerloge schlenderte, konnte ich gut nachvollziehen, was Irene Mansell meinte. Nicht zu Unrecht sprach man oft von Oxfords träumenden Türmen: Wenn man durch ein Oxford-College ging, die majestätischen Innenhöfe überquerte und durch die alten Säulengänge schritt, während die hoch aufragenden Türme und die in Stein gemeißelten

Wasserspeier auf einen herabblickten, war es, als sei die Zeit stehen geblieben und als existierte die Welt außerhalb der College-Mauern nicht mehr. Es war ein Gefühl wie im Märchen oder in einem schönen historischen Roman.

Vielleicht war das der Grund, warum ein Mord in einer solchen Umgebung noch schockierender und unfassbarer erschien, wie ein schwarzer Fleck in einer verträumten Landschaft in Pastellfarben. Ich hatte Glück: Der Pförtner, der am Abend zuvor Dienst gehabt hatte, saß auch jetzt in seiner Loge.

„Ich kann es einfach nicht glauben, ich kann es einfach nicht glauben!", sagte er immer wieder und schüttelte den Kopf. „Dabei hab ich noch mit Mr McDermott gesprochen – und dann war er auf einmal tot. Schien ein wirklich netter Kerl zu sein. Meine Frau liebt seine Sendungen, wissen Sie, guckt sie sich immer im Fernsehen an. Nicht zu glauben, dass ich hier sitze und er wird auf der anderen Seite des Colleges ermordet!"

„Hat die Polizei irgendetwas zu Ihnen gesagt?", erkundigte ich mich.

Er zuckte mit den Schultern. „Die Beamten haben natürlich jeden befragt. Sie wollten von mir und Rodney - das ist der andere Pförtner - wissen, ob wir letzte Nacht irgendwelche verdächtigen Fremden gesehen haben. Wie sollen wir das denn beantworten, können Sie mir das mal sagen? Hier hat es vor Fremden nur so gewimmelt – es war schließlich der Abend des College-Balls! Und dazu kommen die ungebetenen Gäste, die keine Karten hatten. Wir sind College-Pförtner, keine professionellen Sicherheitsleute. Natürlich versuchen wir, das College zu schützen, aber wir können die Kriminellen von der Straße nicht fernhalten."

„Ich glaube sowieso nicht, dass es eine Gelegenheitstat durch einen Eindringling war", wandte ich ein. „Für mich sieht es eher aus wie ein sorgfältig geplanter Mord."

Der Portier erschauderte. „Ja, es war ein Stromschlag, habe ich gehört. Wer tut so etwas? Der muss doch krank im Kopf sein! Aber ich sage Ihnen was: Die Presse ist begeistert. Heute mussten wir die ganze Zeit Reporter aus dem College werfen! Und wie ich gehört habe, sind alle möglichen Gerüchte im Umlauf ... Die Studenten posten immer alles auf Facebook oder wie das heißt. Ich habe heute Morgen einen Haufen von ihnen vor dem Speisesaal erwischt, wie sie sich gegenseitig fotografiert haben. Ganz übel, wenn Sie mich fragen. Professor Mansell tut mir leid, ich möchte jetzt nicht in seiner Haut stecken. Er wird alle Hände voll damit zu tun haben, mit den Medien fertigzuwerden. Und für Mrs Mansell ist das immer eine schlimme Zeit. Es ist der Jahrestag, an dem die Mansells ihr Baby verloren haben", erklärte er, als ich ihn verständnislos ansah.

„Oh!" Bei der Erinnerung an meine unbedachte Bemerkung im Gespräch mit Irene Mansell stieg mir die Schamröte ins Gesicht. „Das wusste ich nicht."

Er zuckte mit den Schultern. „Nein, wie sollten Sie auch? Ist natürlich schon eine Weile her, aber ich nehme an, über solche Dinge kommt man nie weg. Vielleicht ist dieser Mord ja ein Segen, der sie auf andere Gedanken bringt - nicht, dass man sich so etwas als Ablenkung wünscht ... Schreckliche Sache, wirklich schrecklich." Er schüttelte erneut den Kopf. „In all meinen Jahren am College habe ich so etwas noch nie erlebt. Und dieser junge Mr McDermott war so ein netter Kerl! Habe ich Ihnen schon erzählt, dass meine Frau keine seiner Sendungen verpasst?"

„Äh, ja, das haben Sie", sagte ich mit einem Lächeln. „Ich habe eine Freundin, eine ältere Dame, die ihn geradezu vergöttert hat. Sie hatte gehofft, dass ich auf dem Ball ein Autogramm von ihm bekommen würde."

„Meine Frau wollte auch, dass ich ihn frage. Ich hatte überlegt, ob ich Mr McDermott wohl auf dem Weg nach draußen erwische." Er seufzte und stand auf, um die Stofftiere aus einem kleinen Raum hinter dem Tresen zu holen. „Hier, bitte sehr."

Ich beäugte die riesigen, unhandlichen Plüschtiere widerwillig. „Haben Sie eine Idee, welcher Institution ich die spenden könnte? Meine Freundin und ich haben sie gestern Abend auf dem Ball gewonnen, aber wir können nichts damit anfangen."

„Das Kinderkrankenhaus würde sich sicher darüber freuen. Meine Frau arbeitet dort ehrenamtlich. Ich kann die Stofftiere mitnehmen, dann bringt meine Frau sie auf eine Station, wenn es

Ihnen recht ist.“

„Oh, das wäre großartig! Danke! Ich hoffe, es macht Ihnen keine Mühe.“

„Nein, das macht mir überhaupt nichts aus.“ Der Pförtner lächelte traurig. „Wäre schön, wenn die vergangene Nacht doch noch etwas Gutes hätte.“

Kapitel 9

Ich hatte mich länger im Boscobel College aufgehalten als geplant, und als ich endlich im Tearoom ankam, war der nachmittägliche Ansturm bereits vorbei und der Feierabend stand kurz bevor.

„Tut mir leid, Cass!" Ich stürmte atemlos in den Gastraum. „Ich wollte schon viel früher kommen, aber dann bin ich aufgehalten worden -" Ich brach ab, als ich ihr Gesicht sah. „Stimmt etwas nicht?"

„Ich kann Müsli nicht finden!", antwortete sie beklommen. „Ich habe überall nach ihr gesucht - unter den Tischen, in der Küche, im Laden, draußen im Hof, sogar auf der Straße. Sie ist einfach verschwunden!"

Mir sackte das Herz in die Hose. Müsli machte zwar viel Unsinn, aber ich liebte meine kleine Katze und konnte den Gedanken nicht ertragen, sie zu verlieren.

„Hast du wirklich gründlich nachgesehen? Du weißt doch, wie vorwitzig sie manchmal sein kann.

Erinnerst du dich, wie sie bei meinen Eltern in den Hohlraum hinter der Wand geklettert ist und ich die Feuerwehr rufen musste, um sie zu befreien?"

„Glaub mir, Gemma, ich habe alles abgesucht."

„Komm, wir schauen noch einmal zusammen nach."

Zwanzig Minuten später, nachdem wir jeden Winkel der Teestube durchforstet und immer wieder vergeblich nach Müsli gerufen hatten, musste ich mich geschlagen geben.

„Meinst du, sie ist ins Dorf gelaufen?", fragte Cassie. „Das hat sie zwar noch nie gemacht, aber wenn die Eingangstür einen Spalt offen steht, könnte sie in einem unbeobachteten Moment hindurchschlüpfen. In diesem Fall könnte sie überall sein!"

Ich schnippte mit den Fingern. „Nein, nicht überall! Ich glaube, ich weiß, wo sie ist."

Ich ließ den Blick durch den Gastraum schweifen. Zwei Tische waren noch besetzt, aber der Tisch in der hintersten Ecke war leer. An ihm hatte eine ältere Dame gesessen und meine Katze mit Schlagsahne gefüttert ...

„Ich bin gleich wieder da", rief ich Cassie zu, trat auf die Straße und wandte mich nach rechts. Ein kurzes Stück weiter bog ich in eine kopfsteingepflasterte Gasse ein, an der eine Reihe von Cottages auf großen Grundstücken standen. Im ersten wohnte Mrs Purdy. Ich klingelte und betete insgeheim, dass ich mit meiner Vermutung richtiglag. Die Bestätigung bekam ich, sobald Mrs Purdy die Tür öffnete. Sie sah aus wie ein Kind, das man mit der Hand im Bonbonglas ertappt hatte.

„Mrs Purdy, ist Müsli bei Ihnen?"

Einen Moment lang befürchtete ich, dass sie es abstreiten würde, doch dann seufzte sie und hielt die Tür auf. „Ich wollte sie morgen in die Teestube zurückbringen. Ich dachte nur, sie würde gerne bei mir übernachten. Ich habe sogar ein paar Rinderfrikadellen gemacht. Die hat Smudge immer am liebsten gegessen."

Ich folgte ihr ins Wohnzimmer, das mit dunklen Holzmöbeln, geblümten Polstern und weißen Spitzendeckchen auf allen Tischen, Schränkchen und Sessellehnen hoffnungslos überfüllt wirkte. Zweifellos hatte Mrs Purdy einen guten Teil zu der Spitzendeckchen-Kampagne beigetragen, die die Silberlocken in der Teestube gestartet hatten. Müsli hockte auf dem Sofa im Wohnzimmer. Sie hatte eine riesige rosa Schleife um den Hals und war in ein seltsames Wollkleid gehüllt.

„Das habe ich ihr angezogen, falls ihr kalt ist", erklärte Mrs Purdy. „Ich stricke Babypullover für den International Aid Trust und dachte, sie würden ihr gut stehen. Sieht sie nicht hinreißend aus?"

„Hinreißend" war nicht ganz das richtige Wort. „Übellaunig" traf es schon eher. Müsli warf mir einen vorwurfsvollen Blick zu und stieß ein lautes *Miiiiau!* aus, das eindeutig nach „Wo warst du so lange?" klang. Dann sprang sie vom Sofa und kam zu mir.

Zumindest versuchte sie es, doch der Wollpullover schränkte sie derart in ihrer Bewegungsfreiheit ein, dass sie humpelte wie eine dreibeinige Kröte.

„Oh je", seufzte Mrs Purdy und nahm sie schnell auf den Arm. „Vielleicht ist der Pullover ein bisschen zu klein ..."

Kurz darauf war Müsli das lästige Kleidungsstück los und saß zufrieden auf meinen Schoß, während ich eine Tasse Tee trank. Eigentlich hatte ich Mrs Purdys Einladung nicht annehmen wollen, aber die alte Dame schien so einsam zu sein, dass ich es nicht übers Herz brachte, Nein zu sagen. So hörte ich geduldig zu, wie sie mir von Smudges Lieblingsspielzeug, von Smudges frechen Streichen, von Smudges Schlafpositionen und von Smudges fehlenden Zähnen erzählte. Als die Sprache jedoch auf Smudges Stuhlgang kam, beschloss ich hastig, das Thema zu wechseln.

„Sehen Sie sich regelmäßig ‚Superchef' an?", fragte ich sie mit einem Blick auf eine Fernsehzeitschrift, auf deren Titelseite ein Foto von Antonio Casa prangte. Er bemühte sich offenbar, den unwiderstehlichen Frauenschwarm zu geben – das Bild zeigte ihn mit verschränkten Armen und einer hochgezogenen Augenbraue, während er sich offenbar bemühte, in die Kamera zu strahlen. Das Ergebnis war jedoch nicht sehr überzeugend, er sah eher aus, als habe er Probleme mit der Verdauung.

„Oh ja!", rief Mrs Purdy. „Bisher habe ich noch keine einzige Sendung verpasst. Ich finde es gar nicht nett, dass sie Antonio durch jemand anderen ersetzen wollen."

„Wirklich?" Ich sah sie erstaunt an. Wer hätte gedacht, dass dieser irgendwie verschlagen wirkende, schnell aufbrausende Koch doch den einen oder anderen Fan hatte! „Mögen Sie ihn? Ich hatte den Eindruck, dass er nicht sehr beliebt ist."

„Oh, na ja … vielleicht wirkt er manchmal ein bisschen unleidlich und neigt zu Wutausbrüchen – die Ausdrücke, mit denen er um sich wirft, treiben einem die Schamröte ins Gesicht. Aber er meint es nicht böse, wissen Sie - das ist alles nur heiße Luft. Ich bin mir sicher, dass er unter der stacheligen Oberfläche lammfromm ist."

„Aha", sagte ich vorsichtig. Mrs Purdy sah die Sendung anscheinend durch eine rosarote Brille.

„Und ich finde es bewundernswert, wie er sich aus dem Nichts hochgearbeitet hat. Er hat nicht als Chefkoch angefangen, wissen Sie - er kam aus einer armen Einwandererfamilie und hat keine Kochschule besucht und keinerlei Ausbildung in dieser Richtung erhalten. Er hat tagsüber gearbeitet und hat sich abends das Kochen selbst beigebracht; eigentlich war er Elektrikerlehrling."

„Er war Elektriker?", wiederholte ich neugierig.

„Ja, und in einem Interview hat er mal gesagt, dass ihm seine Kenntnisse oft zugutekommen, weil er kaputte Küchengeräte ohne Probleme reparieren kann."

Oder sie ohne Probleme manipulieren, dachte ich

und überlegte, ob Devlin von Antonio Casas früherem Beruf wusste. Vermutlich hatte die Polizei Joshs Gegenspieler gründlich unter die Lupe genommen - trotzdem wollte ich Devlin darauf ansprechen, wenn ich ihn das nächste Mal sah.

Beim Gedanken an Devlin fiel mir ein, dass sich die Silberlocken für meinen Geschmack viel zu sehr für den Mord an Josh McDermott interessierten, und ich hoffte, dass sie diesmal bei ihren Schnüffeleien etwas diskreter vorgingen als in der Vergangenheit. Devlin ertrug ihre Einmischung im Allgemeinen mit einer Art resignierter Ergebenheit, und ich wusste, dass er sie schon mehrmals hatte davonkommen lassen, aber ich hatte das Gefühl, dass seine Geduld allmählich am Ende war. Dass die Silberlocken Schwierigkeiten mit der Polizei bekamen, war das Letzte, was ich wollte. Heute Abend musste ich unbedingt ein Auge auf sie halten …

Heute Abend … siedend heiß fiel mir der Workshop ein, zu dem mich meine Mutter angemeldet hatte. Ich sah auf die Uhr. Grundgütiger! Die Teestube hatte längst geschlossen. Ich hatte mich ganz auf Cassie verlassen; sie wusste, was am Ende des Tages zu tun war.

„Tut mir leid, Mrs Purdy, ich muss mich jetzt verabschieden!", rief ich, sprang auf und schnappte mir Müsli.

Bevor die alte Dame etwas erwidern konnte, sagte ich ihr Auf Wiedersehen und rannte zurück zur Teestube. Ich schob Müsli unsanft in ihren

Transportkorb am Fahrrad und machte mich eilig auf den Weg nach Oxford. Ich war mehr als ein bisschen spät dran, nachdem ich die windgepeitschte Müsli in meinem Cottage abgesetzt, mich umgezogen hatte und zu der Kochschule geradelt war. Ich schlich auf Zehenspitzen in die große umgebaute Scheune und wappnete mich insgeheim gegen die Vorwürfe meiner Mutter, als ich mich neben sie an den Arbeitstisch stellte. Für Evelyn Rose galt das Zuspätkommen als eine der sieben Todsünden.

„Gemma!", zischte sie erwartungsgemäß und sah mich finster an. „Warum kommst du so spät?"

„Tut mir leid, Mutter!", sagte ich atemlos. „Ich … äh … wir hatten ein Problem in der Teestube. Aber jetzt bin ich ja hier", fügte ich hinzu und sah mich mit strahlendem Lächeln um. „Was habe ich verpasst?"

„Nur die Einführung, meine Liebe", antwortete Mabel vom Nachbartisch. Sie hatte wie die anderen Silberlocken eine hohe weiße Kochmütze auf und sah ziemlich albern aus, doch dann stellte ich fest, dass meine Mutter ebenfalls eine riesige Kochmütze trug, und bevor ich protestieren konnte, setzte sie mir auch eine auf den Kopf.

„Die setze ich nicht auf - das sieht lächerlich aus!" Ich versuchte, mir das Ding vom Kopf zu reißen. Ein paar Workshop-Teilnehmer sahen kichernd zu uns herüber.

„Ach, Unsinn, Schatz, du siehst wunderbar aus",

sagte meine Mutter und schlug meine Hand weg. „Oh, und erinnere mich später daran, dir die Wäschenetze zu geben, die ich heute Nachmittag gekauft habe. Ich habe auch zwei für Devlin gekauft, in verschiedenen Größen, und ich kann dir auch den gepolsterten besorgen, wenn du meinst, dass er dir gefallen könnte ..."

„Ähem! WENN ICH UM IHRE AUFMERKSAMKEIT BITTEN DÜRFTE ..."

Ich blickte nach vorne. Antonio Casa stand hinter einem Tisch, in der einen Hand ein Rührlöffel, in der anderen eine Schüssel. Er trug eine makellose weiße doppelreihige Kochjacke und eine Kochmütze, wie es sich für einen Koch gehörte. Er sah sich mit finsterer Miene im Raum um. Mehr als die Hälfte der Arbeitstische war leer. Das „Kochen mit Antonio Casa" fand bei Weitem nicht so viel Anklang wie ein Abend mit Josh McDermott.

Sobald der Unterricht begann, waren jedoch alle mit Feuereifer bei der Sache - nun ja, alle außer den Silberlocken, um genau zu sein. Ich unterbrach meine Bemühungen, eine „handgemachte Linguine mit gebratenem Thunfisch, frischem Pesto und grünen Oliven" zuzubereiten, wie das Menü des Abends lautete. Doch der Tisch neben meinem war leer.

Wo waren die vier bloß?

Rings um mich herum sah ich über die Arbeitstische gebeugte Köpfe, Antonio Casa selbst stand neben einem der Teilnehmer, einem jungen

Asiaten, und diskutierte leidenschaftlich über die Vorzüge von Pasta gegenüber Nudeln. Die Silberlocken waren jedoch nirgends zu sehen.

Moment mal ...

Ich zwackte mit den Augen. Hinter einem offenen Regal mit sonnengetrockneten Tomaten, Pestos und Oliven in Dosen kamen kurz vier weiße Kochmützen zum Vorschein, verschwanden dann aus dem Blickfeld, um gleich darauf neben einem großen Kühlschrank wieder aufzutauchen, wo sie die Köpfe zusammensteckten.

Was führen sie bloß im Schilde?, dachte ich verärgert, dann ermahnte ich mich, gelassen zu bleiben. Vielleicht holten sie nur ein paar Zutaten aus den Regalen oder dem riesigen Kühlschrank ...

Im nächsten Moment sah ich, wie sich eine Tür neben dem Kühlschrank öffnete und vier weiße Kochmützen in den Raum dahinter drängten, bevor die Tür schnell wieder zugezogen wurde.

Oh-oh. Das sah aber gar nicht gut aus. Ich legte meinen hölzernen Rührlöffel zur Seite und wollte ihnen gerade folgen, als neben mir eine Stimme ertönte: „Und wo sind die vier netten alten Damen?"

Kapitel 10

Hinter mir stand Antonio Casa, der fragend auf den leeren Arbeitstisch neben unserem schaute. Meine Mutter blickte von ihrem Topf mit kochenden Nudeln auf.

„Oh! Wie seltsam!", sagte sie überrascht. „Eben waren Mabel und die anderen noch hier. Vielleicht sollten wir uns auf die Suche nach -"

„- mehr Kräutern für unsere Linguine machen!", unterbrach ich sie hastig. „Ich glaube, wir brauchen mehr Basilikum und ... ähm .... Minze ... und Schnittlauch. Ja, und einen Hauch Muskatnuss ...“

„Schnittlauch? Muskatnuss? Was reden Sie für einen Unfug?" Antonio warf mir einen bösen Blick zu. „Sie müssen sich an mein Rezept halten! Es ist das Ergebnis meiner überragenden Fertigkeiten und meines umfassenden Fachwissens – glauben Sie bloß nicht, Sie könnten wahllos irgendwelche Kräuter zu meinem Meisterwerk hinzufügen!"

„Oh nein, wir haben uns genau an Ihre

Anweisungen gehalten, Mr Casa", versicherte ihm meine Mutter und wies stolz auf den Topf mit der blubbernden Soße.

Er schnupperte misstrauisch. „Hmm … gut, gut …" Dann ging sein Blick erneut zu dem leeren Tisch der Silberlocken. „Aber die alten Damen …", murmelte er stirnrunzelnd.

„Äh, die sind wahrscheinlich zur Toilette gegangen", bemerkte ich schnell.

„Alle zusammen?"

„Ja, äh … nun, sie leisten einander eben gerne Gesellschaft."

Er starrte auf eine halb zerschnittene Tomate auf dem Schneidebrett und einen Topf mit Nudeln, die in einem trüben Sud vor sich hin köchelten. „Aber sie haben das Nudelwasser nicht ausgestellt!", sagte er entgeistert. „Die Nudeln zerkochen zu Brei!"

Er schaltete den Herd aus und zog den Topf von der Kochplatte, dann sah er sich wütend um.

„Wo sind sie, diese alten Damen? Ich muss mit ihnen sprechen! Ein guter Koch lässt seine Töpfe nie unbeaufsichtigt. Sie verhalten sich respektlos und das in meiner Küche! Das lasse ich nicht zu! Ich gehe sie suchen -"

„Aaa-Antonio!", rief ich und versperrte ihm den Weg, bevor er sich auf den Weg zur anderen Seite des Raumes machen konnte. „Äh, ich wollte … ich wollte Ihnen nur sagen, wie sehr ich … äh … Sie bewundere."

Er blieb überrascht stehen, dann breitete sich ein

selbstgefälliges Grinsen auf seinem Gesicht aus. Er bedachte mich mit einem interessierten Blick und hob anzüglich eine Augenbraue.

„Ich meine, ich bewundere Ihren Werdegang!", korrigierte ich mich hastig. „Wie Sie sich aus so bescheidenen Verhältnissen hochgearbeitet haben, so leidenschaftlich, mit derart viel Hingabe ..."

„Aber Sie bewundern mich auch als Mann, nicht wahr?" Er trat einen Schritt näher. „Ist schon gut, Sie können es ruhig zugeben. Ich weiß, welche Wirkung ich auf Frauen habe."

Ich riss die Augen auf. Hatte ich ihn richtig verstanden?

Antonio Casa grinste mich weiter an und senkte seine Stimme zu einem sexy Knurren: „Ich bin nicht der Typ, der prahlt, aber wissen Sie, es hat einen Grund, warum man mich den ‚italienischen Hengst' der britischen Küche nennt. Und das nicht wegen der Größe meiner ... Kelle." Er wackelte mit den Augenbrauen.

Igitt. Ich wusste nicht, ob ich lachen oder mich angewidert abwenden sollte. Er beugte sich vor und ich wich hastig zurück.

„Ähm, wissen Sie was? Ich glaube, es ist besser, wenn jemand nach den alten Damen sucht. Ich ... äh ... ich sehe mal im Waschraum nach."

Im Sturmschritt durchquerte ich den Raum. Als ich hinter dem Regal mit den Kräutern und anderen Zutaten war, hielt ich inne und blickte vorsichtig zurück. Zu meiner Erleichterung hatte eine

Workshop-Teilnehmerin, deren Linguine eine seltsame Grünfärbung angenommen hatten, den Starkoch in eine lebhafte Diskussion verwickelt. Statt mich den Toiletten zuzuwenden ging ich zu einer Tür neben dem großen Industriekühlschrank. Ich vergewisserte mich, dass Antonio mich nicht beobachtete, drehte den Knauf und schlüpfte durch den Türspalt.

Es handelte sich um ein Büro - wahrscheinlich für die Mitarbeiter der Kochschule. Neben zwei großen Schreibtischen und einer Reihe von Computern, Druckern und Aktenschränken stand in der hintersten Ecke ein schäbiges altes Sofa. Und daneben standen die Silberlocken. Sie betrachteten etwas auf dem Sofa und zuckten zusammen, als ich den Raum betrat. Ihre Mienen waren ein Musterbeispiel an Schuldbewusstsein.

„Mabel! Florence! Glenda! Ethel! Was machen Sie denn hier?", zischte ich und eilte zu ihnen hinüber. „Ich musste all meinen Charme aufbieten, damit Antonio Casa Sie nicht suchen kommt. Außerdem haben Sie Ihre Nudeln auf dem Herd vergessen!"

Ich verstummte, als ich sah, was sie so eingehend betrachteten. Ein kleiner Koffer lag offen auf dem Sofa, der Inhalt zerknittert und zur Seite geschoben, als hätte jemand darin herumgewühlt.

Ich sog scharf die Luft ein. „Was machen Sie da?", fragte ich noch einmal. „Wessen Koffer ist das?"

„Er gehört Antonio Casa", antwortete Mabel triumphierend. „Sein Name steht auf dem Schild ...

und schau mal, was wir darin gefunden haben!"

Sie hielt eine kleine Plastikflasche hoch. Ich starrte sie verständnislos an.

„Das ist leitfähiges Gel", erklärte sie. „Damit lassen sich elektrische Impulse auf Oberflächen übertragen."

Glenda packte mich am Arm, ihre Augen funkelten vor Aufregung. „Das ist der Beweis, dass Antonio Casa der Mörder ist!"

Ich nahm Mabel das Fläschchen ab und las stirnrunzelnd das Etikett auf der Rückseite: „Hypoallergenes, salz- und chloridfreies Leitgel, für zuverlässigen elektrischen Kontakt. Besonders geeignet für Langzeitanwendungen."

Die Silberlocken sahen mich erwartungsvoll an.

„Das reicht nicht, um Antonio Casa als Mörder zu überführen", wandte ich ein.

„Doch, das ist der Beweis!", sagte Mabel entschieden. „Es zeigt, dass er den elektrischen Schneebesen manipuliert hat, mit dem Josh McDermott getötet wurde. Warum sonst sollte jemand leitfähiges Gel in seinem Koffer haben?"

Ich musste zugeben, dass sie nicht ganz unrecht hatte. In Verbindung Antonio Casas Kenntnissen als Elektriker sah es wirklich sehr verdächtig aus.

„Wir müssen die Polizei benachrichtigen!", rief Glenda. „Du musst deinen jungen Mann anrufen, Gemma, und ihm sagen, dass wir leitfähiges Gel in Antonio Casas Tasche gefunden haben -"

„Nun mal langsam!" Ich hob abwehrend die

Hände. „Ich kann Devlin nicht davon erzählen!"

„Warum nicht?"

„Weil ... weil er schrecklich wütend sein würde, darum! Ist Ihnen klar, dass Sie gerade verbotenerweise in privatem Eigentum wühlen? Selbst die Polizei bräuchte dafür einen Durchsuchungsbeschluss. Devlin dreht durch, wenn er erfährt, dass Sie wieder einmal die Nase in eine polizeiliche Ermittlung gesteckt haben."

„Wir helfen der Polizei bei ihren Ermittlungen", entgegnete Mabel missmutig. „Dies ist ein wichtiges Beweisstück, das -"

Sie brach ab, als wir Schritte vor der Tür hörten. Ethel kreischte und Glenda umklammerte Florences Arm. Ich schob die Flasche zurück in den Koffer und versuchte, sie notdürftig zu verdecken, als die Tür aufging und Antonio Casa den Raum betrat. Ich zuckte zurück und bemühte mich, so lässig wie möglich auszusehen.

„Was machen Sie hier?", fragte er barsch.

Ethel stieß einen weiteren Quietschlaut aus und Glenda umklammerte Florences Arm noch fester, aber Mabel war wie immer unbeeindruckt. Sie lächelte strahlend und sagte leichthin: „Ah, Mr Casa - wir wollten gerade gehen. Wahrscheinlich können Sie Gemma besser helfen, das zu finden, was sie sucht. Wir müssen uns jetzt um unsere Nudeln kümmern. Bis später!"

Ich starrte ihnen ungläubig hinterher, als sie mit den anderen Silberlocken hinaushuschten und mich mit dem Chefkoch allein ließen. Das war ihre gewohnte Masche: Sie brachten mich in Schwierigkeiten und ich durfte dann die Suppe auslöffeln, die sie mir eingebrockt hatten. Diesmal würde ich sie wirklich umbringen!

Nervös wandte ich mich zu Antonio Casa um, schenkte ihm ein schwaches Lächeln und zerbrach mir verzweifelt den Kopf, wie ich ihm erklären sollte, warum ich hier an seinem offenen Koffer stand. Doch bevor ich etwas sagen konnte, fragte er:

„Warum haben Sie meinen Koffer aufgemacht? Wonach suchen Sie?" Dann fiel sein Blick auf meine Hände und ein langsames Lächeln breitete sich auf seinem Gesicht aus. „Ah, das hätte ich mir denken können ..."

Ich blickte nach unten und stellte zu meinem Entsetzen fest, dass ich eine seiner Unterhosen in den Händen hielt. Ich musste sie zusammen mit anderen Kleidungsstücken ergriffen haben, als ich versuchte, die Flasche mit dem Gel zuzudecken.

„Iii!" Ich schleuderte das weiße Teil weg. „Ich ... das ... das war ein Irrtum ... ich wollte nicht ..."

„Ach, nur nicht so schüchtern", sagte Antonio mit einem anzüglichen Grinsen und trat einen Schritt näher. „Ich mag Frauen, die nicht davor zurückscheuen, das zu tun, was sie wollen. Aber Sie hätten es mir einfach sagen sollen, wissen Sie, ich hätte Ihnen gerne einen Slip gegeben. Suchen Sie sich einen aus. Ich kann ihn sogar mit meinem speziellen Parfüm besprühen ..."

Wie furchtbar! Ich schwankte zwischen Scham und Ekel und beeilte mich, das Büro hinter mir zu lassen – mit hochrotem Kopf und einer Unterhose von Antonio Casa in der Tasche. *Ich verbrenne sie, sobald ich zu Hause bin ... nachdem ich die Silberlocken erwürgt habe*, dachte ich, als ich zu dem Arbeitstisch stapfte, an dem meine Mutter bereits auf mich wartete. Am Nachbartisch rührten Mabel und ihre Spießgesellinnen fleißig die Nudelsoße um und häckselten Kräuter, ohne auf den bösen Blick zu achten, den ich ihnen zuwarf.

„Liebling, wo warst du?", fragte meine Mutter. „Die Linguine und die Spargel-Prosciutto-Bruschetta sind fertig und jetzt habe ich mit den Amaretto-Biscotti angefangen." Sie rieb eifrig Parmesan auf die Bruschetta und strahlte mich an. „Ich muss sagen, dieser Workshop macht viel mehr Spaß, als ich erwartet hatte. Findest du nicht auch?"

Von der anderen Seite des Raumes warf mir Antonio Casa einen Blick zu und zwinkerte mir lüstern zu.

Ich seufzte. „Oh ja, es ist wunderbar."

Kapitel 11

Der diensthabende Wachtmeister auf dem Polizeirevier nickte mir freundlich zu, als ich am nächsten Morgen an ihm vorbeiging. Da ich die Freundin von Detective Inspector Devlin O'Connor war, kannten mich viele der Beamten bereits, aber ich wusste, dass ich mir ihren Respekt auch dadurch verdient habe, dass ich an der Aufklärung mehrerer Mordfälle mitgewirkt hatte. Ich erwiderte den Gruß des Sergeanten und ging durch die verschlungenen Gänge, bis ich zu den Doppeltüren kam, die zu den Büros der Kriminalpolizei führten. Hier blieb ich einen Moment stehen und fragte mich erneut, ob ich das Richtige tat.

Okay, ich war immer noch wütend auf die Silberlocken, aber schließlich hatten sie mich dazu überredet, Devlin von dem leitfähigen Gel zu erzählen, das sie im Koffer von Antonio Casa gefunden hatten. Mir war klar, dass sie recht hatten: Es war ein zu merkwürdiger Zufall, als dass man ihn hätte ignorieren können. Möglicherweise war es eine wichtige Spur, die Joshs Erzrivalen schwer belastete. Als ich jedoch vor Devlins Tür stand, fragte ich mich voller Unbehagen, wie ich Devlin von dem Gel erzählen sollte, ohne zu verraten, wie wir es entdeckt hatten.

Ich trat unschlüssig von einem Fuß auf den anderen. Vielleicht ist das gar keine so gute Idee und ich sollte Devlin einfach einen anonymen Hinweis geben. Dem könnte er nachgehen, ohne von den Machenschaften der Silberlocken zu erfahren …

„Gemma?"

Ich drehte mich um und sah Devlin hinter mir stehen, mit einem Styroporbecher voller Kaffee in der Hand. Er sah mich mit einer Mischung aus Überraschung und Freude an.

Er gab mir einen Kuss und sagte: „Schön, dich zu sehen. Du hast gar nicht gesagt, dass du vorbeikommst. Ist alles in Ordnung?"

„Äh, ja, alles bestens." Ich zögerte, fuhr dann aber fort: „Ähm, Devlin, kann ich dich kurz sprechen?"

„Sicher." Er warf mir einen neugierigen Blick zu, sagte aber nichts weiter, sondern führte mich in einen freien Befragungsraum, wo wir etwas Privatsphäre hatten. Er zog mir einen der Stühle heran, lehnte sich an die Tischkante und fragte: „Was gibt's?"

„Es geht um den Mord an Josh McDermott …" Ich leckte mir nervös die Lippen. „Ähm, habt ihr schon weitere Hinweise auf mögliche Verdächtige wie …

ähm … Antonio Casa?"

„Wir arbeiten daran. Ich habe gestern sowohl Casa als auch Leanne Fitch befragt, die übrigens ein Alibi hat. Sie war zum Zeitpunkt des Mordes in ihrem Hotelzimmer."

„Habt ihr das überprüft?"

„Mein Sergeant hat mit dem Zimmermädchen gesprochen, das ihr vorgestern Abend ein paar Handtücher gebracht hat. Es sieht so aus, als komme Leanne nicht in Frage. Aber ich werde sie vielleicht noch einmal befragen. Jedenfalls habe ich ihr und Casa gesagt, dass sie Oxford vorerst nicht verlassen dürfen."

„Und was ist mit Antonio Casa - hat er ein Alibi?"

„Nein. Er hat zugegeben, dass er auf dem Ball war, aber er bestreitet rundweg, in der Nähe des Speisesaals gewesen zu sein. Er meinte, er sei nicht daran interessiert - ich zitiere - ‚zuzusehen, wie dieser aufgeblasene Wichser versucht, ein Ei zu kochen'."

„Und warum ist er dann auf den Ball gegangen?"

„Anscheinend wollte er sich dort mit einer Frau treffen, deren Namen er mir aber nicht nennen wollte. Vielleicht stimmt es, vielleicht ist es aber auch reines Wunschdenken." Devlin grinste. „Offenbar hält sich Casa für unwiderstehlich: Er scheint zu glauben, dass sich jede Frau rettungslos in ihn verliebt, wenn sie ihn nur ansieht."

„Das kann man wohl sagen", murmelte ich vor mich hin.

„Möglicherweise tritt da also nur sein Ego zutage. Jedenfalls hat er nicht geleugnet, auf dem Ball gewesen zu sein, also hatte er theoretisch die Gelegenheit, den Mord zu begehen."

„Und das Mittel hatte er eventuell auch", fügte ich hinzu.

Devlin hob eine Augenbraue.

„Er war Elektriker, bevor er Chefkoch wurde – wusstest du das?"

„Ja, wir haben uns seinen Hintergrund angesehen. Es ist ein interessantes Detail, aber nur weil er mal als Elektriker gearbeitet hat, heißt das nicht, dass er seine Kenntnisse eingesetzt hat, um Josh umzubringen."

„Und wenn man bei ihm etwas findet, das die elektrische Leitfähigkeit verbessert?"

„Wie meinst du das?"

Ich zögerte, dann platzte ich heraus: „Antonio Casa hat ein Fläschchen mit leitfähigem Gel in seinem Reisekoffer."

Devlin schaute mich scharf an. „Woher weißt du das?"

Ich versuchte, mir ein Vorbild an Mabel zu nehmen, winkte mit der Hand und sagte lässig: „Ist doch egal, woher ich das weiß. Ein solches Gel würde man benutzen, wenn man jemandem einen Stromschlag verpassen wollte, oder? Das heißt, Antonio könnte derjenige gewesen sein, der an den Kabeln herumgepfuscht hat. Du solltest dir einen Durchsuchungsbeschluss besorgen und seine

Sachen unter die Lupe nehmen - bevor er eine Chance hat, es loszuwerden. Es wäre interessant zu hören, was er dazu zu sagen hat."

„Gemma." Devlin sah mich scharf an. Natürlich war ihm klar, dass ich seiner Frage auswich. „Ich muss wissen, wie du das mit Casa und dem leitfähigen Gel herausgefunden hast. Deine Behauptung allein reicht nicht, ich brauche einen guten Grund, um einen Durchsuchungsbeschluss zu beantragen."

Ich schluckte. „Äh ... also, weißt du ... ich war gestern Abend bei einem Kochworkshop, den Antonio an Stelle von Josh McDermott geleitet hat. Und die Silberlocken waren auch da. Und ... ähm ... nun, sie haben zufällig in Antonios Koffer geschaut und das leitfähige Gel entdeckt."

Devlins Brauen zogen sich gefährlich zusammen. „Aha, sie haben zufällig in seinen Koffer geschaut? Du meinst, sie haben ihn ohne seine Erlaubnis durchsucht!"

„Ja, aber mit den besten Absichten! Sie versuchen nur, der Kripo bei den Ermittlungen zu helfen - und du musst zugeben, dass sie etwas wirklich Wichtiges zutage gefördert haben. Dieses Gel könnte Antonio Casa mit dem Mord in Verbindung bringen."

„Die Kripo braucht keine Hilfe bei den Ermittlungen!", fauchte Devlin. „Und schon gar nicht, wenn dabei unerlaubte Mittel angewandt werden wie das unbefugte Durchsuchen von Privateigentum. Für die Verteidigung wäre das wie ein Sechser im Lotto – mehr bräuchte sie nicht, um Casa ungeschoren davonkommen zu lassen, falls er wirklich der Mörder ist. Wir halten uns nicht zum Spaß an Regeln, weißt du? Es geht nicht nur darum, Beweise zu sammeln, sondern sie müssen auch vor Gericht anerkannt werden. Ich nehme an, ihr alle habt die Flasche angefasst?"

Ich nickte verlegen.

Devlin unterdrückte einen Fluch. „Eure Fingerabdrücke sind also überall auf der Oberfläche der Flasche? Abgesehen davon, dass sie möglicherweise die Fingerabdrücke von Casa verdecken, könnte die Verteidigung behaupten, dass eine von euch ihm die Flasche untergeschoben hat, um ihn zu belasten. Wenn außer seinen Fingerabdrücken noch andere darauf zu finden sind, können wir nicht schlüssig nachweisen, dass die Flasche ihm gehört. Damit wäre unser bester Beweis gegen ihn hinfällig."

Ich starrte Devlin erschrocken an. „Oh nein! Daran habe ich nicht gedacht! Das tut mir so leid!"

Devlin sah aus, als wollte er noch etwas sagen, doch dann überlegte er es sich anders. Stattdessen erhob er sich vom Tisch und ging zum Fenster. Ich saß da und starrte auf meine Hände. Ich kam mir vor wie ein ungehorsames Schulmädchen, das sich eine Standpauke des Rektors anhören muss. Schließlich kam Devlin an den Tisch zurück und setzte sich mit einem Seufzer mir gegenüber. Ich spähte vorsichtig zu ihm hinüber und stellte erleichtert fest, dass er sich anscheinend etwas beruhigt hatte.

„Es tut mir leid, Devlin", sagte ich leise. „Ich habe versucht, sie aufzuhalten, aber du weißt ja, wie Mabel ist, wenn sie sich etwas in den Kopf gesetzt hat. Die vier sind während des Workshops verschwunden, und als ich sie schließlich im Büro hinter dem Schulungsraum aufgespürt habe, hatten sie die Sachen von Antonio Casa bereits durchwühlt. Da war es also schon zu spät."

Devlin seufzte. „Ich weiß. Es tut mir leid, dass ich meinen Ärger an dir ausgelassen habe. Hör zu, versuch einfach, die Silberlocken von nun an aus allem herauszuhalten, okay? Und ich bemühe mich um einen Durchsuchungsbeschluss. Ich hoffe nur, dass die zusätzlichen Fingerabdrücke kein Problem darstellen. Wenigstens hat er nicht gesehen, wie ihr euch an seinen Sachen zu schaffen gemacht habt."

„Äh ... ja, also, was das angeht ..."

„Sag nicht, dass er euch auf frischer Tat ertappt hat?"

„Doch, aber er hat nicht gemerkt, dass wir das Gel gefunden haben. Er hat überhaupt keinen Verdacht geschöpft."

„Er hat keinen Verdacht geschöpft? Er erwischt euch dabei, wie ihr in seinem Koffer wühlt, und findet das nicht seltsam?"

„Nun, du weißt, wie Antonio Casas tickt. Er dachte, wir suchen nach ... ähm ... Fan-Souvenirs."

„Fan-Souvenirs?" Devlin war verwirrt.

Auf keinen Fall wollte ich ihm von Antonios

Unterhose erzählen, daher wechselte ich rasch das Thema.

„Habt ihr weitere Hinweise zum Mord an McDermott?"

„Wie ich schon sagte, sammeln wir im Moment noch. Auch wenn es langweilig klingt: Manchmal stellt das beharrliche Zusammentragen von Informationen den Schlüssel zur erfolgreichen Lösung eines Falles dar. Oh – da war ein bemerkenswertes Detail: McDermott hatte eine Lebensversicherung abgeschlossen."

„Und? Wer ist der Begünstigte?"

„Sein Manager, Jerry Wallis. Ich nehme an, sie wurde mit dem Hintergedanken abgeschlossen, das Unternehmen abzusichern, falls Josh etwas zustoßen sollte."

„Meinst du, das ist ein Motiv für einen Mord?"

Devlin zuckte mit den Schultern. „Kann sein. Es geht um eine ansehnliche Summe, aber keine außergewöhnlich hohe. Ich bezweifle, ob es sich lohnt, dafür einen Mord zu begehen - es sei denn, man braucht dringend Geld. Und es sieht nicht so aus, als sei sein Manager knapp bei Kasse."

„Nein, als Joshs Manager hat er bestimmt nicht am Hungertuch genagt."

„Auf jeden Fall hat Wallis ein Alibi. Ich habe gestern auch Maddie Gill, die Fernsehproduzentin, befragt, und sie bestätigt, dass sie die ganze Zeit mit Wallis im Speisesaal war. Es ist also unwahrscheinlich, dass Wallis die Gelegenheit hatte, sich an den Küchengeräten zu schaffen zu machen."

Ich warf einen Blick auf meine Uhr und sprang auf. „Oh! Ich muss los, es ist höchste Zeit, den Tearoom aufzumachen."

„Wie läuft das Geschäft?", fragte Devlin lächelnd. Ich war froh, dass sich seine schlechte Laune zu bessern schien.

„Großartig! Doras Eierpuddingtörtchen sind ein voller Erfolg - sie sind sogar von einem Food-Blogger vorgestellt worden und viele Kunden fragen danach."

„Hmm, vielleicht komme ich am Sonntag mal vorbei und probiere sie. Übrigens, du denkst an das Abendessen mit meiner Mutter heute Abend?"

Bei der ganzen Aufregung um Josh McDermott hatte ich es tatsächlich vergessen, doch nun flammte meine Angst vor dieser ersten Begegnung wieder auf.

„Devlin, was soll ich bloß heute Abend anziehen? Ich meine, wie ist deine Mutter so? Ist sie eher konservativ? Meinst du, sie findet mein neues Hemdblusenkleid aus Jeansstoff zu kurz?"

„Mach dir keine Sorgen, Gemma – zieh an, was dir gefällt. Es ist schon in Ordnung."

Ich verdrehte genervt die Augen. „Typisch! Männer verstehen einfach nicht, wie wichtig es ist, sich richtig zu kleiden, besonders bei einem bedeutenden Termin."

„Ich habe dir doch gesagt, dass du anziehen kannst, was du willst. Meiner Mutter ist es egal."

„Ja, aber wenn ich weiß, wie sie ist, kann ich mich mehr nach ihrem Geschmack richten - du weißt schon, einen guten ersten Eindruck machen", sagte ich mit einem schüchternen Lächeln. „Es wäre wirklich hilfreich, eine Vorstellung davon zu bekommen, wie sie ist, bevor ich sie kennenlerne. Ich meine, ist sie eher lässig und entspannt oder ist sie eher förmlich und korrekt wie meine Mutter?"

„Sie ist ganz anders als deine Mutter", sagte Devlin schnell. Er räusperte sich. „Meine Mutter ist nicht ... äh ... wie die meisten Mütter."

„Was meinst du damit?"

„Ich ... ich will nur nicht, dass du falsche Erwartungen hast, das ist alles. Ehrlich, Gemma, Mum wird ganz bestimmt von dir begeistert sein, egal was du trägst."

„Ach, komm schon! Das hilft mir nicht weiter! Warum kannst du mir nicht mehr sagen? Warum tust du immer so geheimnisvoll, wenn es um deine Mutter geht?"

„Ich tue überhaupt nicht geheimnisvoll!", gab Devlin gereizt zurück. „Ich ... Hör zu, meine Mutter hat mich bekommen, als sie noch sehr jung war, okay?"

„Oh." Ich zögerte. „Nun, Schwangerschaften im Teenageralter sind nicht so ungewöhnlich. Das ist nichts, wofür man sich schämen muss."

Devlin sagte nichts.

„War dein Vater auch sehr jung damals? Ich weiß, er hat die Familie verlassen, als du noch ganz klein warst."

„Ich habe meinen Vater nie gekannt", sagte Devlin

barsch. „Ich habe keine Ahnung, wer er ist. Ich glaube, meine Mutter weiß es auch nicht. Sie war … na ja, sie war ein bisschen ein Partygirl und mochte die Jungs."

„Oh." Ich wusste nicht, was ich sagen sollte.

Devlin räusperte sich erneut. „Als meine Mutter erfuhr, dass sie mit mir schwanger war, waren ihre Eltern entsetzt. Sie waren gläubige Katholiken. Sie haben sie nicht offen verleugnet, aber darauf lief es letztendlich hinaus. Nach meiner Geburt ist meine Mutter von zu Hause weggelaufen … und sie hat mich mitgenommen."

Ich starrte ihn wortlos an. Devlin hatte mir noch nie etwas über seine Familie erzählt – und jetzt wusste ich, warum. Zwischen ihm und mir lagen Welten. Meine Eltern hatten in Oxford und Cambridge studiert, ich war in einem eleganten Stadthaus im Norden von Oxford aufgewachsen und hatte eine „ordentliche", respektable, großbürgerliche Erziehung genossen.

„Ich … es tut mir leid … Das wusste ich nicht. Es muss sehr schwer für deine Mutter gewesen sein, dich alleine großzuziehen."

Devlin wich meinem Blick aus. „Nun, um ehrlich zu sein, war sie nie sehr lange allein. Wie ich schon sagte, meine Mutter … äh … ist gern in Gesellschaft von Männern." Er stieß ein bitteres Lachen aus. „Als Kind habe ich mich schnell an die vielen ‚Freunde' gewöhnt, die bei uns ein und aus gingen."

Verlegenes Schweigen breitete sich zwischen uns

aus, während ich krampfhaft überlegte, was ich sagen sollte, ohne mitleidig oder überheblich zu klingen. „Dann hat deine Mutter also nie geheiratet?"

„Nein."

Das Schweigen dehnte sich weiter zwischen uns aus. Schließlich meinte Devlin seufzend: „Ich hätte dir das alles wahrscheinlich schon früher erzählen sollen, Gemma. Ich wollte dir nichts verschweigen, aber immer, wenn ich es dir sagen wollte, musste ich an deine Familie und dein Zuhause denken und daran, wie sehr sich das alles von meiner Geschichte unterscheidet. Und mir war klar, dass deine Mutter sowieso schon gegen mich eingenommen war."

„Die Zeiten sind längst vorbei", wandte ich ein. „Für sie bist du ein Held, seit du ihr verschwundenes Tablet aufgespürt hast."

Devlin grinste. „Ja, ich weiß. Sie bringt mir jede Woche selbst gebackene Kekse auf die Wache. Das ist wirklich nett von ihr. Das letzte Mal war es Shortbread. Und gestern hat sie mir zwei Wäschenetze gebracht und mir haarklein auseinandergelegt, wie ich meine Socken und Boxershorts waschen soll."

Ich stöhnte. „Nicht schon wieder die verdammten Wäschenetze!" Ich schaute erneut auf meine Uhr und stieß einen Schrei aus. „Oh nein, schon so spät! Ich muss wirklich los!"

Devlin hielt mich am Arm fest. „Warum ziehst du heute Abend nicht dein hellblaues Stricktop an? Darin siehst du immer so hübsch aus - und meiner

Mum wird es sicher auch gefallen.“

Ich verabschiedete mich mit einem dankbaren Lächeln und lief nach draußen zu meinem Fahrrad, um so schnell wie möglich nach Meadowford-on-Smythe zu sausen.

Kapitel 12

„Wo ist Müsli?", fragte Mrs Purdy, die besorgt an der Theke stand.

„Ich konnte sie nicht mitbringen, Mrs Purdy. Ich musste heute Morgen auf dem Weg zur Arbeit einen Zwischenstopp auf dem Polizeirevier einlegen und wollte sie nicht in ihrem Transportkorb warten lassen. Wahrscheinlich döst sie zu Hause auf ihrem Lieblingsplatz auf dem Sofa", antwortete ich lächelnd.

„Aber ich habe ihr doch Streusel mit Katzenminze gemacht!", rief die alte Dame verzweifelt. „Wann soll sie die denn jetzt fressen?"

„Nun, wenn Sie sie mir geben möchten, nehme ich sie mit nach Hause und gebe sie ihr heute Abend. Oder wenn sie sich halten, können Sie sie ihr morgen selbst geben? Ich verspreche, dass ich Müsli morgen mitbringe."

Mrs Purdy beruhigte sich allmählich. „Ich gebe Ihnen jetzt etwas davon, dann können Sie es ihr heute Abend über ihr Essen streuen, und den Rest hebe ich für morgen auf."

Ich nahm pflichtbewusst die kleine Vorratsdose, die sie mir reichte, und versprach, Müsli am Abend damit zu überraschen.

„Verflixt!", sagte Cassie, als die alte Dame sich verabschiedet hatte. Sie war in Begleitung von Seth, der kurz vorbeigeschaut hatte, um Hallo zu sagen. „Ich wünschte fast, ich wäre eine Katze, damit Mrs Purdy mich auch so verwöhnen würde!"

Ich verzog das Gesicht. „Ich habe ein schlechtes Gewissen. Müsli wird mit Leckereien überhäuft, während da draußen all die armen, heimatlosen Katzen verzweifelt nach etwas zu fressen suchen - oder schlicht ums Überleben kämpfen! Gestern habe ich im Garten des Boscobel Colleges einen wirklich hübschen verwilderten Kater kennengelernt; er sieht Müsli zum Verwechseln ähnlich und ist ein echter Charmeur. Ich habe mich richtig in ihn verliebt. Und ich war entsetzt, als mir Irene Mansell, die Frau des Masters, erzählte, dass er sich zu einer solchen Plage entwickelt hat, dass sie überlegen, ihn von einem Kammerjäger erschießen zu lassen."

„Das ist keine Lösung für das Problem mit streunenden Katzen!", rief Seth. „Es ist grausam und außerdem werden die verwilderten Katzen sich nicht vertreiben lassen, solange es dort eine Futterquelle gibt."

Ich schaute Seth überrascht an. So hitzig erlebte ich meinen alten Freund nur selten. Dann dachte ich an seine Arbeit beim Domnus Trust, einer Wohltätigkeitsorganisation, die Obdachlosen in Oxford zu einem bezahlbaren Dach über dem Kopf verhalf, und daran, wie leidenschaftlich sich Seth für alle einsetzte, die aus irgendeinem Grund an den Rand der Gesellschaft geraten waren. In unserer Studienzeit hatte ich Seth nur dann wirklich wütend gesehen, wenn er mitbekam, wie jemand einen deutlich Schwächeren schikanierte.

Jetzt war sein Gesicht errötet und ernst, als er zu mir sagte: „Du darfst nicht zulassen, dass sie den Kater erschießen! Rede mit den Leuten vom College und sag ihnen, dass sie stattdessen die TNR-Methoden anwenden sollen."

„TNR?"

„Trap-Neuter-Release, das bedeutet so viel wie einfangen, kastrieren, freilassen. Das ist die beste Methode, um das Problem mit streunenden Katzen anzugehen. Die Katzen werden mit humanen Fallen gefangen, kastriert und markiert und dann entweder an ihrem ursprünglichen Platz wieder freigelassen oder - falls das nicht möglich ist – in ein neues Zuhause vermittelt."

„Irene meint, der Kater sei bisher allen Fallen erfolgreich ausgewichen. Er ist einfach zu schlau."

„Sie müssen es weiter versuchen", beharrte Seth. „Vielleicht könnten sie ihn ein paar Tage lang in der Falle füttern, ohne sie auszulösen, um sein Vertrauen zu gewinnen."

„Ich glaube nicht, dass sie das tun würden. Henry

Mansell, der Master des Colleges, hasst Katzen, und mittlerweile wollen sie den Streuner nur noch loswerden. Jedenfalls sagte Irene, dass der Kater niemanden an sich heranlässt und ziemlich aggressiv wird. Das ist ein bisschen seltsam, denn von mir hat er sich sogar streicheln lassen."

„Dann solltest du das übernehmen, Gemma!", drängte Seth. „Du solltest die Falle aufstellen und ihn hineinlocken. Ich kenne jemanden vom örtlichen Tierschutzverein, er hat mir bei der tierärztlichen Versorgung von Straßenhunden geholfen. Ich kann dir bestimmt eine Katzenfalle besorgen. Vielleicht sogar schon morgen."

„Okay, aber ich muss das erst mit Irene Mansell absprechen. Ohne Erlaubnis des Colleges kann ich keine Katzenfalle aufstellen."

Seth nickte, dann warf er einen verstohlenen Blick auf Cassie, die einen Tisch auf der anderen Seite des Raumes bediente, und sagte leise: „Ähm, Gemma, ich wollte dich um einen Gefallen bitten ..."

„Klar."

„Ich wollte euch beide fragen, ob wir zusammen in den neuen Bond-Film gehen sollen, aber ... könntest du vielleicht ... also, könntest du Nein sagen?" Er errötete. „Ich meine, dann wären es also nur Cassie und ich."

Ich sah ihn überrascht an. „Natürlich kann ich Nein sagen, aber ich verstehe nicht. Warum fragst du sie nicht einfach? Ich meine, nur sie?"

Seth knetete verlegen seine Finger. „Ich kann

nicht! Dann würde es zu sehr nach einem Date aussehen."

„Na und?" Ich lächelte ihn an. „Wäre das so schlimm?"

„Ich will unsere Freundschaft nicht zerstören ..."

„Seth, du kannst nicht ewig in der Schwebe hängen. Du musst Cassie sagen, was du für sie empfindest."

„Aber was ist, wenn sie nicht dasselbe für mich empfindet? Wenn ich es ihr sage, kann ich es nicht mehr zurücknehmen, dann steht es immer zwischen uns. Es wird nie wieder so sein wie früher, sie würde mich anders ansehen, und wenn sie meine Gefühle nicht ... ähm ... erwidert ... dann würde das alles unglaublich peinlich werden." Er rückte seine Brille zurecht. „Weißt du, Untersuchungen zeigen, dass die meisten romantischen Geständnisse zwischen Freunden eine hohe Ablehnungsquote haben. Mehr als fünfzig Prozent der Befragten gaben in einer Studie an, dass sie es bereuen -"

„Seth! Das hier ist kein Laborexperiment und keine wissenschaftliche Abhandlung! Ja, ich weiß, in vielen Fällen werden die Gefühle von Menschen, die sich in ihre besten Freunde verlieben, nicht erwidert, und das kann eine Freundschaft zerstören. Aber es gibt auch viele Paare, die wirklich glücklich und froh sind, dass sie das Risiko eingegangen sind."

Er sah mich an, seine Miene war düster. „Meinst du nicht auch, dass es manchmal besser ist, in der Hoffnung zu leben, als den Schmerz der Ablehnung zu ertragen und zu wissen, dass man zudem eine Freundin verloren hat?"

Ich wusste nicht, was ich darauf sagen sollte. Da ich selbst vor nicht allzu langer Zeit ein paar bange Wochen durchlebt hatte, weil ich dachte, Devlin habe eine Affäre, und zu feige war, ihn darauf anzusprechen, konnte ich seine Gefühle gut nachvollziehen. Es erschien mir einfacher, in Ungewissheit zu leben, als der Wahrheit ins Auge zu sehen. Und aus purem Egoismus wollte ich nicht, dass sich der Status quo zwischen meinen beiden besten Freunden änderte. Wenn sie sich nicht mehr unbefangen begegnen konnten, säße ich in der Mitte fest. Gleichzeitig war es quälend, mitanzusehen, wie groß Seths Sehnsucht war und wie sehr er litt, und ich wollte, dass er eine Chance auf Glück hatte.

„Du gehst davon aus, dass Cassie nicht so empfindet wie du, aber was ist, wenn sie es doch tut? Was ist, wenn sie deine Gefühle erwidert und nur darauf wartet, dass du etwas sagst?" Ich schenkte ihm ein ermutigendes Lächeln. „Das klingt vielleicht nach einem kitschigen Hollywood-Film, aber weißt du … oft sind die wirklich wertvollen Dinge diejenigen, für die es sich lohnt, ein Risiko einzugehen."

Er wollte mir antworten, verstummte aber, als Cassie wieder zu uns trat.

„Die japanischen Touristen an diesem Tisch haben schon zum dritten Mal Scones und Törtchen nachbestellt. Und seht sie euch an, sie sind so winzig! Wo bringen sie nur das ganze Essen unter?", fragte Cassie kopfschüttelnd.

Ich stieß Seth mit dem Ellbogen an und warf ihm einen vielsagenden Blick zu. Er schluckte, öffnete den Mund, zögerte, holte dann tief Luft und sagte nervös: „Äh ... Cassie? Hast du ... hast du nächsten Samstag Zeit? Weil ... ich meine, ich würde es vollkommen verstehen, wenn du Nein sagen würdest ... und natürlich hat das nicht unbedingt eine besondere Bedeut- ... ich meine, ich frage nur als guter Freund ... aber ... ähm ... ich wollte wissen, ob du daran interessiert wärst, den neuen Bond-Film zu sehen ..."

Die Tür zur Teestube schwang auf und ein großer, gutaussehender junger Mann in Jeans trat ein.

„Scott!", rief Cassie begeistert. „Du bist wieder da!"

Der Kanadier grinste. „Hast du mich vermisst?" Er schlenderte zum Tresen herüber und schloss uns alle in sein freundliches Lächeln ein. „Ich musste früher als erwartet nach England zurückkehren, aus geschäftlichen Gründen, und da dachte ich mir, ich sollte meinem Lieblings-Tearoom einen Besuch abstatten." Er zwinkerte Cassie zu. „Und vielleicht noch ein Gemälde abholen. Dein Landschaftsbild hängt zu Hause über dem Kamin und sieht fantastisch aus. Ich bekomme so viele Komplimente, wenn Leute zu Besuch kommen - alle sind hingerissen, wie du mit Farben und Licht umgehst."

„Oh!" Cassie errötete vor Freude. „Danke. Und ich

kann dir nicht genug dafür danken, dass du letztes Mal deinen Freund mitgebracht hast. Ich kann es kaum fassen, dass er einige meiner Bilder in seine Herbstausstellung aufnehmen will - seine Galerie ist immerhin eine der angesehensten in London!"

„Ah, Brett sieht sofort, ob jemand Talent hat", antwortete Scott mit einem Lächeln. „Er wird sich glücklich schätzen, dass er dich unter seine Fittiche genommen hat, bevor jemand anderes dich entdeckt." Er beugte sich über die Theke zu Cassie. „Hey, hör mal, ich bin noch aus einem anderen Grund hier: Ich wollte mir den neuen Bond-Film ansehen. Kommst du mit? Wir gehen vorher etwas essen – und machen ein Date daraus."

„Sehr gerne!", sagte Cassie und strahlte. Mit einem Blick auf Seth fuhr sie fort: „Es macht dir doch nichts aus, oder? Ich weiß, du hast auch gerade gefragt, aber ihr zwei kommt sicher auch ohne mich klar."

Ich zuckte zusammen und Seth sah aus, als hätte ihm jemand einen Schlag in die Magengrube versetzt.

„Äh ... ist in Ordnung ... natürlich ...", stammelte er.

Cassie schnappte sich eine Speisekarte und wandte sich an Scott. „Also, wo möchtest du sitzen?"

Der Kanadier deutete auf einen Tisch in der Nähe. „Wie wär's mit dem da drüben? Und hast du gerade Pause?" Er lächelte sie an. „Komm, setz dich zu mir und trink einen Tee mit mir."

„Geh nur, ich kümmere mich um alles", bot ich

an.

„Danke. Willst du dich zu uns setzen, Seth?"

„Äh … nein, danke. Ich … äh … muss jetzt gehen. Wir sehen uns!"

Cassie sah ihm fassungslos nach, als er im Laufschritt aus der Teestube stürmte. „Was ist denn mit dem los?", fragte sie.

Ich wünschte inständig, ich könnte es ihr sagen. Stattdessen ließ ich sie mit Scott reden und lachen und zog mich hinter die Theke zurück, wo ich im Boscobel College anrief und nach der Frau des Masters fragte. Irene Mansell klang zunächst skeptisch, als ich die TNR-Methode vorschlug, um den verwilderten Kater einzufangen, aber schließlich willigte sie ein, mir eine Chance zu geben.

„Wahrscheinlich kann ich die Falle aber erst am späten Sonntag abholen und zum College bringen", sagte ich.

„Das ist schon in Ordnung. Ich gebe den Pförtnern Bescheid, und Sie können kommen, wann es Ihnen passt", antwortete Irene. „Am Sonntagmorgen bin ich in der Kirche, aber später am Tag sollte ich da sein. Da Sie das College ohnehin kennen, muss ich Ihnen ja nicht den Weg zeigen. Wenn Sie wollen, können Sie über unseren Hof und durch den Säulengang gehen."

Ich hüstelte verlegen. „Es tut mir leid, dass ich in der Ballnacht in Ihren privaten Bereich eingedrungen bin."

Irene lachte. „Nein, machen Sie sich keine Sorgen.

Sie sind nicht die Einzige, die diesen Weg kennt. Oft versuchen Studenten, auf diese Weise zum Speisesaal zu gelangen, und in der Ballnacht habe ich noch eine andere Dame im Säulengang gesehen. Wahrscheinlich dachte sie, ich würde sie zurechtweisen, denn sie rannte weg, sobald sie mich sah.“

Das klang ja interessant. „Wollte sie in den Speisesaal?“

„Nein, ich glaube, sie kam von dort – oder zumindest aus dieser Richtung.“

„Wann war das?“

„Oh, das war nur ein paar Minuten, bevor ich Ihnen begegnet bin, glaube ich.“

„War es eine Studentin?“

Irene überlegte einen Moment. „Nein, sie war älter, Anfang dreißig, würde ich sagen, allerdings wurde es allmählich dunkel und sie war stark geschminkt. Mit so viel Make-up sehen die Leute immer älter aus.“

„War sie blond?“, fragte ich aufgeregt.

„Ja, ich glaube schon, jedenfalls sahen ihre Haare ziemlich gelb aus, selbst im Dämmerlicht. Die Farbe wirkte unnatürlich, ich nehme an, es war nicht ihr Naturton.“

Stark geschminkt, blond gefärbtes Haar ... Ich wusste, auf wen diese Beschreibung zutraf: Joshs Ex-Freundin, Leanne Fitch. Bedeutete das, dass sie in der Ballnacht doch im Boscobel College gewesen war? Aber was war mit dem Alibi, das sie der Polizei gegeben hatte? Hatte sie gelogen? Devlin hatte gesagt, sein Sergeant habe ihre Angaben überprüft, und das Zimmermädchen hatte bestätigt, dass Leanne am Abend des Balls in ihrem Hotelzimmer gewesen war.

Wer war also die Frau, die Irene Mansell im Säulengang gesehen hatte?

Kapitel 13

Nachdem ich mich von Irene Mansell verabschiedet hatte, dachte ich den ganzen Nachmittag über das nach, was sie gesagt hatte. Ich war versucht, Devlin anzurufen, zögerte aber. Schließlich war Leanne nicht die einzige blonde Frau auf der Welt, die sich stark schminkte, und für den Ball hatten wahrscheinlich die meisten Frauen mehr Make-up aufgetragen als sonst. Trotzdem ließ mich der Gedanke bis in den späten Nachmittag nicht mehr los. Während ich noch hin und her überlegte, ob ich Devlin anrufen sollte, öffnete sich die Tür zur Teestube und ein dunkelhaariger Mann trat ein.

Überrascht sprang ich auf. Es war Antonio Casa. Die Silberlocken steckten an ihrem angestammten Tisch aufgeregt tuschelnd die Köpfe zusammen, während sie jeden Schritt des Kochs mit Adleraugen verfolgten.

„Hallo, Gemma", murmelte er, als er vor mir an der Theke stand.

„Äh, hallo, Antonio", erwiderte ich mit einem leichten Lächeln. „Wie nett, dass Sie vorbeischauen. Darf ich Ihnen Tee und Scones bringen?"

„Nein, ich bin Ihretwegen hier", sagte er und wackelte mit den Augenbrauen. „Seit wir uns gestern Abend bei dem Workshop gesehen haben, gehen Sie mir nicht mehr aus dem Kopf." Mit einem selbstgefälligen Lächeln fuhr er fort: „Und ich weiß, dass es Ihnen auch so geht."

„Oh … äh …" Ich suchte nach einer ehrlichen, aber höflichen Antwort. „Ich glaube, Sie haben mich missverstanden."

„Also, morgen Abend um acht? Ich esse nicht gerne zu früh."

Ich starrte ihn an. „Wie bitte?"

„Und ziehen Sie sich was Nettes an. Ich mag es, wenn meine Begleiterinnen hübsch zurechtgemacht aussehen." Er wackelte erneut mit den Augenbrauen.

Der Mann war wirklich unglaublich! „Hören Sie, Antonio, ich glaube, hier liegt ein Missverständnis vor. Ich fühle mich durch Ihre Einladung natürlich geschmeichelt, aber es tut mir leid, ich kann -"

„- es kaum erwarten, Sie morgen Abend zu sehen", ergänzte Mabels Stimme.

Hä? Ich drehte mich um und sah, dass die Silberlocken herbeigeeilt waren und uns nun mit strahlenden Gesichtern anstarrten.

„Oh, Gemma ist ganz begeistert", schwärmte Mabel. „Sie redet schon die ganze Zeit von Ihnen. Seit dem Workshop gibt es kein anderes Thema mehr für sie."

Ich schnappte entgeistert nach Luft. „Ich habe nicht ..."

„Sie sind ein derart gutaussehender Mann, Mr Casa - Gemma kann sich glücklich schätzen", fügte Florence mit glänzenden Augen hinzu.

Glenda legte seufzend die Hand aufs Herz und klapperte mit den Augenlidern. „Ach, wenn ich fünfzig Jahre jünger wäre ..."

„Gemma hat gesagt, sie fand Sie bei ‚Superchef' wunderbar, Mr Casa!", meldete sich Ethel zu Wort.

Ich starrte die Silberlocken mit einer Mischung aus Empörung und Fassungslosigkeit an. Was um alles in der Welt war hier los? Mit erhobenen Händen sagte ich hastig: „Moment mal – was erzählen Sie denn da? Ich habe nie gesagt, dass – autsch!" Ich brach ab und blickte Mabel an, die mir gerade auf die Zehen getreten war.

Sie packte mich am Arm, zog mich zur Seite und zischte mir ins Ohr: „Sag Ja, Liebes! Das ist *die* Chance, ihm näher zu kommen und ihn über den Mord zu befragen!"

„Aber -"

„Das ist eine einmalige Gelegenheit, mit einem Verdächtigen zu sprechen! Die darfst du dir nicht entgehen lassen!" Mabel schob ihr Gesicht dicht an das meine. „Wenn du nicht mit ihm essen gehen willst, müssen wir einen anderen Weg finden, mehr über ihn herauszufinden. Vielleicht können wir uns in sein Hotelzimmer schleichen …“

„Äh, nein, nein! Kommt nicht infrage!“ Ich warf einen raschen Blick auf den arroganten Mann hinter uns und erschauderte. Der Gedanken, einen Abend mit ihm zu verbringen, war furchtbar. Wenn ich allerdings auf diese Weise die Silberlocken davon abhalten konnte, sich in Schwierigkeiten zu bringen …

„Mabel, einen ganzen Abend mit ihm ertrage ich nicht“, flehte ich.

„Dann verabrede dich mit ihm zum Mittagessen.“

„Das geht nicht, um die Mittagszeit ist es hier in der Teestube brechend voll!“

„Glenda, Florence, Ethel und ich können Cassie zur Hand gehen“, erklärte Mabel. „Wir kommen ohne dich zurecht.“

„Aber ich …“ Ich gab's auf. „Oh, na gut. Ich tue es – höchstens ein ganz kurzes Mittagessen! Und wenn er anfängt, mich zu begrapschen, gehe ich – und wenn wir ihn noch so dringend verdächtigen.“

Zu Antonio gewandt sagte ich mit einem schwachen Lächeln: „Danke für die Einladung, aber morgen Abend geht es leider nicht. Wie wär's stattdessen morgen mit einem schnellen Mittagessen? Waren Sie schon einmal im White Horse? Das ist einer der bekanntesten Pubs in Oxford. Wir könnten uns dort um, sagen wir, zwölf Uhr dreißig treffen.“

Zu meiner Erleichterung stimmte Antonio bereitwillig zu, und ein paar Minuten später stolzierte er aus der Teestube. Ich sah ihm stirnrunzelnd nach und fragte mich, wie ich mich zu einer Verabredung mit einem so abstoßenden Mann hatte überreden lassen können.

***

„Schatz, natürlich habe ich die Aufnahmetaste gedrückt! Zumindest glaube ich, dass es die Aufnahmetaste war - oder war es die Pausentaste?" Meine Mutter starrte auf den Digitalrekorder unter ihrem Fernseher. „Aber wie ich am Telefon schon sagte: Es funktioniert schlicht nicht. Oder habe ich die Sendung jetzt doch aufgezeichnet? Oh je, und ich habe Helen versprochen, dass ich sie mir ansehe! Meinst du, es könnte noch laufen, wenn wir einfach auf Play drücken? Aber das habe ich heute Morgen versucht und da war ein Menü und etwas namens ‚On Demand' erschien auf dem Bildschirm. Dabei war ich mir sicher, dass die Sendung ‚Diana: Eine moderne Prinzessin' heißt, das hat Helen jedenfalls gesagt. Oh, mir fällt gerade ein, was in der Anleitung stand: Ein kleines rotes Licht soll zu sehen sein. Oder war es ein grünes Licht?"

Ich unterdrückte den Drang, laut loszuschreien. Nach einem anstrengenden Tag in der Teestube war ich froh gewesen, etwas früher gehen zu können und genug Zeit zu haben, mich auf das große Abendessen mit Devlin und seiner Mutter am Abend vorzubereiten. Aber als ich gerade abschließen wollte, erreichte mich ein panischer Anruf meiner Mutter, die etwas von ihrem Aufnahmegerät redete. Also hatte ich auf dem Heimweg einen Umweg über North Oxford gemacht, wo meine Eltern wohnten.

„Hast du das Gerät eingeschaltet, Mutter?", fragte ich und deutete auf einen Schalter an der Vorderseite. „Siehst du diesen Knopf? Das ist der Netzschalter. Hast du ihn gedrückt, bevor du die Aufnahmetaste gedrückt hast?"

„Hm, lass mich überlegen." Meine Mutter verstummte, dann sagte sie: „Ich bin mir sicher, dass ich es getan habe, aber natürlich rief Eliza Whitfield wieder einmal im unpassendsten Moment an, als ich gerade die Anleitung durchgelesen habe. Du weißt ja, ihre Tochter hat vor Kurzem ein Baby bekommen, ein kleines Mädchen, und sie wollen die Kleine Zuki nennen - was für ein lächerlicher Name. Man könnte meinen, sie sei ein Gemüse! Und kaum zwei Tage, nachdem sie aus dem Krankenhaus nach Hause gekommen ist, haben die Eltern das Kind zum Essen ins Restaurant mitgenommen - wie Kinder heutzutage erzogen werden! Ich habe Eliza gesagt, sie müsse unbedingt etwas dagegen unternehmen -"

„Mutter!"

„Oh - ach ja, der Schalter ... nun, ich bin mir nicht sicher, Liebling ..."

„Nun, wenn du den Rekorder nicht eingeschaltet hast, Mutter, dann hat er auch nichts aufgezeichnet. Ich kann nachsehen, ob die Sendung in deinem Archiv gespeichert ist, aber ich glaube nicht.

Moment, hier ist etwas …“

Ich drückte die Tasten auf der Fernbedienung und navigierte schnell durch das Menü, bis ein Bild auf dem Bildschirm aufflackerte. Überrascht setzte ich mich auf, als ich das gutaussehende Gesicht von Josh McDermott erkannte. Er saß mit den beiden Moderatoren einer beliebten Frühstückssendung in einem Studio.

„Oh, das ist das Josh-McDermott-Interview“, sagte meine Mutter strahlend. „Ich habe vergessen, dass ich das aufgenommen hatte. Ich glaube, das war von letzter Woche, als ich den Rekorder getestet habe. Dein Vater hat mir beim Einrichten geholfen. Aber das kannst du jetzt löschen, Liebling, ich habe es mir schon angesehen.“

„Nein, warte“, sagte ich. „Darf ich mir das ansehen? Ich habe die Originalsendung verpasst. Vielleicht ergibt sich daraus ein Hinweis auf den Mord.“

„Gut, dann mache ich uns beiden eine schöne Tasse Tee. Möchten du English Breakfast Tea oder Earl Grey? Oder einen Kräutertee? Ich habe im Supermarkt eine Sorte mit einer herrlich fruchtigen Note gefunden …“

Ihre Stimme wurde leiser, je weiter sie sich vom Wohnzimmer entfernte, aber ich hörte ohnehin kaum zu, da meine ganze Aufmerksamkeit auf den Bildschirm gerichtet war. Josh war braungebrannt und sah gut aus, er lehnte lässig in den Sofakissen, sein berühmtes Lächeln ließ seine strahlend weißen

Zähne aufblitzen, während er die Fragen der Moderatoren beantwortete.

„... ich kann nicht leugnen, dass mein Aussehen hilfreich ist", sagte er lachend. „Aber ich würde gerne glauben, dass es meine kulinarischen Fähigkeiten sind, die mich dahin gebracht haben, wo ich heute bin. Vor allem meine Bereitschaft, Konventionen zu hinterfragen und neue Wege zu gehen."

„Ah, ja ... und einige Details Ihrer Rezepte waren ziemlich umstritten, nicht wahr?", merkte einer der Gastgeber an „Wie zum Beispiel die Verwendung von Weißwein statt Rotwein in Ihrer Bolognesesoße oder dass Sie die Nudeln in Milch statt in Wasser kochen ..."

„Ah, die Leute beschweren sich, bis sie das Ergebnis probieren", wandte Josh ein. „Dann lieben sie es! Wissen Sie, die Sache ist die - Kochen ist Kunst. Und wie bei jeder großen Kunst muss man manchmal einfach die Regeln über Bord werfen und etwas wagen, auch wenn es gegen die gängige Praxis verstößt. Zum Beispiel ..." Er beugte sich näher zu den Gastgebern und senkte verschwörerisch die Stimme. „Ich werde euch ein paar Geheimnisse verraten ... Dinge, die ich noch nie preisgegeben habe ..."

„Ja?" Die beiden Moderatoren hingen atemlos an seinen Lippen.

„Wissen Sie, warum mein Kartoffelpüree so göttlich schmeckt? Nein? Dann verrate ich es Ihnen: Ich gebe neben der Butter und der geriebenen

Muskatnuss einen Schuss Ahornsirup dazu. Ja, Ahornsirup. Kein Zuckerrübensirup - es muss der echte kanadische sein. Und meine berühmten Eierpuddingtörtchen? Nun, der Schlüssel zum Erfolg ist die nicht pasteurisierte Sahne. Dadurch bekommen sie eine ganz besondere geschmackliche Dimension. Das habe ich zufällig entdeckt, als ich sie zum ersten Mal für eine große Veranstaltung zubereitet habe. Ich habe es niemandem erzählt, aber die Leute schwärmten von den Törtchen - sie sagten, es seien die besten Puddingtörtchen, die sie je probiert hätten. In Restaurants und bei Workshops verwende ich mittlerweile pasteurisierte Sahne, weil ... nun ja, wegen diverser Rechtsstreitigkeiten, aber nichts geht über Sahne in Reinform. Ich verwende auch ein bisschen Mononatriumglutamat in meinen Wurstrezepten. Ja, ich weiß, ich weiß - Mononatriumglutamat ist heutzutage ein Unwort in der Küche, aber tatsächlich kommen Glutamate von Natur aus in vielen Lebensmitteln vor, zum Beispiel in Fleisch, Fisch und Pilzen - selbst Muttermilch enthält Glutamat! Auch in Parmesan stecken Unmengen von Glutamat. Lassen wir uns also nicht verrückt machen. Das Problem mit der Welt von heute ist, dass die Leute so empfindlich auf alles reagieren."

„Aber Josh, Sie müssen einräumen, dass manche Menschen wirklich ein Problem mit MNG haben. Es gibt sogar einen Namen dafür, nicht wahr? ‚China-Restaurant-Syndrom' heißt es, soweit ich weiß.

Manche Gäste klagten nach dem Essen in einem chinesischen Restaurant über Kopfschmerzen, Hautrötungen und Schweißausbrüche und man vermutete, dass es am MNG lag, das beim Kochen zugesetzt wurde ...“

„Es gibt kaum schlüssige wissenschaftliche Beweise, die diese Symptome mit MNG in Verbindung bringen“, erklärte Josh. „Das ist ein Mythos. Die Gesundheitsbehörde in den Vereinigten Staaten bezeichnet es als sichere Zutat, ebenso wie die entsprechenden Behörden in Großbritannien und der EU. Wenn es niedrig dosiert verwendet wird, ist es völlig in Ordnung.“

„Aber bei solch umstrittenen Praktiken in der Küche machen Sie sich angreifbar, nicht wahr? Für Ihre Konkurrenten ist das gewiss ein gefundenes Fressen, wie man so schön sagt“, bemerkte der andere Moderator. „Macht Ihnen das keine Sorgen, Josh?“

Der gutaussehende Koch zuckte mit den Schultern. „Neid und Eifersucht wird es immer geben - dagegen kann ich nichts tun. Auf jeden Fall glaube ich, dass die Medien die Rivalität unter den Starköchen oft übertreiben.“

„Ah, aber Sie können doch nicht leugnen, dass zwischen Ihnen und Antonio Casa schon seit Jahren eine erbitterte Fehde tobt? Erst vor ein paar Wochen hat er Sie öffentlich beschuldigt, die Eröffnung seines neuen Restaurants sabotiert zu haben.“

Josh lachte. „Ich wusste nicht einmal, dass es der

Eröffnungsabend war! Das ist eine lächerliche Unterstellung."

„Sie streiten es also ab?"

„Natürlich streite ich es ab! Antonio ist es einfach peinlich, zuzugeben, dass sich kaum einer für sein Restaurant interessiert und die Reservierungen entsprechend dürftig ausfallen. Er brauchte eine Ausrede, also hat er diese Geschichte erfunden, um mir die Schuld zu geben und seinerseits das Gesicht zu wahren. Aber in Wahrheit ist er ein miserabler Koch, und das wird langsam jedem klar. Deshalb haben sie ihn bei ‚Superchef' rausgeschmissen."

„Und ist es wahr, dass Sie an seiner Stelle antreten werden?"

Josh lächelte mit gespielter Bescheidenheit. „Ah, warten Sie's ab."

„Nun, vielen Dank, dass Sie ins Studio gekommen sind, Josh. Es war uns ein großes Vergnügen ..."

Der Bildschirm wurde schwarz, dann wurde das Hauptmenü angezeigt. Die Aufnahme war zu Ende. Ich schaltete das Gerät aus, lehnte mich zurück und ging im Geiste das Interview noch einmal durch. Einen offensichtlichen Hinweis, der mir bei der Lösung des Falles hätte helfen können, hatte ich nicht entdeckt, aber trotzdem wurde ich das Gefühl nicht los, dass da irgendetwas war, etwas, das mir entgangen war und das mit dem Mord zu tun hatte ...

„Möchtest du deinen Tee hier trinken, Liebling, oder doch lieber in der Küche?" Meine Mutter setzte sich neben mich auf die Couch und stellte ein Tablett mit Teetassen und Keksen auf den Couchtisch.

Ich warf einen Blick auf meine Uhr und sprang auf. „Tut mir leid, Mutter - ich habe gerade erst gemerkt, wie spät es ist! Ich kann nicht zum Tee bleiben. Ich muss nach Hause.“

„Aber, Schatz, Müsli kann bestimmt ein paar Minuten länger auf ihr Abendessen warten.“

„Nein, das ist es nicht. Ich gehe heute Abend mit Devlin und seiner Mutter essen und muss mich fertigmachen.“

„Oh? Devlins Mutter ist in der Stadt?“ Meine Mutter schaute interessiert auf. „Warum hast du mir das nicht gesagt? Ich würde sie gerne kennenlernen. Ich würde sagen -“

„Tut mir leid, Mutter, ich muss jetzt wirklich los!“

Ich gab ihr einen Kuss auf die Wange und verließ fluchtartig das Haus.

Kapitel 14

Auf halbem Weg nach Hause hatte ich eine Reifenpanne und musste mein Fahrrad den Rest des Weges schieben. Ich hatte kurz überlegt, umzukehren und meine Mutter zu bitten, mir ihr Auto zu leihen, doch dann beschloss ich, dass mich das am Ende mehr Zeit kosten würde. Also schob ich weiter. Als ich zu Hause ankam, war ich wirklich spät dran. Eigentlich wollte ich direkt ins Bad gehen und duschen, aber im Hausflur empfing mich lautes, klagendes Miauen. Müsli war ganz und gar nicht erfreut, dass sie den ganzen Tag allein hatte verbringen müssen. Und als sei das nicht schon schlimm genug, kam ich auch noch später als sonst. Sie sei dem Hungertod nahe, teilte sie mir mit einem vorwurfsvollen Schwanzzucken mit!

„Schon gut, schon gut, ich beeile mich!", seufzte ich, stellte meine Tasche auf dem Sofa ab und eilte in die Küche, um ihr Abendessen zu holen.

Ein paar Minuten später hatte das mürrische

Miauen einem lauten, zufriedenen Schnurren Platz gemacht, das die Küche erfüllte. Ich konnte nicht anders: Ich musste mich einfach an den Küchentresen lehnen und Müsli beim Fressen beobachten. Es war so schön zu sehen, wie meine kleine Katze ihr Futter genoss. Dann erinnerte ich mich schuldbewusst daran, dass ich die Katzenminze-Streusel von Mrs Purdy vergessen hatte. Na ja, dafür war jetzt keine Zeit, beschloss ich, und rannte nach oben, um schnell zu duschen. Als ich mir kurz darauf die Haare abtrocknete, erinnerte ich mich an Devlins besonderen Wunsch und machte mich auf die Suche nach dem hellblauen Strickoberteil, das ihm so gut gefiel.

„Komm schon, komm schon, wo bist du?", murmelte ich, während ich hektisch in meiner Kommode kramte.

Dann schüttelte ich den Kopf. Na klar! Ich Idiotin! Ich hatte es gestern Abend gewaschen. Ich rannte in BH und Jeans die Treppe hinunter und zog eifrig den Stapel flauschiger Wäsche aus dem Trockner. Oh-oh … zu spät wurde mir klar, dass das feine Stricktop wahrscheinlich gar nicht in den Trockner gehörte. Zum Glück war es nicht aus Wolle oder Seide, aber das synthetische Gewebe war trotzdem sehr empfindlich. Erleichtert erinnerte ich mich daran, dass ich das Top in eines der neuen Wäschenetze meiner Mutter gesteckt hatte, und stellte erfreut fest, dass das Oberteil die Prozedur unbeschadet überstanden hatte. Schnell öffnete ich den

Reißverschluss des Beutels, aber als ich versuchte, das Top herauszuziehen, gelang es mir nicht.

Ich zupfte, zog und zerrte – ohne Erfolg. Dann sah ich zu meinem Entsetzen, dass sich die Zähnchen des Reißverschlusses in den Maschen des Tops verfangen hatten.

„Oh, Mist!" Je fester ich zog, desto fester schien sich der Stoff zu verhaken, das Wäschenetz wand sich um sich selbst und bildete schließlich einen riesigen Knoten.

Arrghh. Während die Küchenuhr überlaut das unerbittliche Verstreichen der Zeit verkündete, setzte ich meinen Kampf mit dem Wäschenetz fort. Ohne meine Mutter und ihre verflixten Wäschenetze hätte ich dieses Problem nicht!

Endlich gelang es mir, das zarte Top aus den Klauen des Reißverschlusses zu befreien, streifte es über und rannte wieder nach oben, um mich zu schminken. Es ärgerte mich, dass ich mir nicht so viel Zeit lassen konnte, wie ich geplant hatte. Eigentlich hatte ich ein besonderes Augen-Make-up ausprobieren und vielleicht sogar etwas Highlighter auftragen wollen, aber dazu hatte ich einfach keine Zeit. Ich trug einen schimmernden Lidschatten auf und zog einen braunen Eyeliner über meine Lider, wobei meine Hände vor Nervosität zitterten, sodass die Linien nicht ganz gerade wurden. Kunstvolles Make-up wie „Katzenaugen" oder „Smokey Eyes" war heute nicht drin, ich war schon froh, wenn ich die Schminke auf beiden Augen halbwegs symmetrisch hinbekam!

Schließlich fuhr ich mir mit einem Kamm durchs Haar, dann rannte ich aus dem Haus und sprang in das wartende Taxi, rot vor Aufregung und Eile und atemlos. Normalerweise hätte Devlin mich mitgenommen, aber da er seine Mutter vom Bahnhof abholte, hatte ich vorgeschlagen, dass wir uns im Restaurant trafen. Jetzt hoffte ich, dass der Zug ein wenig Verspätung hatte oder Devlin im Verkehr steckengeblieben war oder so. Als ich das Restaurant betrat, stellte ich jedoch zu meinem Entsetzen fest, dass die beiden bereits dort waren.

Na toll. Das war die beste Methode, einen guten Eindruck zu machen: Man kam zu spät und ließ die anderen warten.

Nervös näherte ich mich dem Tisch und musterte verstohlen die große blonde Frau, die Devlin gegenübersaß. Sie war sehr attraktiv – eine Frau, die alle Blicke auf sich zog, wenn sie einen Raum betrat – und hatte so strahlend blaue Augen wie Devlin und die gleichen sinnlichen Lippen. Sie sah jünger aus, als ich gedacht hatte, obwohl das vielleicht auch an ihrer Kleidung lag: Sie trug eine Jeansjacke über einem pinkfarbenen Lycra-Top und einen kurzen Rock, dazu schwarze Lederstiefel. Dieses Outfit hätte ich eher bei einem Teenager auf dem Glastonbury-Musikfestival erwartet, und nicht bei der Mutter meines Freundes. Ich versuchte, sie nicht anzustarren; nach Devlins Bemerkungen von heute Morgen hatte ich durchaus damit gerechnet, dass seine Mutter irgendwie anders sein würde, aber nicht so … nun ja, nicht wie eine Rockerbraut.

Sie hob gerade ein Weinglas zum Mund und sagte lachend etwas zu Devlin, als ihr Blick auf mich fiel. „Gemma!" Sie sprang auf und gab mir einen Luftkuss auf beide Wangen. „Nett, dich kennenzulernen, Schätzchen. Dev hat mir viel von dir erzählt."

„Freut mich, Sie kennenzulernen, Mrs O'Connor."

Sie kicherte. „Oh – das mit dem Siezen können wir gleich sein lassen und bitte nenn mich Keeley. Mrs O'Connor klingt so alt! Außerdem passt ‚Mrs' eigentlich nicht, weißt du."

Was für ein Fauxpas! Das fing ja gut an. „Oh, ja, natürlich. Devlin hat mir erzählt, dass du … äh … ich meine …"

Sie lachte ein lautes, kehliges Lachen, sodass sich die Leute an den Nachbartischen nach uns umdrehten. Keeley O'Connor schien das nicht zu stören. „Ah, Dev hat dir also mein dunkles Geheimnis verraten?" Sie zwinkerte mir zu. „Ist schon okay. Meistens nenne ich mich in der Tat ‚Mrs O'Connor'. Ist eben manchmal einfacher, wenn man so tut, als sei man ‚anständig'."

Ich lächelte entschuldigend. „Es tut mir so leid, dass ich zu spät komme. Ich musste auf dem Nachhauseweg noch einen Zwischenstopp einlegen und dann hatte ich ein … äh … ein kleines Malheur mit der Wäsche."

Sie winkte mit der Hand, offensichtlich war sie, was Unpünktlichkeit anging, ganz anderer Meinung als meine Mutter. „Oh, mach dir keine Sorgen – wir haben was getrunken und ein bisschen geplaudert, stimmt's, Dev?"

Sie kicherte erneut und trank einen großen Schluck aus ihrem Glas. Ihre Sprache klang etwas undeutlich und mir wurde plötzlich klar, dass Devlins Mutter bereits einen kleinen Schwips hatte. Es war augenscheinlich nicht ihr erster Drink. Vielleicht erklärte das Devlins grimmige Miene. Inmitten peinlicher Stille rutschte ich auf den Platz neben ihm und tat so, als würde ich mich im Restaurant umsehen und die Einrichtung bewundern.

Browns Brasserie war eines der beliebtesten Restaurants in Oxford. Es lag am nördlichen Rand des Stadtzentrums, gegenüber der malerischen Kirche von St. Giles und einer schönen Reihe von Stadthäusern aus dem 18. Jahrhundert. Die gemütliche Einrichtung und das geschäftige Treiben sorgten für eine anheimelnde Atmosphäre, während die umfangreiche Speisekarte mit vertrauten Favoriten lockte wie Miesmuscheln in Weißweinsoße mit Knoblauch, Petersilie und warmem Toastbrot oder Steak- und Guinness-Pie mit knusprigem Prosciutto und dem urigen traditionellen englischen Gericht „Bubble and Squeak", einem köstlichen Brei aus Restekartoffeln und Gemüse. Mein Lieblingsgericht war schon immer der klassische Burger, für den das Browns berühmt war, und ich freute mich, dass er immer noch auf der Speisekarte stand: ein saftiges Rindfleischpatty in einem Brioche-Brötchen, gefüllt mit Irish Cheddar, geräuchertem Speck, Tomaten, knackigem Romana-Salat, Essiggurken und Mayonnaise mit Englischem Senf, serviert mit krossen, goldgelben Pommes frites.

Obwohl das Lokal wie immer am Freitagabend gut besucht war, stand schon bald ein Kellner an unserem Tisch und notierte unsere Bestellung. Wir entschieden uns für den großen Vorspeisenteller mit Brot und Dips und als Hauptgericht bestellte ich den Burger, Devlin nahm Fish and Chips und seine Mutter die Frikadellen aus geräuchertem Schellfisch.

„Oh, und noch eine Flasche Wein, bitte", fügte Keeley O'Connor hinzu, warf dem Kellner einen koketten Blick zu und hielt ihr leeres Glas in die Höhe.

„Mum, meinst du nicht, dass du schon genug getrunken hast?", fragte Devlin leise, als sich der Kellner entfernt hatte.

„Ach, Quatsch – das waren doch nur ein paar Gläser."

„Es war schon mehr als das."

„Na komm schon, es ist Wochenende! Ehrlich, Schätzchen, du bist so ein Spielverderber." Keeley O'Connor zog einen hübschen Schmollmund, dann sagte sie zu mir gewandt: „Ist Dev bei dir auch so? Er ist immer so verantwortungsbewusst und so ... prinzipientreu." Sie kicherte. „Manchmal frage ich mich, wie ich an einen solchen Sohn gekommen bin."

Ich sah einen Anflug von Schmerz in Devlins

blauen Augen, aber er sagte nichts, sondern senkte nur mit einem resignierten Seufzer den Blick.

Keeley O'Connor lehnte sich zurück und betrachtete mich neugierig. „Also, Gemma - Dev hat mir erzählt, dass du einen Tearoom hast?"

„Ja, es ist ein traditioneller englischer Tearoom, in einem kleinen Dorf nicht weit von Oxford."

„Oh, das klingt reizend. Also servierst du Scones und Finger-Sandwiches und all diese süßen kleinen Leckereien zum Nachmittagstee?"

Ich lächelte. „Ja, wir haben alle Klassiker der britischen Backkunst auf der Speisekarte, obwohl wir vor allem für unsere Scones bekannt sind. Und in letzter Zeit haben viele Kunden auch nach unseren Eierpuddingtörtchen gefragt."

„Eierpuddingtörtchen!" Keeley schnappte nach Luft und riss ihre blauen Augen ganz weit auf. „Scheiße, habt ihr gehört, was mit Josh McDermott passiert ist?"

Ich zuckte zusammen und fragte mich erschrocken, ob ich mich verhört hatte. Meine Mutter würde sich lieber bei lebendigem Leibe häuten lassen, als das S-Wort in Gesellschaft auszusprechen oder auch nur zu denken.

„Ähm, ja, und ich habe zu allem Überfluss seine Leiche gefunden."

„Verdammt." Sie rutschte ein Stück näher heran und fragte im Flüsterton: „Hatte er nur Boxershorts an und sonst gar nichts? Es geht das Gerücht um, dass Josh McDermott nichts anhatte, als er gefunden wurde, außer seinen Boxershorts. Das stand heute Morgen in allen Klatschblättern."

Ich schüttelte ungläubig den Kopf. „Woher um alles in der Welt haben die das denn? Nein, er war vollständig bekleidet."

„Schade!" Keeley lächelte anzüglich. „Ich würde wer weiß was tun, um Josh McDermott in seinen Boxershorts zu sehen ... und vielleicht noch einer Kochmütze", fügte sie kichernd hinzu. „Könnt ihr euch vorstellen, wie er im Bett aussehen würde? Ich wette, er war ein großartiger Liebhaber, schließlich hatte er geschickte Hände ..."

„Mum!" Devlin rutschte unruhig auf seinem Stuhl hin und her.

Keeley lachte. „Ach, komm schon, Dev! Du bist jetzt ein großer Junge. Meinst du, ich lebe wie eine Nonne? Ich bin erst fünfundvierzig und ledig; gegen Frauen, die wissen, wie man sich amüsiert, ist nichts einzuwenden. Und weißt du, vielen Männern gefällt eine ältere, erfahrenere Frau im Bett."

„Mum, bitte." Devlin sah jetzt verzweifelt aus.

Keeley zwinkerte mir zu. Ich spürte, wie sich unwillkürlich ein Lächeln auf meinem Gesicht ausbreitete. Sie war unmöglich, aber ich fand sie nett. Ihr respektloses Auftreten und ihr unverhohlenes Selbstvertrauen hatten etwas sehr Sympathisches. Keeley O'Connor war eine attraktive Frau - nicht nur wegen ihres Aussehens, sondern auch wegen ihrer herzlichen Ausstrahlung. Trotzdem tat mir Devlin leid. Kein Kind will sich vorstellen, dass seine Eltern Sex haben, und sie in aller Öffentlichkeit darüber reden zu hören, war richtig unangenehm. Hastig versuchte ich, das Thema zu wechseln.

„Mrs O'Connor, ich meine, Keeley, Ihre – äh, deine Stiefel sind toll.“

„Danke! Ich habe sie im Sonderangebot gekauft. Sie sind wunderschön, nicht wahr?“

Sie hob strahlend einen Fuß in die Höhe und streckte ihn gerade vom Tisch, um mir den Stiefel besser zeigen zu können. Ihr Rock war allerdings so kurz, dass er ein gutes Stück ihres wohlgeformten Beins enthüllte, und ich bemerkte, wie mehrere Männer an den Nachbartischen diskret zu uns herüberschielten.

Keeley schien sich der Aufmerksamkeit, die sie erregte, nicht bewusst zu sein. „Ich hatte überlegt, dass ich mich am Wochenende gerne in den Geschäften in Oxford umsehen würde, vor allem in den Second-Hand-Läden. Da kann man immer tolle Schnäppchen machen“, vertraute sie mir an.

Sie brach ab, als der Kellner erneut an unseren Tisch trat, diesmal mit einer großen Flasche Champagner.

„Wir haben keinen Champagner bestellt“, sagte Devlin stirnrunzelnd.

Der Kellner räusperte sich. „Das ist für Madam, von den Herren dort drüben“, sagte er mit einem Blick auf Keeley.

Er wies mit dem Kopf auf einen Tisch in unserer

Nähe, an dem zwei junge Männer in schicken Anzügen saßen. Sie sahen so aus, als würden sie im Londoner Finanzdistrikt arbeiten oder an einer anderen, ebenso hochkarätigen Adresse. Einer der beiden sah jetzt zu uns herüber, er grinste und prostete Keeley zu. Devlins Mutter errötete vor Vergnügen und warf ihm einen neckischen Blick zu. Dann deutete sie auf die Champagnerflasche.

„Oh, wie süß! Seht mal, da ist ein Zettel!"

Sie faltete das Stück Notizpapier auseinander, das um den Korken gewickelt war. Darauf standen ein paar gekritzelte Worte und etwas, das wie eine Telefonnummer aussah. Keeleys Lächeln wurde breiter und sie warf den Männern einen weiteren gespielt schüchternen Blick zu. Dann richtete sie ihre Frisur, strich den Rock glatt und sagte süffisant: „Ich glaube, ich sollte mich bei den Herren bedanken."

Devlin wollte gerade etwas einwenden, doch dazu kam er gar nicht. Seine Mutter war bereits aufgestanden und schwebte anmutig auf den anderen Tisch zu.

Kapitel 15

Devlin und ich sahen stumm zu, wie Keeley sich kokett an den Tisch lehnte und mit den beiden Männern sprach und lachte.

Ich räusperte mich, weil ich das Bedürfnis hatte, das angespannte Schweigen zu brechen. „Ähm, deine Mutter scheint wirklich nett zu sein", sagte ich mit einem zaghaften Lächeln.

Devlin schaute mich an, dann wandte er seinen Blick wieder der blonden Frau auf der anderen Seite des Restaurants zu. „Du kannst ruhig ehrlich sein, Gemma."

„Nein, ich meine es ernst! Ich mag sie wirklich. Okay, du hast recht - sie ist nicht wie meine Mutter. Oder wie die meisten anderen Mütter", räumte ich lachend ein. „Aber sie ist ... nun ja, sie ist lustig."

„Ich will nicht, dass meine Mutter lustig ist", fauchte Devlin. „Ich will, dass meine Mutter sich ihrem Alter entsprechend benimmt und sich anständig anzieht und über Dinge spricht, über die normale Mütter sprechen und … und … und sich einfach wie meine Mutter verhält!"

Ich starrte ihn an. In seiner Stimme lagen all die aufgestauten Frustrationen und Demütigungen, die er in seiner Kindheit erlitten haben musste. Ich hatte *meine* Mutter mit ihrem großbürgerlichen Snobismus und ihrer kleinlichen Sorge um Anstand und Etikette immer für das Schlimmste gehalten, was einem Kind passieren konnte, doch nun erkannte ich zum ersten Mal, wie problematisch andere Mütter sein konnten.

In diesem Moment kehrte Keeley zurück und setzte sich mit selbstzufriedenem Lächeln wieder an den Tisch.

„Was für süße Typen! Sie haben geschäftlich in Oxford zu tun, bleiben aber bis Sonntag und kennen eine tolle Weinbar im Viertel Jericho. Sie haben mich für morgen Abend eingeladen."

„Du hast nicht etwa zugesagt, oder?", fragte Devlin und runzelte die Stirn.

„Warum nicht? Die Weinbar klingt cool, die sollte man sich mal ansehen …"

„Mum! Du kennst diese beiden Männer überhaupt nicht! Du kannst nicht einfach Einladungen von irgendwelchen Fremden annehmen!"

„Aber das sind keine Fremden!", erwiderte Keeley mit einem koketten Lächeln. „Jedenfalls jetzt nicht mehr. Ich habe sie gerade ziemlich gut kennengelernt." Sie gab ihrem Sohn einen spielerischen Klaps. „Ach, hör auf, dir Sorgen zu machen, Schatz! Du bist immer so misstrauisch. Das liegt an deinem Job. Kein Wunder, wenn man den ganzen Tag mit Mördern und Vergewaltigern zu tun hat. Aber weißt du: Die meisten Männer sind vollkommen harmlos.“

Devlin sah aus, als würde er gleich explodieren, hielt sich aber mit seiner Schimpfkanonade zurück, weil der Kellner mit unserem Essen kam. Für den Rest der Mahlzeit hüllte er sich in wütendes Schweigen, man meinte fast, die Rauchwölkchen aus seinen Ohren aufsteigen zu sehen, während seine Mutter munter schwatzte und lachte und ich versuchte, ihr zu antworten. Ich war heilfroh, als der Kellner kam, um unsere Teller abzuräumen.

„Oh, hoppla! Entschuldigung“, sagte er plötzlich, als er den Tellerstapel an meinem Ellbogen vorbei hochhob und etwas in seinen Fingern hängenblieb.

Ich schaute nach unten und sah einen blauen Faden unter meinem Arm baumeln. „Oh, das muss von meinem Oberteil sein!“ So sehr ich mich auch wand und drehte, bekam ich das Fadenende nicht zu fassen.

„Erlauben Sie?“ Der Kellner beugte sich vor, griff nach dem Faden und zog kräftig daran, offensichtlich in der Hoffnung, das baumelnde Ende abreißen zu können. Leider wurde der Faden jedoch länger und länger, bis der Kellner schließlich mit einem hellblauen Garnknäuel dastand. Ich spürte einen kühlen Lufthauch auf der Haut und sah, dass ein großes Loch an der Seite klaffte.

„Oh nein! Das tut mir so leid! Ich … wie konnte das passieren?" Der arme Mann schlug sich bestürzt die Hand vor den Mund und starrte mit weit aufgerissenen Augen auf das, was er mit seinen gutgemeinten Bemühungen angerichtet hatte.

„Ist schon gut - es ist nicht Ihre Schuld", versicherte ich ihm. „Der Stoff hat sich in einem Reißverschluss verfangen, dabei muss ein Loch entstanden sein, das ich gar nicht bemerkt habe."

Unter zahlreichen Entschuldigungen entfernte sich der Kellner schließlich, während ich weiterhin den kühlen Lufthauch spürte. Zum Glück befand sich die schadhafte Stelle fast direkt unter meiner Achsel, sodass es gar nicht auffiel, solange ich nicht mit dem Arm über dem Kopf wedelte. Gegen das herabbaumelnde Garnknäuel musste ich allerdings etwas unternehmen.

„Wenn du den Faden nach innen ziehst und verknotest, sollte es eine Weile halten", riet mir Keeley.

„Danke, das werde ich versuchen." Ich stand auf. „Entschuldigt mich, ich verschwinde kurz."

Mein Weg zu den Damentoiletten führte mich an einer großen Gruppe vorbei, die mir bekannt vorkam. Verstohlen betrachtete ich sie und erkannte den korpulenten Mann mit der Knollennase. Es war Jerry Wallis, der Manager von Josh McDermott. Neben ihm saßen die Produzentin, Maddie Gill, und einige Crewmitglieder, unter anderem der Kameramann, der vor ein paar Tagen mit der großen Videokamera auf der Schulter in meiner Teestube aufgetaucht war. Sein rotes Gesicht und die übermäßig laute Stimme ließen vermuten, dass Jerry Wallis ein bisschen zu viel getrunken hatte. Die anderen Leute an seinem Tisch sahen aus, als seien sie seine lautstarken Tiraden gewohnt; sie wirkten gelangweilt und genervt. Ich hastete an ihnen vorbei zur Toilette und fragte mich, ob und wie die Dreharbeiten nach dem Tod des Stars weitergehen würden.

Zum Glück fand ich gleich eine leere Kabine, schloss mich ein und zog das Oberteil aus. Gleich darauf hörte ich, wie die Tür aufging und zwei Frauen plaudernd hereinkamen.

„Meine Güte, dieser Jerry hört sich viel zu gerne reden! Jetzt plappert er schon seit zwanzig Minuten über die BAFTAs und sonst was für Filmpreise."

„Er ist unausstehlich." Ich erkannte die Stimme von Maddie Gill. „An Joshs Stelle hätte ich ihn längst gefeuert. Ich hätte den Job fast nicht angenommen, als ich gehört habe, dass Jerry dabei sein würde. Er hat mir wahrhaftig gesagt, dass er weiter filmen und die polizeilichen Ermittlungen in die Show einbauen will! Der arme Josh ist noch nicht einmal unter der Erde und Jerry überlegt schon, wie er den Mord für seine Publicity nutzen kann! Und ausgerechnet er hat sich vor ein paar Tagen mit der Betreiberin der Teestube in Meadowford angelegt und sie beschuldigt, Joshs Namen für ihre Eierpuddingtörtchen zu missbrauchen!"

„Nein, wirklich?“

„Ja, ich war dabei und es war schrecklich peinlich! Am liebsten wäre ich auf der Stelle abgehauen, aber das kann ich mir nicht leisten. Ich brauche den Job und die Bezahlung ist in Ordnung.“

Man hörte das Geräusch von fließendem Wasser, gefolgt vom Rauschen des Händetrockners und dem Klicken einer Lippenstifthülse. Dann sagte die andere Frau wie in Gedanken:

„Vielleicht hat er gedacht, dass etwas für ihn herausspringt, wenn er das Mädel aus der Teestube unter Druck setzt. Rick hat mir erzählt, dass Jerry jede Menge Schulden hat.“

„Mm, das würde mich nicht wundern. Ich mache das auch nur wegen der Kohle, genau wie du und der Rest der Crew, aber es gibt auch so etwas wie Feingefühl und Anstand ... Findest du, dass mein Hintern in der Jeans zu breit wirkt?“

„Nein, Quatsch, natürlich nicht. Die steht dir wirklich gut.“

„Findest du? Danke. Sie ist neu.“

„Du hast in letzter Zeit viele neue Klamotten. Bist du mit jemandem zusammen?“

Maddies Stimme klang kokett. „Kann sein ... Du siehst auch gut aus. Du hast abgenommen. Stimmt es, dass du mit Garret von der Nachproduktion zusammen bist?“

„Garret? Du machst wohl Witze!“

Maddie lachte. „Man sollte nicht allen Gerüchten trauen. Wenn du das nächste Mal in London bist, solltest du mal in dem Laden vorbeischauen, aus dem ich die Jeans habe. Er ist am Piccadilly Circus. Die haben eine tolle Auswahl an ...“

Ich hörte, wie sich die Tür öffnete und die Stimmen verklangen.

Hastig sicherte ich das Loch, so gut ich konnte, zog das Oberteil wieder an und verließ die Kabine. Während ich mir die Hände wusch, dachte ich über das Gespräch nach, das ich gerade mitgehört hatte. Es klang, als seien Maddie und Jerry Wallis nicht gerade die besten Freunde - was mich nicht überraschte. Ich erinnerte mich nur zu gut an die Szene in der Teestube und an ihren gequälten Gesichtsausdruck, als Jerry lospolterte.

Ich kniff verärgert die Lippen zusammen, als ich an das dachte, was Jerry ihrer Aussage zufolge vorhatte. Was für eine Frechheit! Er beschuldigte mich, Joshs Namen auszunutzen, obwohl er selbst genau das Gleiche plante, kaum dass der arme Mann tot war!

Kapitel 16

Am nächsten Morgen wurde ich durch das unerbittliche Klingeln meines Handys geweckt.

„Hallo?", murmelte ich schlaftrunken.

„Schatz, meinst du, Mrs O'Connor mag Madeira-Kuchen?"

„Hm? Wie bitte?" Die Rädchen in meinem Gehirn setzten sich mühsam in Bewegung. Ich rieb mir die Augen und warf einen Blick auf meinen Wecker. Es war gerade sieben Uhr.

„Also, ich dachte, ich backe ein paar Scones und einen Zitronenkuchen. Und mit Muffins kann man nichts falschmachen. Aber Dorothy hat mir neulich ein neues Rezept für einen Madeira-Kuchen gegeben, und vielleicht wäre das die passende Gelegenheit, es auszuprobieren."

„Mutter, was redest du denn da?"

„Oh, habe ich das nicht gesagt? Da Devlins Mutter

zu Besuch in Oxford ist, dachte ich, es wäre eine gute Idee, sie einmal kennenzulernen! Ich lade sie für morgen zum Elf—Uhr-Tee ein und -"

„Was? Nein, Mutter, nein." Plötzlich war ich hellwach.

„Warum denn nicht, Liebling? Helen und die anderen würden sie bestimmt gerne kennenlernen."

Oh Gott! Ich erschauderte. Ich konnte mir nichts Schlimmeres vorstellen, als Keeley O'Connor auf die Kaschmir-Twinset-und-Perlenketten-Brigade loszulassen, zu der die Freundinnen meiner Mutter zählten – und schon gar nicht auf Helen Green, die ein noch größerer Snob als meine Mutter war und es Devlin übelnahm, dass ich ihn ihrem geliebten Sohn vorgezogen hatte.

„Ähm, Mutter ... ich glaube nicht, dass das eine gute Idee ist. Mrs O'Connor ist ... nun ja, sie ist ganz anders als deine Freundinnen."

„Ach, Unsinn, Liebling, das macht es doch nur interessanter. Ich rufe Devlin an und sage ihm Bescheid. Sieh zu, dass du um elf Uhr hier bist. Und zieh zur Abwechslung ein hübsches Kleid an und nicht diese schrecklichen Jeans, die du sonst immer trägst."

„Mutter, warte -"

Es war zu spät. Sie hatte aufgelegt. Ich ließ das Handy sinken und starrte es einen Moment lang frustriert an, während sich Müsli am Fußende des Bettes regte. Die kleine Tigerkatze stand auf und wölbte den Rücken zu einem perfekten

Katzenbuckel, dann setzte sie sich und gähnte breit, sodass man ihre rosa Zunge und die winzigen weißen Zähne sehen konnte.

„*Miau?*", sagte sie und beäugte mich neugierig.

„Müsli, das wird eine totale Katastrophe", stöhnte ich und ließ mich rückwärts in die Kissen fallen. Dann setzte ich mich schnell wieder auf und wählte Devlins Nummer. Sie war besetzt. Ich versuchte es erneut und wurde immer verzweifelter, bis er fünf Minuten später endlich abnahm.

„Devlin! Hör zu - meine Mutter will dich anrufen. Du musst Nein sagen! Sag, dass du beschäftigt bist, sag, dass du mit deiner Mutter aufs Land fährst und den ganzen Tag nicht in Oxford bist - sag vor allem nicht Ja!"

„Tja, du bist zu spät", sagte er trocken. „Ich habe gerade mit ihr telefoniert. Wir fahren morgen früh um elf Uhr zu deinen Eltern."

„Warum hast du zugesagt? Du weißt doch, wie deine Mutter ist ..." Ich schluckte. „Ich meine, sie ist reizend und ich mag sie wirklich, aber ... na ja, die Freundinnen meiner Mutter sind so ganz anders als sie und ..."

„Ich habe versucht, Nein zu sagen", erklärte Devlin. „Aber ... ich weiß nicht, wie es kam ... deine Mutter hat geredet und ich bin nicht zu Wort gekommen. Und dann hat sie mir gesagt, wann wir kommen sollen, und hat aufgelegt."

Ich konnte es ihm nicht wirklich verübeln. Ich wusste genau, dass meine Mutter wie eine

Naturgewalt war, wenn sie sich etwas in den Kopf gesetzt hatte. Man hatte keine andere Wahl, als in ihrem Sog mitgerissen zu werden.

Devlins Stimme wurde ernst und professionell. „Hör zu, Liebes – wo du gerade anrufst, wollte ich dir sagen, dass wir einen Durchsuchungsbeschluss für Antonio Casas Sachen bekommen und das leitfähige Gel gefunden haben."

„Ja, und?", fragte ich eifrig.

„Casa behauptet, es sei für ein EMS-Gerät, mit dem er Muskeltraining macht."

„Und du glaubst ihm?"

„Nun, wir haben tatsächlich ein tragbares EMS-Gerät gefunden. Und er war sehr entspannt, als wir den Koffer durchsucht haben und auf das Gel gestoßen sind. Also ist er entweder überzeugt, dass er mit seinem Bluff durchkommt - oder er sagt die Wahrheit und das Gel hat nichts mit dem Mord zu tun."

„Hmm ..."

„Die Jungs von der Spurensicherung testen das Gel gerade, um zu sehen, ob es mit dem Mittel übereinstimmt, das man auf dem Griff des elektrischen Schneebesens gefunden hat. Ich bin gespannt, was sie sagen. Ich habe gleich eine Besprechung mit ihnen."

„Ich dachte nicht, dass du heute arbeitest", sagte ich. „Wolltest du dir nicht das Wochenende freinehmen, um Zeit mit deiner Mutter zu verbringen?"

„Das war der Plan, bevor Josh McDermott ermordet wurde", erwiderte Devlin zynisch. „Bei laufenden Ermittlungen haben Detectives keine freien Wochenenden. Ich hatte gehofft, bis zum Mittag fertig zu werden und am Nachmittag etwas mit ihr zu unternehmen, aber im Moment sieht es nicht gut aus." Er seufzte. „Ich schätze, sie kommt allein zurecht. Sie streift gern durch die Geschäfte, aber ich habe trotzdem ein schlechtes Gewissen, weil sie die Fahrt nach Oxford auf sich genommen hat – und jetzt habe ich kaum Zeit für sie."

„Ich kümmere mich um sie", schlug ich spontan vor. „Ich würde mich freuen, mit ihr durch die Läden zu schlendern."

„Was ist mit der Teestube?"

„Cassie schafft das alleine. Und außerdem bin ich sowieso in der Stadt, weil ich mich mit -" Ich unterbrach mich gerade noch rechtzeitig. Auf keinen Fall sollte Devlin von meinem „Date" mit Antonio Casa erfahren. „- mit jemandem wegen eines möglichen Catering-Jobs treffe", flunkerte ich.

„Oh? An einem der Colleges?" In Devlins Stimme schwang ein Lächeln mit. „Es ist toll, dass du neuerdings so viele Catering-Aufträge bekommst, Gemma."

„Äh … ja." Ich hasste es, ihn anzulügen, aber ich konnte ihm unmöglich erklären, wie die Silberlocken mich zum Lunch mit dem widerlichsten Mann von ganz Oxford überredet hatten.

„Also, wenn es dir nichts ausmacht, Gemma …

das wäre großartig." Devlin klang gerührt und dankbar. „Mum würde sich bestimmt darüber freuen."

Ich verabredete mich mit Keeley O'Connor für zwei Uhr an der Carfax, der größten Kreuzung im Stadtzentrum. Hoffentlich hatte ich genug Zeit für Antonio Casa ... nicht, dass ich vorhatte, das Mittagessen unnötig auszudehnen. Bei dem Gedanken an meine Verabredung mit dem amourösen Koch wurde mir leicht übel. Wenn ich es doch nur schon hinter mich gebracht hätte!

***

Das White Horse war eine der berühmten historischen Kneipen Oxfords. Es befand sich in einem denkmalgeschützten Gebäude aus dem 16. Jahrhundert und diente oft als Filmkulisse, wie bei der Krimiserie um Inspector Morse, Lewis und Endeavour. Aber schon vor seinem „TV-Ruhm" war das White Horse bei den Einheimischen wegen seines Real Ales und der traditionellen Hausmannskost beliebt. Als Studentin hatte ich mir oft die Fleischpastete aus buttrigem Mürbeteig bestellt, während Cassie am liebsten das klassische „Toad in the Hole" aß: ein riesiger Yorkshire-Pudding, gefüllt mit zwei prallen, saftigen Würsten aus Schweinefleisch und Lauch, der mit Kartoffelpüree, Gemüse und hausgemachter Zwiebelsoße serviert wurde.

Ich hatte den Pub zum einen wegen seiner zentralen Lage ausgewählt - direkt neben dem berühmten Blackwells Bookstore und gegenüber dem noch berühmteren Sheldonian Theatre, also mitten im Herzen der Stadt -, zum anderen aber auch, weil ich wusste, dass an einem Samstagmittag wahrscheinlich viele Touristen und Studenten von den nahe gelegenen Colleges dort sein würden. Ich wollte sichergehen, dass ich genügend Leute um mich herum hatte, falls Antonio Casa allzu „freundlich" werden sollte.

Er saß bereits an der Bar, als ich den gemütlichen holzgetäfelten Raum betrat, und ich begrüßte ihn mit einem gequälten Lächeln. Zum Glück war der Pub genauso voll und lärmend wie erwartet, sodass wir uns kaum Gehör verschaffen konnten, um unsere Bestellungen aufzugeben. Aber als wir mit unseren Drinks an einem etwas abgelegeneren Tisch unter einem schrägen Holzbalken in der Ecke saßen, zermarterte ich mir das Hirn, was ich sagen sollte. Ich hatte meinen Stuhl heimlich in sicherer Entfernung von ihm gerückt. Ich glaubte zwar nicht, dass der Koch so weit gehen würde, mich unter dem Tisch zu begrapschen, aber ich wollte kein Risiko eingehen.

„Ähm ... also, Antonio ... Sie haben bestimmt viel zu tun mit Ihrem neuen Restaurant?"

Als er zu reden begann, merkte ich bald, dass ich mir umsonst Sorgen gemacht hatte. Antonio Casa liebte es, über sich zu reden. Ich brauchte nur zu nicken, zu lächeln und interessiert zu schauen, und schon redete er pausenlos über seine Kindheit, seine Ausbildung, seine Rezepte, seine Fernsehkarriere ... Es wäre ein Leichtes, ihm Informationen zu entlocken. Das Problem war nur, dass ich immer mehr zu der Überzeugung gelangte, dass er nicht der Mörder sein konnte. Wie Poirot sagen würde: Die Psychologie stimmte einfach nicht. Ich konnte mir vorstellen, dass Antonio Casa jemanden in einem Anfall mörderischer Wut umbringen würde, vor allem, wenn sein Opfer sein Ego beleidigt hatte, aber ich konnte mir nicht vorstellen, dass er einen kaltblütigen, von langer Hand eingefädelten Mord beging. Und wer auch immer Josh McDermott getötet hatte, hatte die Tat akribisch geplant, mit kühler, wissenschaftlicher Präzision.

„... natürlich gibt es außer mir noch andere Köche in Großbritannien, aber ich habe ihnen gesagt, dass sie niemanden finden, der wie ich diese einzigartige Kombination von Fähigkeiten und sinnlicher Ausstrahlung aufweist. Wenn sie das nicht zu schätzen wissen, dann haben sie Pech gehabt. Jedenfalls hatte ich überlegt, ‚Superchef‘ den Rücken zu kehren - die Show wurde langweilig und es gibt andere Shows, die meine Talente eher verdienen. Mein Manager hat mit einigen amerikanischen Sendern gesprochen - in den Staaten würde ich gewiss gut ankommen. Meinen Sie nicht auch?"

„Äh ... ja, ganz sicher", stotterte ich, als ich aus meinen Gedanken hochschreckte und mich erinnerte, warum ich zugestimmt hatte, mich mit ihm zu treffen.

„Antonio …", setzte ich mit einem gewinnenden Lächeln an, „über Sie und den Mord an Josh McDermott sind alle möglichen Gerüchte im Umlauf. Stimmt es, dass Sie an dem Abend, als er ermordet wurde, auf dem Ball im Boscobel College waren?"

Er zögerte für den Bruchteil einer Sekunde. „Ja, ich war dort. Ich war mit einer Freundin verabredet."

„Sie haben Josh also gar nicht gesehen?"

„Nein", antwortete er schnell. Vielleicht zu schnell?

Ich spielte gedankenverloren mit einem Bierdeckel auf dem Tisch und sagte beiläufig: „Oh, das ist seltsam, denn ich war auch auf dem Ball und hätte schwören können, dass ich Sie in der Nähe des Speisesaals gesehen habe, an der College-Küche. Ich dachte, Sie hätten eventuell mit Josh gesprochen -"

„Das war ich nicht!", schnauzte er. „Ich war überhaupt nicht im Bereich des Speisesaals oder der Küche."

„Ich muss mich wohl geirrt haben. Es war ziemlich dunkel und Männer mit schwarzer Fliege sehen sich oft zum Verwechseln ähnlich."

Er schien sich ein wenig zu beruhigen, dann grinste er. „Sie waren also auch auf dem Ball? Ach, wenn ich das gewusst hätte, dann …"

Er brach ab, als sein Handy klingelte. Stirnrunzelnd nahm er es zur Hand und drückte auf eine Taste, aber er musste aus Versehen den

Lautsprechermodus gewählt haben, denn im nächsten Moment ertönte eine verzerrte Frauenstimme.

„Antonio? Antonio? Wo steckst du denn? Wir wollten doch zusammen zu Mittag essen, erinnerst du dich?"

Der Chefkoch fluchte. „Ich … äh … ich bin gerade beschäftigt."

„Wo bist du? Ich hole dich ab."

„Nein, nein … wie gesagt, ich bin beschäftigt, okay? Wir können uns heute nicht sehen."

Die Stimme wurde schrill und anklagend. „Du bist mit einer Frau zusammen, nicht wahr? Ich wusste es! Wer ist sie?"

„N-nein … bin ich nicht. Ich sagte doch, ich bin beschäftigt -"

„Wer ist sie, du Mistkerl? Wo hast du sie kennengelernt?" Die Stimme wurde weinerlich. „Wie konntest du mir das antun, Antonio? Ich dachte, du liebst mich, aber du hast mich nur wie einen alten Lappen behandelt, den man benutzt und dann wegwirft. Du hast gesagt, ich sei etwas Besonderes … und ich habe dir geglaubt! Aber das war alles nur Gerede, nicht wahr? Du verlogener Mistkerl!"

„Hey, kein Grund zur Aufregung", knurrte Antonio.

„Kein Grund zur Aufregung?" Die Stimme wurde noch schriller und ich stellte entsetzt fest, dass sich alle in der Kneipe zu uns umdrehten. „DU BETRÜGST MICH MIT IRGENDEINER FRAU UND

SAGST MIR, ICH SOLL MICH NICHT AUFREGEN?"

Ich versuchte, mich so klein wie möglich zu machen. Na toll. Jetzt war ich auf einmal „die andere Frau" in einem schmierigen Beziehungsdrama. Während Antonio sich mit der Dame am anderen Ende der Leitung stritt, überlegte ich krampfhaft, ob ich versuchen sollte, unauffällig zu verschwinden, doch dann ersparte Antonio Casa mir die Mühe, indem er fluchend aus dem Lokal stürmte. Ich zuckte mit den Schultern, als alle Blicke erst ihm folgten und sich dann wieder mir zuwandten. Ich versuchte, so lässig wie möglich meine Sachen zu packen und stand auf, in der Hoffnung, schnell aus dem Lokal huschen zu können.

Ich war schon fast an der Tür, als ich eine vertraute Stimme meinen Namen rufen hörte. Ich blieb wie angewurzelt stehen. An einem Tisch im vorderen Bereich des Pubs saß ein großer, gutaussehender Mann. Es war Lincoln Green, der Sohn der besten Freundin meiner Mutter, Helen Green, und obendrein ein angesehener Arzt. Ihn hatte meine Mutter schon vor Jahren als ihren Schwiegersohn und meinen Ehemann auserkoren. Nachdem ich nach Oxford zurückgekehrt war, hatte sie mich eine Zeit lang mit ihren peinlichen Verkupplungsplänen beinahe in den Wahnsinn getrieben und immer wieder neue Versuche unternommen, uns zusammenzubringen. Mittlerweile schien sie zum Glück zu akzeptieren, dass Lincoln und ich nie mehr als gute Freunde sein würden und dass Devlin ein fester Bestandteil meines Lebens war.

„Gemma, wie schön, dich zu sehen", begrüßte mich Lincoln mit einem herzlichen Lächeln.

„Äh ... hallo, Lincoln." Ich trat voller Unbehagen von einem Fuß auf den anderen.

Ich warf einen Blick auf seine Begleiterin, eine zierliche Chinesin, die ich bei einem früheren Mordfall kennengelernt hatte. Sie hieß Dr. Josephine Ling und arbeitete als forensische Pathologin. Jo, wie sie allgemein genannt wurde, kannte sich mit DNA-Analysen ebenso aus wie mit Blutspritzern und sezierte Leichen, ohne mit der Wimper zu zucken. Ich überlegte, ob sie und Lincoln ein Date hatten - ich mochte sie beide und war überzeugt, dass sie gut zueinander passen würden.

„Entschuldigung, aber war das ... Antonio Casa?", fragte Jo mit ihrer weichen, melodischen Stimme. „Ich habe ihn in der Sendung ‚Superchef' gesehen."

„Ja, wir waren auf einen Drink verabredet – nein, es war kein Date", fügte ich hastig hinzu, als ihre Augen interessiert funkelten. „Ich dachte nur, ich könnte von ihm etwas über den Mord an Josh McDermott erfahren."

„Oh ... ich verstehe." Jo grinste. „Sie greifen der Kripo von Oxfordshire also wieder einmal bei ihren Ermittlungen unter die Arme."

„Nun, nicht offiziell. Devlin weiß nicht, dass ich heute hier bin. Ich wäre ... äh ... dankbar, wenn Sie es ihm gegenüber nicht erwähnen würden."

„Von mir erfährt er nichts", versicherte Jo und zwinkerte mir zu. „Und, haben Sie irgendwelche Hinweise entdeckt?"

„Nein, nicht wirklich. Ich hatte gerade erst angefangen, ihn zu befragen, und dann hat sein Telefon geklingelt."

„Zählt Antonio Casa zu den Verdächtigen?", fragte Lincoln.

Ich nickte. „Er war auf dem Ball - und ich glaube sogar, ihn in der Nähe des Speisesaals gesehen zu haben, wo Josh getötet wurde, auch wenn er das vorhin bestritten hat. Außerdem wurde in seinem Koffer ein leitfähiges Gel gefunden, mit dem man elektrische Impulse verstärkt. Und am Griff des elektrischen Schneebesens, der Josh den Stromschlag versetzt hat, fand sich ein solches Gel."

„Ja, das habe ich gesehen, als ich die Autopsie durchgeführt habe", bestätigte Jo.

„Aber welches Motiv hätte Casa?", fragte Lincoln und runzelte die Stirn.

Ich zuckte mit den Schultern. „Rache, schätze ich. Er war sehr eifersüchtig und hat sich geärgert, dass er in der nächsten Staffel von ‚Superchef' durch Josh ersetzt werden sollte. Außerdem behauptet er, dass Josh den Eröffnungsabend seines neuen Restaurants sabotiert hat, und ein Mann mit einem Ego wie Antonio Casa würde das nicht einfach so hinnehmen."

„Ja, aber trotzdem ... Rache?" Lincoln schien nicht überzeugt. „Menschen bringen sich nicht so schnell aus Rache gegenseitig um."

„Du hast offensichtlich keine Ahnung von Frauen", wandte Jo lachend ein. „Wir können Dinge in uns hineinfressen und jahrzehntelang schmoren lassen! Ich weiß von mehreren Fällen, bei denen eine Frau versucht hat, ihren Freund oder Ehemann zu töten – aus Rache, weil er sie betrogen hatte."

„Wissen Sie, Joshs Ex-Freundin wird ebenfalls verdächtigt", erklärte ich. „Und in ihrem Fall wäre Rache ebenfalls das Motiv. Sie ist sehr verbittert darüber, dass Josh sie abserviert hat, als er berühmt wurde. Sie wirft ihm vor, sie sitzengelassen zu haben, und hat ihm gedroht, es ihm heimzuzahlen. Ich persönlich tippe auf sie. Antonio Casa ist einfach zu ... ich weiß nicht ... Nach unserem Treffen heute habe ich den Eindruck, dass er der falsche Typ für einen kaltblütigen, sorgfältig geplanten Mord ist."

„Ja, Mord durch Stromschlag ist eine ziemlich ausgeklügelte Methode", pflichtete Jo mir bei. „Kaum jemand würde sich so viel Mühe machen – die meisten Leute würden zu Gift greifen oder dem Opfer den Schädel einschlagen."

„Ich nehme an, die Autopsie hat nichts Interessantes ergeben?", fragte ich sie.

„Nein, sie war ziemlich langweilig. Es gab die erwarteten Verbrennungen an der Hand, mit der er den Schneebesen angefasst hat, ebenso am linken Fuß, wo der Strom aus seinem Körper ausgetreten ist. Und natürlich gab es die üblichen inneren Verletzungen, die mit einem Stromschlag einhergehen, aber sonst eigentlich nichts Besonderes. Keine unerklärlichen Fasern, kein abgebrochener Fingernagel mit einem auffälligen Nagellack ..." Sie grinste mich an. „Schade, dass es im wirklichen Leben nicht zugeht wie in einem Kriminalroman, was?"

Kapitel 17

Da Antonio einfach davongestürmt und unsere Verabredung schneller zu Ende gegangen war als erwartet, kam ich eine halbe Stunde zu früh am Carfax an. Ich suchte mir einen Platz am Fuße des St. Martin's Tower aus dem zwölften Jahrhundert – in Oxford eher als Carfax Tower bekannt -, der die Kreuzung beherrschte und einen großartigen Blick auf die berühmte Skyline von Oxford bot. Dort wartete ich auf Devlins Mutter.

Der mittelalterliche Turm spielt in der Universitätsstadt eine besondere Rolle - alle Studenten müssen während des Semesters im Umkreis von sechs Meilen wohnen und im Zentrum Oxfords darf kein Gebäude höher als der Turm gebaut werden. Für mich war er eines der Wahrzeichen meiner Studienzeit und so war es wie ein Déjà-vu, jetzt unter ihm zu stehen und der Turmuhr zuzuhören, die mit ihren sechs Glocken alle Viertelstunde läutete.

Ich musste nicht lange warten - nach ein paar Minuten entdeckte ich Keeley, die auf der anderen Straßenseite von einem Schaufenster zum anderen schlenderte. Ich eilte hinüber und klopfte ihr sanft auf die Schulter.

„Gemma, Schatz! Bin ich zu spät?", begrüßte sie mich.

„Nein, nein, ich bin zu früh." Ich wies auf die Einkaufstüten, die sie umklammert hielt, und grinste. „Sieht aus, als wärst du bereits fleißig gewesen."

„In vielen Geschäften ist jetzt schon Sommerschlussverkauf!", strahlte sie. „Ich habe ein paar tolle Sachen ergattert. Oh, ich habe auch etwas für dich ..."

„Für mich?", sagte ich überrascht.

„Nur eine Kleinigkeit, nichts Besonderes." Sie sah sich um. „Können wir uns irgendwo hinsetzen? Ich könnte eine Tasse Tee gebrauchen."

„Lass uns ein Plätzchen im Covered Market suchen, ja? Komm, ich helfe dir."

Ich nahm ihr ein paar Tüten ab und führte sie zu der historischen Markthalle, die sich hinter den Gebäuden der Hauptstraße versteckt. Der Covered Market stammte aus den 1770er-Jahren und war mit seinen verwinkelten Gassen eine der wichtigsten Touristenattraktionen in Oxford. In den kleinen Läden gab es Schmuck und anderes Kunsthandwerk, aber auch Speisen und Getränke. Außerdem boten hier Handwerker seit Generationen ihre Dienste an, unter anderem ein Schuster und ein Hutmacher. Wir suchten uns einen Platz in einem der Cafés und Keeley setzte sich mit einem Stoßseufzer.

„Ahhh ... meine Füße bringen mich um." Sie streckte ihre langen Beine aus, lehnte sich auf dem Stuhl zurück und warf ihr blondes Haar über die Schulter. Dann griff sie in eine der Einkaufstaschen, zog etwas Kleines, Weiches hervor und reichte es mir. „Hier, das ist für dich. Ich dachte, es könnte dir gefallen - falls dein Top von gestern Abend nicht mehr zu retten ist. Dieses sieht fast genauso aus."

„Oh! Danke." Ihre fürsorgliche Aufmerksamkeit rührte mich. Vorsichtig breitete ich das Top aus. Es war aus einem zarten lilafarbenen Strickstoff und sah dem blauen, das ich gestern Abend getragen hatte, tatsächlich sehr ähnlich. „Es ist wunderschön! Vielen Dank!"

Keeley O'Connor lächelte mich an. „Freut mich, dass es dir gefällt. Der Laden hatte tolle Sachen. Ich habe sogar etwas mitgenommen, das ich heute Abend in der Weinbar in Jericho tragen könnte."

Meine Euphorie verflog schlagartig. „Oh. Ähm ... du gehst also tatsächlich hin?"

Sie warf mir einen trotzigen Blick zu. „Ja. Du fängst doch jetzt nicht an, mir Vorhaltungen zu machen, wie Dev, oder?"

„Nein, natürlich nicht ... das heißt, ich ..." Ich schluckte. Natürlich stand es mir nicht zu, sie zu belehren. Andererseits hatte ich das Gefühl, sie aus

Loyalität zu Devlin warnen zu müssen. „Es ist nur … nun, Devlin hat in gewisser Weise recht. Es ist ein bisschen riskant, sich … ähm … mit wildfremden Männern zu treffen … und … ähm, ich weiß, Oxford sieht ausgesprochen hübsch und vornehm und historisch aus, aber hinter den ‚träumenden Türmen' verbirgt sich eine ganz normale Stadt mit all ihren Schattenseiten."

Keeley grinste. „Das sollte sie auch sein, sonst wäre mein Sohn arbeitslos!"

„Hör zu, Keeley, hier ist meine Nummer. Wenn du heute Abend Hilfe brauchst oder … oder irgendetwas passiert ist, schick mir eine SMS oder ruf mich an. Ich bin meistens ziemlich lange wach."

Sie lächelte. „Danke. Das ist wirklich nett von dir." Sie tätschelte meine Hand. „Aber mach dir keine Sorgen, Liebes - ich komme schon zurecht. Ich passe seit über vierzig Jahren auf mich auf und das hat bisher ganz gut geklappt … auch wenn Devlin anderer Meinung ist", fügte sie mit einem Anflug von Ärger hinzu.

„Devlin sorgt sich einfach nur um dich", erwiderte ich sanft.

Sie seufzte. „Ja, ich weiß. Und ich weiß, dass es für ihn frustrierend ist. Als Mutter bin ich eine echte Enttäuschung für ihn, nicht wahr?", fügte sie mit einem schiefen Lächeln hinzu.

„Äh …" Ich wusste nicht, was ich darauf antworten sollte.

Keeleys Lächeln wurde traurig. „Weißt du, ich war

viel zu jung, als ich ihn bekommen habe. Kaum fünfzehn. Ich war selbst noch ein Kind. Damals war ich überhaupt nicht darauf vorbereitet, Mutter zu sein – und daran hat sich bis heute nichts geändert." Sie zuckte hilflos mit den Schultern. „Ich schätze, ich bin einfach nicht der mütterliche Typ. Versteh mich nicht falsch - ich liebe Dev und bereue nicht, dass ich ihn bekommen habe. Aber … Ich habe das Gefühl, als wollte er immer, dass ich etwas bin, das ich nicht bin … etwas, das ich nie sein kann."

„Keeley, Devlin will bestimmt nicht …", begann ich zögernd.

„Oh, du brauchst keine Rücksicht auf meine Gefühle zu nehmen", sagte sie und wieder umspielte dieses traurige Lächeln ihre Lippen. „Ich weiß, Dev nimmt es mir übel, dass ich mich nicht wie eine ‚richtige' Mutter benehme. Dabei habe ich es versucht - ich habe es wirklich versucht, als er jünger war …" Sie schüttelte den Kopf. „Aber … so bin ich nun mal. Ich kann nicht ändern, wer ich bin, nur um ihn glücklich zu machen."

Ich empfand eine Mischung aus Mitleid und Verlegenheit. Als hätte sie meine Gedanken gelesen, lachte Keeley O'Connor und sagte: „Wahrscheinlich findest du diese ganze Vertrauensseligkeit ein bisschen seltsam! Es ist schon komisch, aber ich habe noch nie mit jemandem so über Devlin gesprochen. Mit dir zu reden ist so einfach, obwohl wir uns erst seit gestern kennen." Sie tätschelte erneut meine Hand. „Aber an der Art, wie Dev über dich spricht, habe ich gemerkt, dass du etwas Besonderes bist. Ich bin wirklich froh, dass er dich hat."

Oh je, jetzt wurde es richtig peinlich.

Keeley neigte den Kopf zur Seite. „Du bist das Mädchen, das Dev vor acht Jahren das Herz gebrochen hat, nicht wahr? Er hat nie viel darüber gesprochen - er vertraut sich mir sowieso nicht an -, aber ich höre denselben emotionalen Ton in seiner Stimme, wenn er deinen Namen erwähnt ..." Sie warf mir einen eindringlichen Blick zu und hob mahnend den Finger. „Ich bin vielleicht nicht sehr mütterlich, aber ich warne dich: Du brichst meinem Jungen besser nicht noch einmal das Herz, sonst bekommst du es mit mir zu tun."

Dann brach sie in schallendes Gelächter aus, als sie meinen Gesichtsausdruck sah, und sagte: „Komm, wir bestellen uns Tee und Kuchen."

Ich wollte schon antworten, hielt dann aber inne, als ich eine Frau bemerkte, die allein auf der anderen Seite des Cafés saß.

„Stimmt etwas nicht, Liebes?", fragte Keeley.

„N-nein ..." Ich riss meinen Blick von ihr los. „Ich habe nur gerade jemanden gesehen, den ich kenne, jedenfalls vom Sehen. Die Frau, die da drüben in der Ecke sitzt - die mit den braunen Haaren und der Brille. Sie ist die Produzentin von Josh McDermotts Reality-TV-Show. Ihr Name ist Maddie."

Keeley sah sich die Frau genauer an. „Sieht ein bisschen verheult aus, oder?"

Ich nickte. Es waren die roten, geschwollenen Augen der Produzentin, die mir als Erstes aufgefallen waren.

„Ja, vielleicht hat sie gerade erfahren, dass die ganze Serie abgesetzt wird. Dann hätte sie keinen Job mehr und wahrscheinlich auch kein Einkommen."

„Nein", widersprach Keeley mit Kennerblick. „Die weint um einen Mann."

Bei Keeley O'Connor drehte sich offenbar alles um Männer. „Woher willst du das wissen?", fragte ich lachend.

„Ich kenne die Zeichen", erwiderte Devlins Mutter weise.

Bevor wir weiter spekulieren konnten, erhob sich Maddie Gill, bezahlte ihre Rechnung an der Theke und verließ das Café. Ich sah ihr nachdenklich hinterher und fragte mich, ob Keeley recht hatte.

Kapitel 18

Eigentlich hatte ich geplant, den ganzen Nachmittag mit Keeley zu verbringen, aber nach dem Tee erklärte sie, sie könne sehr gut alleine einkaufen, und bestand darauf, dass ich in die Teestube zurückkehrte. Und so war ich um kurz vor vier Uhr wieder in Meadowford und band mir rasch meine Schürze um, um Cassie in der hektischen Teezeit zu helfen.

Die Silberlocken hatten sich sofort nach meiner Rückkehr auf mich gestürzt und wollten hören, was meine Verabredung mit Antonio Casa ergeben hatte. Ich musste sie jedoch vertrösten, bis sich der Ansturm gelegt und die Teestube geleert hatte. Ihre Gesichter wurden immer länger, als ich ihnen erzählte, was in der Kneipe passiert war und wie wenig ich erfahren hatte.

„Jedenfalls glaube ich nicht, dass Antonio Josh getötet hat", sagte ich abschließend. „Er scheint einfach nicht der Typ dafür zu sein. Und selbst wenn er wirklich zu einem vorsätzlichen Mord fähig wäre, kann ich mir nicht vorstellen, dass er sich darüber ausschweigt. Antonio Casa ist geradezu größenwahnsinnig. Er braucht Bewunderung und Applaus wie die Luft zum Atmen. Er hätte den Drang, allen zu erzählen, wie er ein so großartiges Verbrechen begehen konnte, ohne geschnappt zu werden - er würde es nicht schaffen, den Mund zu halten."

„Aber was ist mit dem Gel, das wir in seinem Koffer gefunden haben?", fragte Glenda.

„Ich habe heute Morgen kurz mit Devlin gesprochen. Die Polizei hat Antonios Sachen durchsucht und das Gel gefunden, aber Antonio behauptet, es sei für ein EMS-Gerät gedacht, mit dem er trainiert."

„Ein EMS-Gerät? Was ist das?" Florence runzelte die Stirn.

„EMS steht für elektronische Muskelstimulation. Es ist im Grunde ein Gerät mit kleinen Pads, die man am Körper befestigt und die winzige elektrische Impulse senden. Sie sorgen dafür, dass sich die Muskeln zusammenziehen. Das ist Training für Faule, die Bizeps aufbauen und einen Waschbrettbauch bekommen wollen." Ich grinste. „Ich bin mir nicht sicher, ob es funktioniert, aber ich glaube, viele Männer lassen sich von den Werbespots im Fernsehen dazu verleiten, sich so ein Gerät anzuschaffen. Wenn man bedenkt, wie eitel Antonio Casa ist, wundert es mich nicht, dass er eins hat."

„Aber er muss nicht die Wahrheit sagen, was das Gel angeht", wandte Glenda ein. „Er könnte lügen."

„Ja, das könnte er. Allerdings hat die Polizei in seinem Koffer ein tragbares EMS-Gerät gefunden."

„Lieber Himmel, habt ihr das gesehen?" Cassie meldete sich von der anderen Seite des Raumes zu Wort, wo sie gerade einen Tisch abräumte. Ein Gast hatte ein Exemplar der lokalen Boulevardzeitung auf einem Stuhl liegen lassen und Cassie starrte auf die Schlagzeile, die halb unter Müslis pelzigem Hintern verborgen war. Aus irgendeinem Grund saß die kleine Katze mit Vorliebe auf Papieren aller Art, und jetzt kauerte sie zufrieden auf der gefalteten Zeitung, die Vorderpfoten an die Brust gepresst und die grünen Augen zu schläfrigen Schlitzen verengt.

„Komm schon, Müsli, steh auf!" Cassie zerrte am Rand der Zeitung und versuchte, sie unter der Katze hervorzuziehen.

„*Miau!*", fauchte Müsli entrüstet.

Nach einigem Hin und Her hatte Müsli genug, sprang vom Stuhl und stakste wütend davon. Cassie hielt die Zeitung so, dass wir die Titelseite sehen konnten, während sie näher kam. Darauf prangten ein Foto von Leanne Fitch in einem sehr freizügigen Outfit und die Schlagzeile: „MCDERMOTTS EX-GELIEBTE ERZÄHLT, WIE SIE UM SEIN LEBEN FÜRCHTETE!"

Mit ihrer schönsten Klein-Mädchen—Stimme las Cassie aus dem Artikel vor:

„Zwischen Josh und mir war etwas ganz

Besonderes. Ich war für ihn da, bevor er berühmt wurde, und ich kannte den wahren Mann unter der Kochmütze' ... ‚Ich war schon immer ein sehr sensibler Mensch - ich glaube, ich kann sogar ein bisschen hellsehen - und ich wusste, dass in der Ballnacht etwas nicht mit rechten Dingen zuging' ... ‚Ich fürchtete um sein Leben. Deshalb suchte ich Josh in seinem Hotelzimmer auf, obwohl er mich furchtbar verletzt hatte. Jedes Mal, wenn ich ihn sah, versetzte es mir einen Stich ins Herz! Aber ich habe meinen eigenen Schmerz beiseitegeschoben; ich habe die Bedürfnisse anderer immer an die erste Stelle gesetzt, ich bin ein sehr fürsorglicher Mensch' ... Wie eklig!" Cassie warf die Zeitung angewidert zur Seite. „Unfassbar, wie sie den Mord an ihm für ihre Zwecke ausschlachtet!"

Ich lachte. „Nun, ihr Unternehmungsgeist ist beeindruckend. Wahrscheinlich hat sie für den Artikel und die Bilder ein hübsches Sümmchen bekommen."

„Wenn Leanne Josh nicht höchstpersönlich ermordet hat, fresse ich meinen besten Malpinsel!", erklärte Cassie.

„Cassie, sie hat auch ein Alibi. Erinnerst du dich nicht? Das Zimmermädchen hat gesagt, dass sie Leanne zum Zeitpunkt des Mordes in ihrem Zimmer gesehen hat."

„Pfft! Alibis kann man fälschen", behauptete Cassie und wischte meinen Einwand mit einer einzigen Handbewegung beiseite.

„Ja, ich muss zugeben, dass ich ebenfalls Zweifel an ihrem Alibi habe. Irene Mansell hat von der blonden Frau gesprochen, die sie im Säulengang hatte herumschleichen sehen, und das klang sehr nach Leanne. Außerdem sagte sie, die Frau sei sofort weggelaufen, als sie sie sah."

„Ich wette, das war Leanne!", rief Cassie. „Wann hat Irene Mansell die Frau gesehen?"

„Vielleicht zehn, fünfzehn Minuten bevor sie mich gesehen hat, sagte sie."

„Na, das passt perfekt!", erklärte Cassie. „Ich bin mir sicher, dass es Leanne war: Sie hat sich in den Speisesaal geschlichen, bevor Josh und sein Gefolge ankamen, und hat an der Verkabelung herumgepfuscht, dann ist sie wieder rausgeschlichen. Auf dem privaten Weg durch den Säulengang hat sie niemand gesehen ... außer der Frau des Masters natürlich. Deshalb ist sie weggelaufen: Sie hat nicht damit gerechnet, dass sie jemandem begegnet. Wenn das kein Zeichen von Schuld ist!"

„Aber woher sollte sie wissen, wie man an der Verkabelung herumhantiert?", meldete sich Mabel zu Wort. „Sie hat keine Ausbildung als Elektrikerin, Antonio Casa degegen ist vom Fach. Nein, meine Liebe ... ich glaube, du bist auf dem Holzweg. Es ist Antonio Casa. Er verfügt über die nötigen Kenntnisse, um die Kabel zu manipulieren."

„Das mit dem Manipulieren ist einfach!", sagte Cassie ungeduldig. „Heutzutage kann man alles im

Internet finden. Leanne hat wahrscheinlich nur gegoogelt und online eine detaillierte Anleitung gefunden, wie man jemandem mit einer fehlerhaften Verkabelung einen Stromschlag versetzt."

„Aber was ist mit dem Gel?", beharrte Mabel. „Es ist doch ein seltsamer Zufall, dass Antonio Casa so ein Zeug in seinem Koffer hat. Ich weiß, Gemma sagt, es sei für seine elektrische Muskelmaschine, aber das glaube ich nicht."

Cassie zuckte mit den Schultern. „Na ja, vielleicht finden wir auch etwas Gel in Leannes Reisetasche, wenn wir sie durchsuchen …"

„Äh … kommt bloß nicht auf dumme Gedanken!", sagte ich hastig.

„Sie haben Leanne nicht persönlich kennengelernt", sagte Cassie zu Mabel. „Wenn Sie sie kennen würden, wüssten Sie, dass ich recht habe. Sie ist genau die Art von Frau, die ihren Ex-Freund ermordet."

„Nein, Liebes, du irrst dich", erwiderte Mabel mit ruhiger Überlegenheit. „Der Mörder ist Antonio Casa."

„Nein, ist er nicht! Ich sage Ihnen, Leanne hat es getan."

„Bestimmt nicht."

„Doch, sie war es!"

Wie bei einem Tennisspiel ging mein Blick zwischen Cassie und Mabel hin und her. Ich hatte noch nie erlebt, dass die beiden so aneinandergeraten waren. Hier ging es nicht mehr um den Mord an Josh McDermott - hier ging es darum, recht zu behalten und das letzte Wort zu haben.

„Meine Liebe, du vergisst, dass Leanne Fitch ein Alibi hat", warf Mabel triumphierend ein. „Also kann sie den Mord nicht begangen haben."

„Und ich habe Ihnen gesagt, dass man Alibis fälschen kann!", fauchte Cassie. „Na gut – wissen Sie was? Ich werde es Ihnen beweisen. Ich werde Ihnen zeigen, dass Leanne ihr Alibi gefälscht hat." Sie drehte sich um und stürmte in die Küche.

„Cass!" Ich wollte ihr folgen, doch in diesem Moment kam Seth herein.

Er lächelte unsicher und sagte: „Komme ich ungelegen? Ich habe die Katzenfalle auf meinem Fahrrad. Ich wusste nicht, ob ich sie in die Teestube bringen oder besser draußen lassen solle."

„Oh, Seth, das ist großartig! Ich komme raus und hole sie."

Ich folgte ihm in den kleinen Hof, in dem früher die Ställe des alten Gasthauses, nach dem der Tearoom benannt war, untergebracht waren. Auf dem Gepäckträger von Seths Fahrrad klemmte ein langer, rechteckiger Käfig aus glänzendem Stahl und mit einem komplizierten Mechanismus aus allerlei Drähten. Er sah ein wenig furchteinflößend aus, aber Seth zeigte mir, dass die Bedienung nicht so schwierig war, wie ich befürchtet hatte.

„Du schaffst das schon, Gemma", bestärkte mich Seth. „Probiere die Falle an Müsli aus, wenn du dir nicht sicher bist."

Ich verkniff mir ein Lachen. „Machst du Witze? Das würde sie mir nie verzeihen! Aber danke, dass du Katzenfalle mitgebracht hast. Ich nehme sie morgen mit zum Boscobel und hoffe, dass ich den Kater damit einfangen kann."

„Lass mich wissen, wie es läuft. Oh, und ich kann einen Tierarzt organisieren, der den Kater kastriert", bot Seth an.

Ich winkte ab. „Das ist nicht nötig - ich lasse das bei meinen Tierarzt machen, dann muss die Wohltätigkeitsorganisation nicht dafür aufkommen. Das größere Problem wird sein, wo wir ihn freilassen können."

„Ich spreche mit meiner Kontaktperson, vielleicht weiß sie Rat. Am besten wäre ein Haus auf dem Land, ein Bauernhof oder ein Stall - irgendwo, wo der Kater in Sicherheit ist, Auslauf hat, regelmäßig Futter und Wasser bekommt und es auch einen warmen Unterschlupf gibt, etwa eine Scheune oder ein Nebengebäude. Wenn er zahm genug ist, können wir natürlich versuchen, ihn über ein Tierheim vermitteln zu lassen, aber die meisten Streuner sind dafür zu wild."

„Hmm, dieser Kater wirkt ziemlich zutraulich, jedenfalls bei mir. Ich habe mich sogar gefragt, ob er früher ein Hauskater war. Aber erst müssen wir ihn fangen, dann sehen wir weiter."

Kapitel 19

Normalerweise verließ Dora die Teestube am frühen Nachmittag, wenn sie mit dem Backen fertig war, daher war ich überrascht, als sie aus der Küche kam, nachdem Cassie und ich gerade die Tür hinter dem letzten Gast abschlossen.

„Ist alles in Ordnung?", fragte ich.

Sie nickte und winkte mich und Cassie zu sich. „Ich habe heute ein bisschen Zeit für eine Backstunde."

Cassie und ich sahen uns voller Unbehagen an. Wenn es um köstliche Backwaren ging, waren wir viel besser darin, sie zu essen als sie herzustellen. Deshalb kam der Tearoom ohne Dora und ihre Backkünste nicht aus. Cassie hatte sich zwar als Konditorin versucht, aber das Ergebnis war ein Desaster: Die Küche war übersät mit verbrannten Scones und implodierten Biskuitkuchen.

„Backstunde?", wiederholte Cassie vorsichtig. „Aber warum sollen wir backen, wenn Sie es sowieso viel besser können als wir?"

„Sie sollten wissen, was Sie servieren", erwiderte Dora streng. „Und diese Eierpuddingtörtchen sind im Moment so beliebt -"

„Wahrscheinlich, weil sich alle so schön gruseln bei dem Gedanken, dass der Kerl, der sie gemacht hat, ermordet wurde", murmelte Cassie leise.

„Sie sollten wenigstens versuchen, selbst welche zu machen. Na los, schließen Sie die Teestube ab und kommen Sie in die Küche. Und vergessen Sie nicht, sich die Hände zu waschen."

Wir folgten gehorsam, krempelten die Ärmel hoch und stellten uns an den großen Holztisch in der Mitte der Küche. Dora mischte in einer Schüssel bereits kleine Butterwürfel mit Mehl, bis die Mischung buttrigen Brotkrümeln glich, dann gab sie Streuzucker und gemahlene Mandeln dazu.

„Das gehört nicht zum traditionellen Rezept für Eierpuddingtorte", erklärte sie und deutete auf die gemahlenen Mandeln. „Aber ich finde, sie geben dem Teig einen schönen, nussigen Geschmack."

Wir sahen zu, wie sie vorsichtig ein Ei unter die Mischung hob, bis alles zu einem Teig vermengt war, den sie zu einem flachen Rechteck ausrollte und in Frischhaltefolie wickelte.

„Das kommt für eine halbe Stunde in den Kühlschrank", wies sie Cassie an. „In der Zwischenzeit können wir die Puddingfüllung zubereiten. Hier, Gemma – nehmen Sie den Schneebesen."

Ich musste an Josh McDermott denken, als ich den altmodischen Handrührer nahm. Er wäre vielleicht noch am Leben, wenn er sich nicht so sehr auf elektrische Geräte verlassen hätte. Dann warf Dora mit Anweisungen nur so um sich, und alle Gedanken an den Mord lösten sich in nichts auf, während ich Eier und Zucker in einer großen Schüssel verquirlte und Cassie Milch und frische Sahne auf dem Herd erhitzte.

Ich schlug noch schneller, als meine beste Freundin die warme Milch in meine Schüssel goss. Denn ich war besorgt, dass sich die Eier in Rührei verwandeln würden, wenn ich mich nicht beeilte. Mein Eifer ließ die cremig-gelbe Flüssigkeit schaumig aufquellen.

„Ganz ruhig – Sie machen hier kein Schaumbad", brummte Dora und nahm mir die Schüssel aus den Händen.

Sie gab ein paar Tropfen Vanilleextrakt in die Puddingmischung und stellte sie dann beiseite, während sie den Teig aus dem Kühlschrank holte. Sie teilte ihn in zwei große Stücke, reichte mir und Cassie jeweils ein Nudelholz und zeigte uns, wie man den Teig zu einer dünnen Schicht ausrollte.

Als Dora kurz aus der Küche ging, hielt Cassie mit dem Ausrollen inne und beugte sich dicht zu mir.

„Hör mal, Gemma, kannst du mir einen Gefallen tun? Kannst du Devlins Sergeanten anrufen und ihn nach dem Namen des Zimmermädchens fragen, mit dem er gesprochen hat – du weißt schon: Das

Mädchen, das das Alibi von Leanne Fitch bestätigt hat?"

Ich warf ihr einen neugierigen Blick zu. „Klar. Aber warum willst du das wissen?"

„Tu's einfach, ja? Mir zuliebe, okay? Ich habe da eine Idee."

Ich wischte mir die Hände an der Schürze ab und holte mein Handy heraus. Ein paar Minuten später hatte ich die gewünschte Information.

„Ihr Name ist Marta Jasiewicz. Sie arbeitet nicht direkt für das Hotel, in dem Leanne wohnt. Die Zimmerreinigung wird von einer Fremdfirma erledigt. Sie schickt Zimmermädchen in die Hotels, und Marta ist eine ihrer Angestellten."

„Jasiewicz - das ist ein polnischer Name, nicht wahr?", sagte Cassie nachdenklich. „Ich wette, sie ist eine Immigrantin, die nach Strich und Faden ausgenutzt wird und weniger als den Mindestlohn bekommt ..."

Ich war verblüfft. „Nun, das wäre schrecklich, aber ich verstehe nicht, was du damit sagen willst."

„Na, meine Lieben? Wie läuft's?"

Dora begutachtete unsere Fortschritte und Cassie und ich fuhren hastig fort, den Teig mit unseren Nudelhölzern zu bearbeiten.

„Gut, gut", lobte Dora. „Jetzt schneiden Sie Kreise für die Tartelettes aus – sie kommen in die kleinen Mulden." Sie deutete auf ein metallenes Muffinblech.

Bald hatten wir zwölf kleine Kreise aus Teig auf dem Muffinblech verteilt. Vorsichtig drückten wir sie in die Vertiefungen, sodass sie kleine Tortenböden bildeten, und gossen dann die Puddingmischung bis zum Rand in jedes Förmchen. Zum Schluss rieben wir frische Muskatnuss über die Füllung und schon waren unsere Eierpuddingtörtchen fertig.

Ich trug das Muffinblech langsam zum Ofen und schaffte es irgendwie, nichts zu verschütten. Mit einem Seufzer der Erleichterung schob ich das Blech in den vorgeheizten Ofen. Nach der ganzen Vorbereitung hatte ich Hunger und die fünfundzwanzig Minuten Backzeit erschienen mir unendlich lang.

„Sind sie immer noch nicht fertig?", jammerte Cassie nach einer Viertelstunde später und klang dabei wie ein quengelndes Kleinkind.

„Nicht ganz, aber fast", sagte Dora beschwichtigend. „Sie müssen warten, bis der Pudding fest ist - er muss eine kleine Kuppel bilden, aber noch ein bisschen wackeln."

Endlich war es so weit. Mir lief das Wasser im Mund zusammen, als Dora das Muffinblech aus dem Ofen holte. Sie nahm die einzelnen Törtchen heraus und setzte sie zum Abkühlen auf ein Gitter. Sie sahen köstlich aus, jede kleine Schale aus goldbraun gebackenem Teig enthielt eine cremig- gelbe Puddingfüllung mit Sprenkeln aus geriebener Muskatnuss.

„Oh, das riecht himmlisch!", rief Cassie begeistert und sog begierig den Duft ein. Sie nahm sich ein Törtchen, hielt das warme Gebäck am Rand fest und biss ein großes Stück ab. „Mmmm ... ohhhh ... unglaublich ...“

Ich nahm ebenfalls ein Törtchen vom Gitter und biss hinein. Cassie hatte recht. Es war himmlisch: die keksartige, bröckelige Schale bildete einen wunderbaren Kontrast zur weichen, seidigen Puddingfüllung.

„Eins reicht nicht.“ Cassie griff nach einem weiteren Törtchen und stopfte es sich in den Mund.

„Passen Sie auf, dass Sie keine Bauchschmerzen kriegen!“, ermahnte Dora uns mit gespielter Strenge, aber ich konnte an ihren funkelnden Augen sehen, dass sie unsere Reaktionen genoss.

Wir aßen jede noch eine dieser kleinen Köstlichkeiten, packten dann widerwillig den Rest weg und halfen Dora beim Aufräumen. Müsli hatte sich wieder einmal unbemerkt in die Küche geschlichen und lag nun zusammengerollt auf einem Stuhl neben dem großen Holztisch und schlief. Ich schüttelte lächelnd den Kopf, hob sie hoch und drückte ihren weichen, warmen Körper an mich.

„*Miau?*“, machte sie schläfrig.

„Komm, Müsli, Feierabend.“

Dann hielt ich inne und beäugte die kleine Katzendame. Ich warf einen Blick auf die Katzenfalle, die in der Küche in einer Ecke stand, und dachte über Seths Vorschlag nach.

„Kommst du, Gemma?“, fragte Cassie von der Küchentür aus.

„Warte mal, Cass - kannst du mir bei etwas

helfen? Es dauert nicht lange."

„Klar." Sie warf mir einen fragenden Blick zu.

Ich bat sie die Katzenfalle mitzunehmen, dann führte ich sie hinaus in den Hof hinter der Teestube.

„Hier, du hältst Müsli", sagte ich und schob Cassie meine Katze in die Arme.

Ich nahm ihr den Käfig ab, trug ihn zur gegenüberliegenden Wand und stellte ihn auf den Boden. Dann versuchte ich, mich an Seths Anweisungen zu erinnern, wie ich die Falle einsatzbereit machen sollte. Vorsichtig hob ich die Klappe an und sicherte sie, dann legte ich ein paar von Mrs Purdys Katzenminze-Streuseln auf ein Stück Serviette in den hinteren Teil des Fangkorbes, hinter die Auslöseplatte.

„Okay. Setz Müsli auf den Boden", rief ich.

Ich stellte mich zu Cassie und beobachtete, wie sich meine kleine Katze daran machte, den unbekannten Gegenstand im Hof zu inspizieren. Sie näherte sich dem Käfig langsam und hielt alle paar Schritte inne, um den Boden zu beschnuppern. Als sie schließlich am Eingang der Falle angekommen war, schnupperte sie eine Weile aufmerksam an dem Stahlrahmen. Nach einigem Zögern und einem fragenden Blick in unsere Richtung machte sie einen Schritt in den Käfig. Ihre Schnurrhaare zitterten, als sie die Katzenminze-Streusel entdeckte. Ich hielt gespannt den Atem an. Müsli zögerte, dann ging sie vorwärts, tiefer in den Käfig hinein, auf den Köder hinter der Abzugsplatte zu ...

PENG!

Die Käfigtür rasselte abwärts und Müsli sprang erschrocken in die Höhe. Sie sträubte die Haare am ganzen Körper auf und begann, sich gegen die Gitterwand des Fangkorbes zu werfen.

„Miaaau! Miiiaau! MIIIAAUU!", jammerte sie.

„Tut mir leid, Müsli, tut mir leid!" Ich rannte so schnell ich konnte zu der Falle.

Langsam bekam ich ein schlechtes Gewissen, weil ich sie als Versuchskaninchen benutzt hatte, obwohl ich ihr das eigentlich nicht hatte zumuten wollen. Ich brauchte eine Weile, bis ich die Tür entriegelt hatte, doch kaum hatte ich die Klappe angehoben, schoss Müsli heraus. Sie flitzte an mir vorbei, die weiß getünchte Backsteinmauer hinauf, die den Innenhof umgab.

„Müsli-"

Ich rannte ihr hinterher, aber sie hatte bereits die Mauerkrone erreicht, balancierte einen Moment auf dem Rand und verschwand dann auf der anderen Seite.

„Müsli!"

Cassie kam angerannt und wir versuchten beide, über die Mauer zu schauen, aber sie war zu hoch.

„Oh, Mist!" Ich ließ mich gegen die Ziegelsteine plumpsen und sah Cassie konsterniert an. „Was sollen wir jetzt tun? Ich finde sie bestimmt nie wieder."

Cassie schnippte mit den Fingern. „Grenzt Mrs Purdys Grundstück nicht an das vom Tearoom? Ich wette, ihr Garten liegt auf der anderen Seite dieser Mauer. Wahrscheinlich versteckt sich Müsli dort irgendwo.“

Ich richtete mich auf. „Du hast recht! Ich gehe jetzt rüber.“

Kurz darauf stand ich vor Mrs Purdys Haustür. Als die alte Dame öffnete und ich ihr die Situation erklärte, rang sie voller Sorge die Hände.

„Aber natürlich müssen wir sie finden, die arme Kleine“, rief sie, zog mich ins Haus und schloss die Tür hinter mir.

Sie führte mich an den wuchtigen Sofas und den vielen Spitzendeckchen vorbei zu einer Glastür, die in den Garten hinausführte. Im hinteren Teil des Gartens mit seinen wild wuchernden Rosenranken und Stauden befand sich direkt an der Backsteinmauer ein kleiner Schuppen. Es war eben jene Mauer, über die Müsli verschwunden war.

„Müsli? Müsli?“, rief ich leise und ging auf den Schuppen zu.

Es raschelte im Gestrüpp, dann funkelte mich aus dem Dickicht hinter dem Schuppen ein grünes Augenpaar an.

„Müsli! Komm jetzt raus ...“ Ich hockte mich hin und streckte eine Hand nach ihr aus.

„Miau!“, machte sie vorwurfsvoll.

„Komm schon, Müsli, es tut mir leid, was passiert ist. Ich verspreche dir, dass ich keine bösen Überraschungen mehr für dich habe.“

„Miau!“

Ihre Schwanzspitze zuckte, dann raschelt es wieder, während ich lächelnd wartete, dass meine Katze zum Vorschein kam. Stattdessen hörte ich ein Kratzen und im nächsten Moment erschien Müsli auf dem Dach des Schuppens.

„Müsli! Komm runter - was machst du da?" Langsam verlor ich die Geduld.

Sie sah mich mürrisch an.

„*Miau!*", sagte sie nur.

Dann drehte sie sich um die eigene Achse und streckte mir ihr Hinterteil entgegen. Ich seufzte. Offensichtlich wollte sie mich dafür bestrafen, dass ich die Katzenfalle an ihr ausprobiert hatte. Ich holte tief Luft und versuchte es erneut. Aber weder Drohungen noch Bitten oder Schmeicheleien konnten meine kleine Katze dazu bewegen, vom Dach des Schuppens herunterzukommen. Schließlich wandte ich mich an die alte Dame, die neben mir stand und alles aufmerksam beobachtete.

„Haben Sie eine Leiter, damit ich hochklettern und versuchen kann, sie zu schnappen?"

Mrs Purdy schüttelte den Kopf.

„Dann sollten wir vielleicht die Feuerwehr rufen?", schlug ich zögernd vor. Ich erinnerte mich nur zu gut an den letzten Feuerwehreinsatz, den Müsli verursacht hatte.

„Oh nein, meine Liebe, tun Sie das nicht!", rief Mrs Purdy. „Wissen Sie was? Warum lassen Sie sie nicht hier bei mir? Ich warte ein bisschen, dann versuche ich es noch einmal. Smudge hat das auch immer gemacht, wenn er schlecht gelaunt war. Dann saß er mit dem Rücken zu mir auf dem Dach des Schuppens. Irgendwann kam er wieder runter, wenn er Hunger hatte. Bei Müsli ist es bestimmt genauso." Ihre Augen funkelten. „Dann kann sie über Nacht bei mir bleiben und Sie holen sie morgen ab."

Ich wollte schon ablehnen, überlegte es mir dann aber anders. Es war ein guter Vorschlag. Ich hatte keine Lust, womöglich noch stundenlang in Mrs Purdys Garten zu stehen und nach meiner schmollenden Katze zu rufen. Außerdem wäre Müsli hier vollkommen sicher. Selbst wenn sie darauf bestand, die Nacht im Freien zu verbringen, war das kein Problem. Jetzt im Hochsommer war es warm genug, sodass sie keinen Schaden nehmen würde. Außerdem zeigte mir Mrs Purdys hoffnungsvoller Gesichtsausdruck allzu deutlich, dass sie sich nichts sehnlicher wünschte als Müsli als Übernachtungsgast bei sich zu haben.

„In Ordnung", stimmte ich zu. „Aber ich lasse Ihnen meine Handynummer da, und wenn sie Ihnen irgendwelche Schwierigkeiten macht, zögern Sie nicht, mich anzurufen."

Mrs Purdy klatschte begeistert in die Hände und lächelte breit. „Oh nein, ich bin sicher, dass sie keinen Ärger macht. Müsli und ich machen uns einen netten Abend!"

Kapitel 20

Cassie schaute überrascht auf, als ich kurz darauf mit leeren Händen in die Teestube trat. „Wo ist Müsli?"

Ich verdrehte die Augen. „Sie verbringt die Nacht auf Mrs Purdys Schuppendach. Na ja, um ehrlich zu sein, hoffe ich, dass sie sich ins Haus locken lässt."

Ich erklärte Cassie, was ich mit Mrs Purdy vereinbart hatte, dann machten wir das Licht aus und begaben uns gemeinsam zur Tür. Als ich jedoch abschließen wollte, packte Cassie mich am Arm und sagte: „Hör mal, du musst nicht gleich nach Hause, oder?"

„Nein, warum?"

„Es geht um das Zimmermädchen, das Leanne Fitchs Alibi bestätigt hat. Während du weg warst, habe ich im Hotel angerufen und sie hat heute Dienst. Um genau zu sein ...", Cassie warf einen Blick auf ihre Uhr, „... macht sie in einer guten halben Stunde Feierabend. Das ist die perfekte

Gelegenheit!"

Ich sah sie fassungslos an. „Aber Cass!"

„Komm schon!"

Sie drängte mich aus der Teestube, schubste mich zu meinem Fahrrad, fuhr dann auf ihrem eigenen Fahrrad voraus und rief mir ungeduldig zu, ich solle mich beeilen. Ich musste mich anstrengen, um sie nicht aus den Augen zu verlieren, während sie wie wild in die Pedale trat. Schließlich kamen wir vor einem Hotel am Stadtrand von Oxford zum Stehen. Cassie sprang von ihrem Rad, kettete es an einen Pfosten und rannte in die Lobby. Ich folgte ihr eilig zur Rezeption, wo sie bat, mit Marta zu sprechen.

„Hmm, keine Ahnung, wo sie im Moment sein könnte", meinte die Rezeptionistin. „Versuchen Sie es in der Gästelounge auf der Rückseite. Die macht sie normalerweise zuletzt."

In der Gästelounge staubte eine schlanke Frau in einem verblichenen Baumwollkleid müde die Bücherregale ab.

„Marta?", fragte Cassie und ging auf sie zu.

Die Frau drehte sich um. „*Tak?* Ja?"

Cassie lächelte sie freundlich an. „Marta - können wir kurz mit Ihnen sprechen? Es geht um einen der Gäste: eine Dame namens Leanne Fitch."

„Ja?" Sie beäugte uns misstrauisch.

„Wissen Sie, vor drei Tagen wurde ein Mann in einem der Colleges in Oxford ermordet. Ein berühmter Fernsehkoch namens Josh McDermott –

kennen Sie ihn?"

Sie zuckte mit den Schultern. „Ich habe keine Zeit für Fernsehen."

„Nun, die Polizei untersucht den Mord und ich glaube, sie hat Sie gefragt, was Leanne an jenem Abend gemacht hat, nicht wahr? Sie haben gesagt, dass Sie ihr Handtücher in ihr Zimmer gebracht haben, ungefähr zu der Zeit, als Josh McDermott ermordet wurde. Sie haben angegeben, dass Leanne in ihrem Zimmer war."

In den Augen der Frau blitzte Furcht auf. „Ja. Ja, das habe ich Polizei schon gesagt."

„Aber ... das ist nicht die Wahrheit, oder?", fragte Cassie sanft.

Die Frau fuhr zurück. „Was meinen Sie?"

„Sie waren an jenem Abend nicht in Leannes Zimmer, stimmt's? Sie hat Sie bestochen, damit Sie das sagen."

Die Frau trat einen weiteren Schritt zurück, ihr Gesicht war blass und voller Angst. „Ich weiß nicht, ich verstehe nicht ..."

„Marta, Sie dürfen nicht lügen, um sie zu schützen. Sie müssen die Wahrheit sagen."

Die Frau schüttelte vehement den Kopf. „Nein! Ich habe nicht gelogen! Ich sehe diese Frau, Leanne, in ihrem Zimmer, wie ich sage."

Ich schaute meine Freundin besorgt an. „Cassie, vielleicht sollten wir nicht ..."

„Die Arbeit im Hotel ist hart, nicht wahr?", sagte Cassie, ohne mich zu beachten. Ihre Stimme klang warm und mitfühlend. „Menschen wie Sie werden wirklich schlecht behandelt. Sie bezahlen Ihnen wahrscheinlich weniger als den Mindestlohn und erwarten, dass Sie rund um die Uhr arbeiten - und wenn Sie krank sind, schicken sie Sie ohne Lohn nach Hause. Und Sie können nicht zu Ihrer Familie, dabei vermissen Sie sie sehr ..."

Die Gesichtszüge der Frau wurden weicher. „Ja", sagte sie leise. „Ich habe zwei kleine Mädchen in Polen."

„Deshalb haben Sie es getan, nicht wahr?", fuhr Cassie fort. „Weil Sie das Geld dringend brauchen, für Ihre kleinen Mädchen. Und es war ganz einfach: Sie mussten nur eine kleine Lüge erzählen, so tun, als hätten Sie Leanne in ihrem Zimmer gesehen. Keine große Sache."

Marta zögerte, aber ihr Schweigen war Antwort genug.

Cassie legte der Frau die Hand auf den Arm. „Marta, Sie müssen das Richtige tun. Sie könnten der Polizei helfen, einen Mörder zu finden ... Sie müssen nur die Wahrheit sagen."

Die Frau zögerte wieder und leckte sich nervös über die Lippen. „Ich ... ich ..." Dann verhärtete sich ihre Miene und sie trat einen Schritt von uns zurück. „Was ich Polizei sage, ist Wahrheit. Ich habe die Frau in Zimmer gesehen."

„Aber -"

„Ich muss jetzt gehen", sagte Marta, schob sich an uns vorbei und verließ eilig die Gästelounge.

Cassie atmete frustriert aus. „Ich dachte, sie würde gestehen.“

„Ich auch.“ Ich drückte ihr die Schulter. „Es war ein guter Versuch, Cass. Vielleicht kann ich mit Devlin sprechen und ihm erzählen, dass du meinst, Leanne könnte Marta bestochen haben, um ein Alibi zu haben. Dann wird die Polizei Marta möglicherweise erneut befragen.“

„Nein, ich gebe nicht auf!“ Cassie reckte entschlossen das Kinn vor. „Ich werde Mabel beweisen, dass Leanne die Mörderin ist, und wenn es das Letzte ist, was ich tue!“ Sie wirbelte herum und stürmte zurück Richtung Lobby.

Ich folgte ihr kopfschüttelnd. Als ich dort ankam, war meine beste Freundin schon auf dem Weg nach draußen.

„Wo -“

„Komm schon!“

Sie ergriff meine Hand und zerrte mich hinter sich her. Statt zu unseren Fahrrädern zu gehen, wie ich es erwartet hatte, zog Cassie mich zu der Tankstelle an der Straßenecke.

„Cass! Warte, was ... wohin gehen wir?“, keuchte ich.

Wir gingen an den Zapfsäulen vorbei in das kleine Café, das an die Tankstelle angeschlossen war. Cassie hielt inne und sah sich um, dann eilte sie zu einem leeren Tisch am Fenster. Sie setzte sich hin und bedeutete mir, ebenfalls Platz zu nehmen.

„Cassie, was soll das?“, fragte ich genervt.

„Wir warten auf jemanden“, sagte sie mit einem Lächeln.

„Auf wen?“

„Das wirst du schon sehen.“

Grrr. Ich fühlte mich an unsere Kindheit erinnert, wenn Cassie eine ihrer verrückten Ideen für ein neues Spiel oder ein Abenteuer hatte, mir aber nicht sagen wollte, was sie im Schilde führte. Ich öffnete den Mund, um sie erneut zu fragen, doch dann erstarrte ich, als ich jemanden mit schnellen Schritten auf das Café zukommen sah.

Eine Frau mit markantem Gesicht, stark geschminkt und blond gefärbtem Haar ... Leanne Fitch.

„Hallo, Leanne!“ Cassie sprang auf, als die blonde Frau das Café betrat, und ging ihr mit einem strahlenden Lächeln entgegen. „Kommen Sie, setzen Sie sich. Möchten Sie einen Drink? Eine Tasse Tee? Ich glaube, hier gibt es auch ein paar Säfte ...“ Sie drängte Leanne zu unserem Tisch und drückte sie auf einen Stuhl.

„Wo ist der Journalist?“, fragte Leanne und sah sich misstrauisch um. „Sie haben mir am Telefon gesagt, dass ein Journalist von einer der großen Zeitungen hier ist, weil er eine Exklusivstory über mich schreiben will.“

„Ah ja ... was das angeht ...“ Cassie grinste sie breit an. „Ich fürchte, der Journalist hat es nicht geschafft. Aber Sie beabsichtigen doch sowieso nicht, ihm die Wahrheit sagen, oder?“

„Was meinen Sie damit?"

„Nun, die Wahrheit wäre, dass Sie den Mord an Josh McDermott gestehen."

Ich erschrak über Cassies Unverfrorenheit.

„Was reden Sie da?" Leanne sprang von ihrem Stuhl auf. „Ich habe ihn nicht ermordet!"

„Sie können uns nicht anlügen. Wir wissen, dass Sie an jenem Abend im Boscobel College waren", sagte Cassie.

„Ich habe ein Alibi", schnaubte Leanne verächtlich. „Ich war an dem Abend, an dem Josh getötet wurde, in meinem Hotelzimmer. Das Zimmermädchen kann es bestätigen."

„Sie meinen, Sie haben sie bestochen, damit sie es bestätigt", widersprach Cassie. „Das stimmt - sie hat es gestanden. Sie sagte, Sie hätten ihr Geld angeboten, damit sie behauptet, sie habe Sie gesehen, als sie Handtücher in Ihr Zimmer gebracht hat."

„Cassie?" Ich sah meine Freundin erstaunt an.

Aber Cassie ignorierte mich und redete weiter, ihre ganze Aufmerksamkeit war auf die blonde Frau vor ihr gerichtet. „Die Polizei fände es bestimmt sehr interessant, dass Sie jemanden bestochen haben, um sich ein Alibi zu verschaffen."

„Ich ... ich habe nicht ...", stotterte Leanne.

Cassie fuhr unerbittlich fort: „Aber warum sollten Sie das tun? Es gibt nur einen Grund: Sie wollen nicht, dass jemand erfährt, dass Sie in Wirklichkeit auf dem Ball waren? Denn Sie waren auf dem Ball, nicht wahr? Man hat Sie gesehen, wie Sie durch den Säulengang gegangen sind, der zum hinteren Teil des Speisesaals führt.“

Sie machte einen drohenden Schritt auf Leanne zu, die erschrocken zurückwich. „Sie waren an jenem Abend auf dem Ball, um sich an Josh McDermott zu rächen, weil er Sie verlassen hat. Und Sie haben sich dafür die perfekte Methode ausgedacht: ihn mit seinem eigenen elektrischen Schneebesen unter Strom zu setzen! Welche Ironie. Na los, geben Sie es zu!“

Ich starrte meine Freundin schockiert an und fragte mich, ob sie verrückt geworden war. Leanne starrte Cassie ebenfalls an, aber zu meiner Überraschung spiegelte sich nicht Empörung, sondern Angst in ihrem Gesicht. Sie öffnete und schloss mehrmals den Mund, ihr Blick huschte umher, dann hob sie plötzlich die Hände in einer abwehrenden Geste und rief: „Schon gut, schon gut, ich gebe es zu! Ich war an jenem Abend auf dem Ball. Aber ich habe Josh nicht ermordet!“

„Natürlich haben Sie ihn ermordet. Warum waren Sie sonst auf dem Ball?“, fragte Cassie. „Erzählen Sie mir nicht, dass Sie sich in den Speisesaal geschlichen haben, nur um ihm einen Liebesbrief zu hinterlassen! Sie sind da reingegangen, um an den Kabeln dieses elektrischen Quirls herumzupfuschen.“

„Nein, glauben Sie mir, ich habe den Schneebesen nicht angefasst! Ich gebe zu, dass ich in den

Speisesaal gegangen bin, aber … aber ich habe am Essen herumgepfuscht, nicht an den Kabeln.“

„Am Essen?“, wiederholte ich erstaunt. „Was meinen Sie damit?“

„Ich wollte Josh demütigen, okay?“, antwortete Leanne mit finsterem Blick. „Ich wollte, dass er leidet, so wie er mich hat leiden lassen. Also habe ich Abführpulver gekauft und wollte es unter die Zutaten mischen, mit denen er kochen würde. Dann hätten alle, die von den Gerichten probiert haben, Durchfall bekommen und Josh hätte ziemlich blöd dagestanden. Vor allem, wenn im Fernsehen zu sehen gewesen wäre, wie die Leute mit schmerzverzerrtem Gesicht zur Toilette rennen.“

Ich dachte plötzlich an Leannes Tasche im Nagelstudio und an die Medikamente, die ich darin gesehen hatte. Darunter war auch eine Schachtel mit einem starken Abführmittel gewesen. Ich erinnerte mich genau, wie hastig sie mir die Tüte aus der Hand gerissen hatte, als wollte sie unbedingt verhindern, dass ich sah, was darin war.

„Wie sind Sie in den Speisesaal rein- und wieder rausgekommen, ohne dass Sie jemand gesehen hat?“, fragte ich.

„Ich kannte den Weg durch den Säulengang, Josh hat ihn mir gezeigt. Als wir anfangs zusammen waren, hat er noch am Boscobel studiert. Es war sein letztes Jahr und ich habe ihn manchmal im College besucht. Ich wusste, dass der Weg durch den Säulengang zu diesem wilden Garten im hinteren

Teil des Colleges führt, den kaum jemand betritt. Da haben wir uns getroffen, um zu knutschen und so. Es war unser geheimer Ort …" Für einen Moment sah sie traurig aus, dann wurde ihre Miene erneut hart und unerbittlich. „Wahrscheinlich hätte sich Josh gar nicht mehr daran erinnert …"

„Sie sind also durch den Säulengang in den Speisesaal gelangt. Aber wie sind Sie überhaupt ins College gekommen?", fragte Cassie. „Der Ball war nur für geladene Gäste."

„Sie waren ein ungebetener Gast, nicht wahr?" Ich erinnerte mich an das, was mir der Pförtner des Colleges gesagt hatte. „Das Schloss am Nebeneingang zum College war aufgebrochen worden und so sind die Leute hineingekommen, auch ohne Einladung."

Leanne nickte. „Ja, es war ziemlich einfach. Ich bin nur den anderen gefolgt. Da waren so viele Leute, die zu Joshs Kochshow wollten. Und als ich einmal drin war, fand ich mich leicht zurecht."

„Ich muss Sie knapp verpasst haben", bemerkte ich. „Die Frau des Masters hat mir gesagt, sie habe Sie durch den Säulengang zurückkommen sehen."

„Ja, sie hat mir einen furchtbaren Schrecken eingejagt! Ich bin sofort abgehauen, als ich sie sah. Ich wollte nicht, dass sie mir unangenehme Fragen stellt. Es war schon schlimm genug, dass ich fast im Speisesaal hängengeblieben wäre."

„Was meinen Sie?"

„Josh und sein Manager kamen herein, als ich

noch da war. Ich konnte mich hinter einen der langen Tische ducken und ich dachte, ich würde dort festsitzen, bis die Show vorbei war!" Sie verdrehte die Augen. „Zum Glück ist Josh zu dem Tisch auf dem Podest marschiert und hat angefangen, mit den Sachen dort herumzuhantieren. Und sein Manager hat die ganze Zeit telefoniert, der hätte eh nichts gemerkt. Ich habe gewartet, bis sie sich umgedreht haben, hab mich dann hinter den Tischen zur Tür vorgearbeitet und hab mich rausgeschlichen."

Sie sah uns missmutig an. „Ich habe Josh also nicht ermordet. Ich wollte ihn demütigen, aber ... ich hätte ihm nicht wirklich wehgetan."

„Aber nichtsahnende Menschen hätten diese Gerichte probiert", gab Cassie zu bedenken. „Abführmittel können gefährlich sein, besonders in starker Dosierung. Es sind schon Leute nach einer Überdosis im Krankenhaus gelandet. Sie hätten all diesen Menschen Schaden zugefügt, nur um sich an Josh zu rächen?"

Leanne zuckte mit den Schultern und wich ihrem Blick aus. Es entstand eine lange, ungemütliche Stille, dann sagte Leanne mürrisch: „Nun, der Punkt ist, ich habe ihn nicht ermordet, okay?"

Sie drehte sich um und wollte gehen, aber ich hielt sie am Arm fest.

„Warten Sie, Leanne. Als Sie sagten, Sie hätten im Speisesaal festgesessen, haben Sie die Produzentin nicht erwähnt. Hat sie Sie nicht gesehen? Die Produzentin von Joshs Fernsehsendung. Eine kleine

Frau mit braunem Haar und Brille.“

Leanne schüttelte langsam den Kopf. „Eine Frau hab ich nicht gesehen. Da waren nur Josh und sein Manager.“

Nachdem sie gegangen war, schwieg ich nachdenklich, während Cassie vor Wut schäumte.

„Sie ist vielleicht keine Mörderin, aber in einem Punkt hatte ich recht: Sie ist eine verdammt egoistische Kuh! Es ist nicht zu fassen, dass sie die Gesundheit vieler Menschen aufs Spiel gesetzt hätte, nur um sich an Josh zu rächen. Man könnte meinen –“ Sie brach ab und schaute mich an. „Worüber denkst du nach?“

„Darüber, dass Leanne Joshs Produzentin, Maddie, nicht im Speisesaal gesehen hat.“

Cassie war verwirrt. „Ja, und?“

„Nun, Devlin hat mir erzählt, Maddie habe zu Protokoll gegeben, dass sie die ganze Zeit mit Jerry Wallis, dem Manager, zusammen war. Das bedeutet, dass sie mit Josh und Jerry in den Speisesaal gegangen und dortgeblieben ist, bis sie und Jerry wieder herauskamen. Da habe ich sie gesehen – sie kamen zusammen aus dem Hintereingang des Speisesaals.“

„Du meinst, sie hat gelogen?“

„Ich weiß es nicht.“

„Ich war mir so sicher, dass es Leanne war!“

„Dass du Leanne erzählt hast, Marta habe gestanden!“

Cassie grinste. „Ich weiß – ich habe geblufft.“

„Du warst verdammt gut!"

Sie grinste. „Ich hätte total danebenliegen können und dann wäre es ziemlich peinlich geworden ... aber ich habe es einfach gewagt."

Ich schüttelte bewundernd den Kopf. „Das war eine ziemlich gute Taktik, Cassandra Jenkins. Bist du sicher, dass du Malerin werden willst? An dir ist eine Schauspielerin verlorengegangen!"

Kapitel 21

Cassie und ich trennten uns vor dem Hotel. Sie kehrte in ihre Atelierwohnung in Jericho zurück und ich in mein kleines Häuschen unten an der Themse am südlichen Ende von Oxford. Als ich zu Hause ankam, schloss ich die Eingangstür und lehnte mich mit einem tiefen Seufzer dagegen. Samstags war im Tearoom immer besonders viel los und als wäre das nicht genug, hatte ich mich mittags mit Antonio Casa getroffen, war mit Devlins Mutter im Covered Market gewesen, hatte Jagd auf Müsli gemacht und war mit Cassie zum Hotel geradelt, um mit Marta und schließlich mit Leanne zu reden. Es war ein langer, langer Tag gewesen.

Ich warf meine Tasche auf den Küchentresen, schlich in mein kleines Wohn-Esszimmer und ließ mich auf die alte, verbeulte Couch fallen. Ich blieb einen Moment lang liegen und starrte an die Decke, während mir die Ereignisse des Tages durch den Kopf gingen. Leannes Bemerkung, dass sie Maddie

Gill nicht im Speisesaal gesehen habe, ließ mir keine Ruhe. Als die Polizei sie befragt hatte, hatte die Fernsehproduzentin behauptet, sie sei die ganze Zeit mit Jerry Wallis dort gewesen. Aber laut Leanne war Maddie überhaupt nicht im Speisesaal. Wo war sie dann? Ich wusste, dass sie sich im Gebäude aufgehalten haben musste, weil ich sie selbst aus dem Hintereingang hatte kommen sehen, zusammen mit Jerry war sie gegangen. Aber im Speisesaal war sie nicht mit ihm gewesen? Bedeutete das also, dass sie bei ihrer Befragung durch die Polizei gelogen hatte?

Aber nein, Jerry Wallis hatte ihre Aussage bestätigt. Er hatte behauptet, Maddie sei bei ihm gewesen. Bedeutete das also, dass Leanne gelogen hatte? Aber warum sollte sie in diesem Punkt lügen? Ich runzelte die Stirn. Das ergab einfach keinen Sinn.

Ich setzte mich aufrecht auf die Couch und schaute mich um. Ohne Müsli war das Haus seltsam still und leer. Obwohl Müsli nur ein kleines Fellbündel war, wirkte sie durch ihre freche Art überlebensgroß. Ich lachte leise in mich hinein. Ja, sie fehlte mir – und es fehlte mir sogar, dass sie lauthals ihr Abendessen einforderte, sobald ich durch die Tür kam.

Mein Magen knurrte; ich stellte überrascht fest, wie spät es schon war. Da die Sonne in der englischen Sommerzeit erst gegen zehn Uhr unterging, war es draußen trügerisch hell. Ich stand auf und ging in die Küche, um mir etwas zum Abendessen zu machen, aber mein Enthusiasmus verflog, als ich den Inhalt meines Kühlschranks sah. Außer einem Becher Joghurt, einer halben Flasche Milch, ein paar Äpfeln und einem welken Kopfsalat fand ich nur ein kleines, hartes Stück Parmesankäse. In der Speisekammer waren Nudeln, eine Dose mit gebackenen Bohnen und eine mit gehackten Tomaten. Ich hatte es die ganze Woche über nicht geschafft, im Supermarkt einzukaufen, und nun fragte ich mich, wie ich aus diesen spärlichen Zutaten eine Mahlzeit zubereiten sollte.

Ich überlegte gerade, ob ich mich mit einer Tasse Fertigsuppe und ein paar Crackern begnügen sollte, als es an meiner Tür klingelte. Ich schaute überrascht auf – ich erwartete keinen Besuch. Als ich öffnete, standen vier nette alte Damen auf der Schwelle.

„Gemma, Liebes! Hast du schon zu Abend gegessen?", fragte Mabel ohne Umschweife.

„Äh… nein, ich wollte mir gerade eine Suppe und Cracker machen …"

„Oh gut! Du kannst stattdessen etwas von meinem Shepherd's Pie haben", sagte Florence, strahlte und wies auf eine Auflaufform aus Keramik, über die sie ein großes Geschirrtuch gebreitet hatte.

„Zum Nachtisch habe ich dir Stachelbeer-Trifle gemacht", fügte Glenda hinzu und deutete auf einen Vorratsbehälter aus Plastik in ihrer Hand.

„Und ich habe dir Ohrringe gehäkelt", sagte Ethel

aufgeregt und hielt zwei hässliche weiße Minideckchen in die Höhe, die jeweils an einem Häkchen baumelten.

„Oh, danke. Kommen Sie doch rein."

Ein paar Minuten später saß ich mit einer Gabel in der Hand vor dem dampfenden Auflauf, während die Silberlocken in der Küche herumhantierten. Sie machten sich Tee, setzten sich zu mir und sahen gut gelaunt zu, wie ich ihre guten Gaben verzehrte. Ich musste zugeben, dass das Essen köstlich war, auf jeden Fall viel besser als das klägliche Abendessen, das ich in Erwägung gezogen hatte. Im Shepherd's Pie verbarg sich unter einer Schicht aus flockigem Kartoffelpüree eine Lage aus herzhaftem Lammhackfleisch und gehacktem Gemüse und das Stachelbeer-Trifle war die perfekte Mischung aus säuerlich und süß, abgerundet durch die seidig frische Schlagsahne. Und so sehr ich die Silberlocken oft verfluchte – jetzt freute ich mich über ihre Gesellschaft, denn ohne Müsli fühlte sich das Haus zu einsam an.

„Also, Gemma, wir haben nachgedacht …", begann Mabel, als ich den letzten Bissen Trifle in mich hineinschaufelte. „In Antonio Casas Gepäck müssen mehr Hinweise versteckt sein. Wenn wir vielleicht noch einmal seine Sachen durchsehen könnten …"

„Nein, nein!", rief ich. „Ist Ihnen klar, wie wütend Devlin war, als ich ihm sagen musste, dass Sie während des Workshops in Antonio Casas Sachen herumgewühlt haben?“

„Wir haben nicht herumgewühlt“, antwortete Mabel hochmütig. „Wir haben eine wichtige Spurensuche durchgeführt. Außerdem muss man bei der Aufklärung von Verbrechen manchmal die Regeln brechen – wenn dein junger Mann ein guter Detective wäre, würde er das wissen.“

„Devlin ist ein guter Detective!“

„Ja, das wissen wir, meine Liebe“, beschwichtigte Ethel mich. „Aber er ist manchmal nicht sehr einfallsreich, nicht wahr?“

„Ich gebe dem Mangel an Ballaststoffen die Schuld.“ Mabel nickt nachdrücklich. „Polizisten ernähren sich sehr ungesund.“

„Oh ja, ich habe im Mirror einen Artikel über die ,Blobby-Bobby-Krise‘ in Großbritannien gelesen“, sagte Florence besorgt. „Darin stand, dass viele Polizisten zu dick und deshalb für die Verbrecherjagd ungeeignet sind, weil in den Polizeikantinen ständig Pommes frites, Würstchen und Fleischpasteten serviert werden. Allerdings muss ich zugeben, dass ich selbst durchaus etwas für Fleischpastete übrighabe. Mit Hähnchen und Pilzen etwa oder mit Hackfleisch und Zwiebeln – oh, und natürlich geht nichts über einen guten Cottage Pie. Aber Pasteten sind nun mal nicht sehr gesund, und wir wollen ja nicht, dass Devlin vor lauter Übergewicht nur noch watscheln kann?“

„Devlin watschelt nicht!“, wandte ich verärgert ein. „Er ist sehr fit und muskulös und –“

„Aber zu dünn darf er auch nicht sein, meine Liebe", raunte Glenda in einem verschwörerischen Ton. „Glaub mir, ich habe in meinem Leben schon viele Männer kennengelernt, und die dünnen taugen nichts. Schließlich will man im Bett doch etwas zum Festhalten haben, nicht wahr, und –"

„Alles klar! Danke! Das werde ich mir merken", unterbrach ich sie schnell. Einblicke in das Liebesleben der Silberlocken konnte ich nun wirklich nicht verkraften. Huuu!

„Hören Sie, ich finde es gut, dass Sie bei der Lösung des Falles helfen wollen, aber Sie dürfen sich wirklich nicht an Privateigentum zu schaffen machen", ermahnte ich die vier Damen. „Und außerdem hat die Polizei die Sachen von Antonio Casa durchsucht. Sie ist dabei viel gründlicher, als wir es je sein könnten, und sie hat nichts gefunden."

„Ich glaube immer noch, dass Antonio der Mörder ist", beharrte Mabel. „Er war auf dem Ball … und er hat kein Alibi. Er hätte sich leicht in den Speisesaal schleichen und an den Kabeln des Quirls herummachen können."

„Aber Leanne hat ihn nicht im Speisesaal gesehen", wandte ich ein.

Ihre verständnislosen Blicke machten mir klar, dass sie nichts von dem wussten, was sich im Hotel und danach im Café abgespielt hatte. Schnell erzählte ich ihnen von Cassies gekonntem Bluff und Leannes Geständnis.

„Aha! Ich hatte also recht – sie war es nicht!",

sagte Mabel triumphierend. „Das macht es umso wahrscheinlicher, dass es Antonio Casa war. Er hat das überzeugendste Motiv."

„Bis jetzt hat er nicht erklärt, warum er auf dem Ball war, nicht wahr, Liebes?", fragte Ethel.

„Nun, er hat der Polizei gesagt, dass er mit einer Freundin verabredet war", sagte ich. „Und das stimmt wahrscheinlich. Ich meine, Antonio scheint seine ganze Zeit und Energie darauf zu verwenden, ‚sich mit Freundinnen zu verabreden'. Selbst heute Mittag hatte er eine doppelte Verabredung: Die hysterische Frau, mit der er sich am Telefon gestritten hat, hatte auf ihn gewartet. Sie klang wirklich aufgebracht – ich meine, es war nicht nur ihr Stolz. Sie klang tatsächlich verletzt." Ich schüttelte lachend den Kopf. „Ich kann mir einfach nicht vorstellen, dass sich jemand in Antonio Casa verliebt."

„Tja, meine Liebe, es heißt ja, dass es für jedes Töpfchen ein Deckelchen gibt", sagte Glenda.

Die Silberlocken verabschiedeten sich bald darauf und ich machte es mir mit einem Buch auf dem Sofa gemütlich. Es fiel mir jedoch schwer, mich auf die Geschichte zu konzentrieren. Meine Gedanken kehrten immer wieder zu dem Mord zurück. Ich hatte das Gefühl, dass es irgendeinen Zusammenhang gab, den ich nicht erkannte, irgendeinen Hinweis, den ich nicht aufgegriffen hatte. Was mich am meisten beschäftigte, war die Aussage von Maddie Gill. War sie im Speisesaal gewesen oder nicht?

Kapitel 22

Ein paar Stunden später klingelte mein Telefon und zu meiner Überraschung war Devlin am Apparat. Er hatte mir gesagt, dass er länger auf der Wache bleiben und an dem Fall weiterarbeiten wollte, daher hatte ich nicht mit einem Anruf gerechnet.

„Hast du Lust auf einen Schlummertrunk, Gemma? Ich bin gerade fertig und könnte dich bei dir zu Hause abholen."

„Klingt gut", sagte ich mit einem Lächeln. „Bis gleich."

Zehn Minuten später stieg ich in Devlins schwarzen Jaguar und gab ihm zur Begrüßung einen flüchtigen Kuss auf die Lippen.

„Wohin fahren wir?", fragte ich.

„Tja, weißt du ..." Devlin rieb sich müde den Nacken. „Würde es dir etwas ausmachen, wenn wir einfach zu mir nach Hause fahren? Ich bin wirklich k.o. und würde mich lieber entspannen und zu

Hause etwas trinken." Er lächelte. „Du kannst bei mir übernachten, wenn du willst – und Müsli natürlich auch. Willst du sie schnell holen?"

„Oh, Müsli ist heute Abend nicht da – sie schläft heute bei Mrs Purdy." Ich musste grinsen, als ich seinen verwirrten Gesichtsausdruck bemerkte. „Das ist eine lange Geschichte, die erzähle ich dir später. Aber was ist mit deiner Mum? Möchtest du den Abend nicht lieber mit ihr verbringen?"

Devlins Miene verfinsterte sich. „Mum ist ausgegangen."

„Oh." Ich sah ihn von der Seite an und fragte zaghaft: „Ähm ... in diese Weinbar in Jericho?"

Devlin nickte knapp.

„Weißt du, Devlin, vielleicht machst du dir unnötig Sorgen."

„Wie meinst du das?", fragte er. „Erzähl mir nicht, dass du dich auf die Seite meiner Mutter schlägst! Hältst du es für vernünftig, mit fremden Männern auszugehen, die du gerade erst kennengelernt hast?"

„Nun, ich ..." Ich zögerte und wusste nicht recht, wie ich es ausdrücken sollte. „Die Sache ist die ... bei näherer Betrachtung ist es doch das, was Leute ständig machen, oder? Ich meine, viele Frauen gehen mit Männern aus, die sie kaum kennen. Stell dir vor, ich lerne dich in einer Kneipe kennen und du schlägst vor, dass wir uns auf einen Drink oder zum Essen verabreden – dann wüsste ich auch nichts von dir und hätte keine Ahnung, worauf ich mich einlasse. Ich müsste mich auf meine Einschätzung deines Charakters verlassen."

„Das ist etwas anderes", knurrte Devlin gereizt.

„Nein, ist es nicht", widersprach ich. „Du solltest deiner Mutter zutrauen, dass sie auf sich aufpassen kann. Sie ist kein kleines Mädchen, sie ist eine Frau um die vierzig –"

„Ja, aber sie benimmt sich nicht wie eine Frau um die vierzig", gab Devlin mürrisch zurück. „Das ist das Problem mit meiner Mum. Sie benimmt sich wie ein Teenager! Sie ist so leichtsinnig und … und verantwortungslos. Sie denkt nie an mögliche Gefahren oder Konsequenzen – sie denkt nur daran, so viel Spaß wie möglich zu haben."

„Ich finde, du bist ihr gegenüber nicht fair. Ich meine, sie ist ein Freigeist und das ist doch eigentlich ganz schön. Wenn du wüsstest, wie es ist, eine Mutter wie meine zu haben, die immer dermaßen pedantisch und korrekt ist … Und okay, vielleicht lebt deine Mutter nicht so, wie du es gerne hättest, möglicherweise geht sie mit manchen Dingen ein bisschen … äh … entspannter um, aber das bedeutet nicht, dass sie nicht weiß, was sie tut. Du solltest ihr vertrauen."

Devlin antwortete nicht und wir fuhren einige Minuten schweigend weiter. Wie war ich nur in diese unmögliche Situation geraten, zwischen meinen Freund und seine Mutter? Als wir vor Devlins Haus anhielten, einer großen umgebauten Scheune an einer schmalen Landstraße am Rand von Oxford, wagte ich einen vorsichtigen Blick in seine Richtung.

Er saß tief in Gedanken versunken da, und in mir keimte die Furcht auf, dass diese angespannte Atmosphäre den ganzen Abend bestimmen würde.

An der Haustür ergriff er jedoch meine Hand und sagte leise: „Vielleicht hast du recht, Gemma. Ich schätze, es hat mit meiner Arbeit zu tun, ich weiß leider nur zu gut, welche Gefahren da draußen lauern." Er seufzte, dann straffte er die Schultern und fügte mit einem schiefen Lächeln hinzu: „Aber du hast recht: Ich sollte mehr Vertrauen in meine Mutter haben. Schließlich ist sie nicht auf einer wilden Party – sie ist nur in einer Weinbar in Jericho."

„Und ich bin sicher, dass sie nichts Leichtsinnigeres tut, als sich ein paar Gläser Rotwein zu gönnen", sagte ich, lächelte und drückte seine Hand.

„Dann komm – ich glaube, es ist an der Zeit, dass wir selbst ein paar Gläser Rotwein trinken." Devlin legte mir den Arm um die Schultern und führte mich ins Haus.

Ich freute mich, dass sein Ärger verflogen schien, und wir scherzten und alberten herum, als wir in die Küche gingen und Devlin uns beiden ein Glas Wein einschenkte.

„Wie wär's mit einem Snack? Ich habe seit einem Sandwich um fünf nichts mehr gegessen und bin am Verhungern." Devlin öffnete die Kühlschranktür und zählte auf: „Ich habe ein paar Scheiben Hähnchenbrust mit Honigkruste, einen griechischen

Nudelsalat, selbst gemachte Guacamole und eine Tomaten-Basilikum-Suppe, die ich schnell aufwärmen könnte."

Wie peinlich, dass der Kühlschrank eines hart arbeitenden Detectives mit einem ellenlangen Überstundenkonto besser bestückt war als der einer Tearoom-Betreiberin!

„Hm, dank der Silberlocken bin ich in den Genuss eines fantastischen Abendessens gekommen. Mir reichen ein paar Cracker, aber ich seh dir auch gerne beim Essen zu."

„Okay, dann gibt es Käse und Cracker für dich und für mich die Suppe."

Devlin war gerade dabei, einen Topf aus dem Schrank zu holen, als mein Handy vibrierte. Ich warf einen kurzen Blick darauf und staunte nicht schlecht: Es war eine Textnachricht von Keeley O'Connor.

„gemma … gemma … wusstest du, dass sich dein Name auf henna reimt? Lol … und ravenna … und dilemma … echt cool … lol"

Häh? Stirnrunzelnd las ich die Nachricht noch einmal. Sie ergab keinen Sinn. Sollte das ein Witz sein? Mein Handy vibrierte wieder und eine weitere Nachricht erschien.

„dilemma … lol … dilemma-gemma – schweres wort … kann ich nicht brauchen … kein Platz … LOL!!"

Das sah alles sehr besorgniserregend aus. Warum schickte mir Keeley diese seltsamen Nachrichten?

„Bist du sicher, dass du keine Suppe willst?"

Ich zuckte zusammen. „Wie bitte?" Devlin stand am Herd, rührte im Topf und sah mich erwartungsvoll an.

„Oh, nein, danke. Ähm, ich verschwinde mal kurz, okay?"

Ich huschte ins Bad, bevor Devlin antworten konnte, schloss mich ein und wählte Keeleys Nummer. Sie nahm nach dem zweiten Klingeln ab.

„Gemma?", kicherte sie. „Gemma? … Gemma? … klingt wie ein Echo …"

„Keeley, geht es dir gut?", fragte ich mit gedämpfter Stimme.

Sie kicherte. „Na klar! Mir geht's bestens. Komisches Wort, bestens, findest du nicht auch? Gut, besser, bestens. Mut, Messer, mestens. Haha, das ist was – mestens." Sie brach in schallendes Gelächter aus.

Oh, nein, war sie bekifft?

„Keeley, was ist los?", fragte ich eindringlich.

Sie kicherte. „Los? Bist du los?" Plötzlich hielt sie den Atem an. „Ich glaube, ich höre mein Haar wachsen …" Wieder ertönte das laute, kehlige Lachen.

Ach du meine Güte. Sie war total high. Mir wurde fast schwindelig, als ich mir Devlins Reaktion vorstellte.

„Hör zu, Keeley – wo bist du?", zischte ich.

„Hmm?"

„Wo bist du? WO BIST DU?"

„Gemma? Alles okay?" Devlins Stimme drang durch die Badezimmertür.

Ich hätte vor Schreck fast mein Handy fallen lassen. „Äh, ja, alles okay."

„Ich dachte, ich hätte dich mit jemandem reden hören."

„Ähm … nein, das war nur … äh … ich hab versehentlich die Sprachsteuerung auf meinem Handy aktiviert und sie hat mich immer wieder gefragt, was ich wissen will. Da hab ich ihr gesagt, sie soll die Klappe halten."

„Oh. Okay." Devlin klang skeptisch. „Also, das Essen ist fertig."

„Äh … danke. Ich komme gleich!"

Ich wartete, bis sich seine Schritte entfernt hatten, dann hielt ich das Telefon wieder ans Ohr. Im Hintergrund hörte ich dröhnende Musik, Gespräche und Gelächter.

„Keeley? Keeley, bist du noch dran?", flüsterte ich.

„Gemma! Nett, dass du an meinem Telefon bist! Ich dachte, deine Stimme käme vom Tisch – hahaha!"

Ich holte tief Luft und versuchte, so ruhig wie möglich zu sprechen. „Hör zu, Keeley – wo bist du? Bist du in der Weinbar in Jericho?"

„Blöde Weinbar", lallte Keeley. „Kein Spaß … viel besser hier …"

„Wo ist ‚hier'?", fragte ich verzweifelt. „Keeley, wo

bist du?“

„Wollte tanzen ... gute Musik ... Tanzen in der Brücke! In der Brücke ... tanzen in der Brücke ... eine Brücke mit Gras – hahaha!“

Gras? „Keeley, hast du Gras geraucht?“

„Nur einen kleinen Zug“, kicherte sie. „Ein kleiner Zug, zwei kleine Züge, drei kleine Züge, vier ... und mehr!“ Plötzlich hielt sie inne und ihre Stimme wurde ernst. „Weißt du, dass Teppiche deine besten Freunde sein können?“

Mir schwirrte der Kopf. Ich musste sie suchen und so schnell wie möglich in Sicherheit bringen, bevor ihr in ihrem wirren Zustand etwas passierte. „Keeley, hör zu, bist du in einem Club? In welchem Club? In welchem Club bist du?“

„Ich tanze in der Brücke!“, sang sie. „Hoppla!“

Ihre Stimme verstummte plötzlich und ich hörte ein Rascheln und Klopfen. Vermutlich war ihr das Handy aus der Hand gefallen, alle Geräusche klangen gedämpft. Dann herrschte auf einmal Stille. Leise fluchend wählte ich ihre Nummer, es klingelte und klingelte, aber niemand nahm ab.

„Gemma?“, hörte ich Devlin aus der Küche rufen. „Ist alles in Ordnung?“

„Ähm ... ja, einen Moment noch!“

Ich lehnte mich stöhnend an die Wand des Badezimmers und überlegte, was ich tun sollte. Natürlich konnte ich Devlin Bescheid sagen und ihm die ganze Sache überlassen. Aber der Gedanke, dass er seine Gras rauchende Mutter aus irgendeinem

Nachtclub in Oxford holen musste, ließ mich erschaudern. Okay, es war offenbar keine harte Droge wie Heroin oder Kokain, und die meisten Studenten hatten in ihrer College—Zeit Erfahrungen damit gemacht, aber dass die eigene Mutter? Stoned? Nicht auszudenken! Außerdem war Devlin Polizist und ich bezweifelte, dass er die Sache locker nehmen würde. Außerdem würde es ihn furchtbar verletzen – für ihn wäre es die Bestätigung, dass seine Mutter leichtsinnig und verantwortungslos war. Und das, nachdem ich ihn gerade überzeugt hatte, Keeleys Urteil zu vertrauen!

Ich würde sie selbst suchen müssen, beschloss ich. Wenn ich es irgendwie schaffte, sie ins Haus zu schmuggeln und ins Bett zu bringen, brauchte Devlin nicht zu erfahren, wo sie gewesen war und was sie gemacht hatte. Ich hatte keine Ahnung, wie ich das anstellen sollte, aber darüber konnte ich mir jetzt nicht den Kopf zerbrechen. Zunächst musste ich sie ausfindig machen. Sie war auf jeden Fall in einem Club – das ließ sich unschwer an der Musik im Hintergrund erkennen -, aber wie in den meisten Universitätsstädten gab es auch in Oxford mehrere Tanzclubs für die Studenten. Wahrscheinlich wäre ich die ganze Nacht unterwegs, um sie alle abzuklappern! Ich überlegte, was Keeley am Telefon gesagt hatte. Sie hatte erwähnt, dass sie in der Brücke tanzte – und einer der beliebtesten Clubs in Oxford hieß The Bridge. Die Brücke. Ob sie dort war?

Es war einen Versuch wert. Ich lief in die Küche,

wo Devlin gerade Suppe in eine Schüssel schöpfte. Er blickte lächelnd auf.

„Ich dachte, wir könnten vor dem –"

„Ähm ... Devlin, es tut mir wirklich leid, aber ich muss noch mal schnell weg ... kannst du mir dein Auto leihen?"

„Jetzt?" Er sah mich erstaunt an. „Warum? Was ist passiert?"

Ich wand mich innerlich. Ich musste ihn schon wieder anlügen und das hasste ich. „Cassie hat mich gerade angerufen, sie ist völlig fertig. Es ist eine Art Notfall – ich muss zu ihr."

„Ein Notfall? Ist sie verletzt?"

„Oh, nein, nein ... es ist ... äh ... Beziehungsstress", erklärte ich lahm.

Zu meiner Erleichterung hegte Devlin die typische männliche Abneigung gegen jede Art von Liebesdramen und stellte keine weiteren Fragen. Stattdessen griff er in eine flache Schale auf dem Küchentresen und warf mir seine Autoschlüssel zu.

„Danke." Ich fing sie mit einer Hand. „Ähm ... es könnte eine Weile dauern, also geh ruhig schlafen!"

Kapitel 23

Ich war noch nie im The Bridge gewesen und hatte mir vorgestellt, dass ich mir in einem dunklen Nachtclub bei dröhnender Musik einen Weg durch die verschwitzte Menge bahnen musste, um vergeblich nach Keeley zu suchen. Doch ausnahmsweise war das Glück auf meiner Seite: Als ich die Lobby betrat, sah ich eine attraktive blonde Frau an der Wand lehnen. Sie war in Begleitung einiger junger Männer, die alle auf eine leere Chipstüte in der Hand eines Mannes starrten und dabei hemmungslos kicherten. Ein schwacher, süßlicher Duft stieg mir in die Nase, als ich mich ihnen näherte.

„Keeley?" Ich legte ihr sanft die Hand an den Ellbogen.

„Gemma, mein Schatz!" Sie strahlte und schlang die Arme um mich. „Ich hab dich lieb."

„Äh … ich hab dich auch lieb", sagte ich und löste mich vorsichtig aus ihrer Umarmung. „Ich bringe dich jetzt nach Hause.“

„Nach Hause?“, schmollte sie. „Ich will nicht nach Hause ... es ist so lustig hier!“

„Aber ...“ Ich wollte ihr begreiflich machen, dass sie zu Hause besser aufgehoben war, merkte dann aber, dass es zwecklos war. Stattdessen lächelte ich sie an und nahm ihre Hand. „Hör zu, Keeley – soll ich dir etwas unglaublich Schönes zeigen?“

„Oh ja! Wo?“

„Komm mit.“ Ich zog sie behutsam zum Ausgang. Draußen angekommen, dirigierte ich sie zu Devlins Jaguar, den ich auf einer doppelt durchgezogenen gelben Linie hatte stehen lassen. Zum Glück war er noch da. Das hätte das Fass zum Überlaufen gebracht: Das Auto des Top-Detectives der Kripo Oxfordshire wurde wegen Falschparkens abgeschleppt, während seine Mutter beim Marihuanarauchen erwischt wurde!

„Oh, sieh mal!“ Keeley blieb beim Auto stehen und wies auf eine Straßenlaterne. „Ein schöner Stern!“

„Ja, wunderschön ...“, murmelte ich und versuchte, sie auf den Beifahrersitz zu bugsieren. „Komm schon, steig jetzt ein.“

„Aber ich will den Stern sehen.“

„Du kannst ihn vom Auto aus viel besser sehen“, versprach ich ihr.

Mit einer Mischung aus Flehen und Schmeicheln gelang es mir, sie ins Auto setzen. Es war fast Mitternacht, als wir uns auf den Rückweg machten. Ich fuhr sehr vorsichtig, denn ich kannte mich mit

Devlins PS-starkem Jaguar nicht gut aus. Dass Keeley immer wieder lautstark auf irgendetwas am Wegesrand zeigte, machte die Sache nicht gerade leichter. Als wir schließlich in Devlins Einfahrt einbogen, war ich schweißgebadet.

Zum Glück schien Keeley endlich etwas ruhiger zu werden. Sie lehnte den Kopf an die Beifahrertür, als ich den Motor abstellte.

„Ich glaube, ich schlafe ein Runde", murmelte sie und gähnte herzhaft.

„Oh nein, nicht im Auto!", erwiderte ich schnell, packte sie am Arm und versuchte, sie wieder aufzurichten. „Komm, ich bringe dich ins Bett."

Ich zerrte sie aus dem Auto und schob ihre schlaffe Gestalt den Weg zur Haustür hinauf. Im Haus war alles dunkel. Ich war fast anderthalb Stunden unterwegs gewesen, und da Devlin nach seinem Dienst sehr müde gewesen war, hoffte ich inständig, dass er schon schlief. Ich hatte mir auf der ganzen Rückfahrt den Kopf zerbrochen, wie ich ihm Keeleys Zustand erklären sollte, ohne ihn misstrauisch zu machen, aber mir war nichts eingefallen. Wenn ich sie jetzt unbemerkt auf das Sofabett im Erdgeschoss schmuggelte, würde er seine Mutter erst am Morgen zu Gesicht bekommen – und bis dahin hatte sie ihren Rausch hoffentlich ausgeschlafen.

Langsam drehte ich den Schlüssel im Schloss, stieß die Tür auf und spähte hinein. Im Erdgeschoss brannte kein Licht. Vielleicht hatte ich Glück. Ich schnappte mir Keeley, die anscheinend im Stehen, an die Haustür gelehnt, eingeschlafen war – und zerrte sie ins Haus. So leise ich konnte, schlich ich mit ihr im Schlepptau durch das Wohnzimmer. Das Schlafsofa war bereits ausgezogen, Keeley hatte ihre Sachen achtlos darauf geworfen. Ich schob die Decke zurück und lenkte Devlins Mutter zum Bett.

„So müde ...", murmelte sie, als sie sich in die Kissen fallen ließ.

Ich überlegte gerade, ob ich versuchen sollte, sie auszuziehen, als ich von oben ein Geräusch hörte. Ich warf einen Blick auf die offene Treppe, die zum Zwischengeschoss und zu Devlins Schlafzimmer führte, und wartete mit angehaltenem Atem, dass seine langen Beine zum Vorschein kamen. Als alles ruhig blieb, entspannte ich mich wieder. Dennoch beschloss ich, kein Risiko mehr einzugehen. Keeley musste in ihren Kleidern schlafen; wahrscheinlich war es nicht das erste und auch nicht das letzte Mal.

Ich deckte sie zu und flüsterte: „Gute Nacht!" Dann schlich ich auf Zehenspitzen die Treppe hinauf in den zweiten Stock. Die Doppelflügeltüren, die Devlins Schlafzimmer von dem kleinen Wohnbereich auf dem Treppenabsatz trennten, standen einen Spalt offen. Ich schlüpfte hinein und schloss die Türen hinter mir, dann hielt ich einen Moment inne, damit sich meine Augen an die Dunkelheit gewöhnten.

„Gemma?", fragte Devlin schläfrig.

„Hallo", sagte ich leise und tappte vorsichtig auf

das Bett zu. „Tut mir leid, dass ich dich geweckt habe."

„Schon gut – ich wollte eigentlich auf dich warten, aber ich bin immer wieder auf der Couch eingenickt, also habe ich beschlossen, hochzukommen." Devlin stützte sich auf den Ellbogen. Mit seinem zerzausten dunklen Haar und den Bartstoppeln, die ich im schwachen Licht der Straßenlaterne vor dem Haus erkennen konnte, sah er ungemein sexy aus. „Wie geht's Cassie?"

„Cassie? Oh … Cassie! Ähm … es geht ihr gut … ich meine, es geht ihr nicht wirklich gut, weißt du … der Typ, mit dem sie zusammen ist, ist ein Volltrottel. Aber wir haben geredet und sind ordentlich über ihn hergezogen und sie fühlt sich jetzt besser." Morgen musste ich Cassie unbedingt warnen, dass sie heute Abend eine Beziehungskrise gehabt hatte, damit sie sich bei Devlin nicht verplapperte.

„Dann ist ja gut." Devlin gähnte, dann hob er erschrocken den Kopf, als er von unten ein Geräusch hörte. „Was war das?"

„Oh, das muss deine Mum sein. Ich … ähm … habe sie gesehen, als ich reinkam. Sie hat sich ein Taxi genommen."

„Wirklich?" Devlin sah erfreut aus. „Ich hätte nicht gedacht, dass sie jetzt schon nach Hause kommt. Du hattest recht, Gemma – ich hätte ihr vertrauen sollen", fügte er lächelnd hinzu.

Ich wagte nicht, ihn anzusehen. „Äh … ja … okay. Ich geh mir nur eben die Zähne putzen und zieh mich aus. Höchste Zeit, dass wir schlafen.“

Devlin hob eine Augenbraue und grinste vielsagend. „Oh, du kannst dich gerne ausziehen, Gemma Rose, aber ich kann mir etwas viel Besseres vorstellen als zu schlafen ...“

Ich lachte und kam zu dem Schluss, dass der Abend vielleicht doch nicht so katastrophal verlief, wie ich befürchtet hatte.

Kapitel 24

Am nächsten Morgen brachen Devlin und ich früh auf – er, um zur Wache zu fahren, und ich, um in meinem Cottage zu duschen und mich umzuziehen, bevor ich mich auf den Weg zur Teestube machte. Glücklicherweise schlief Keeley noch fest, als wir auf Zehenspitzen aus dem Haus schlichen, sodass keine peinlichen Fragen zu befürchten waren. Allerdings ließ mich die bange Frage nicht los, was sie wohl später ihrem Sohn erzählen würde, wenn er sie zum Morgentee bei meinen Eltern abholte.

Eine Stunde später verließ ich mein Haus und fuhr mit dem Fahrrad die St. Aldate's Street hinauf in Richtung Stadtzentrum. Nach den Aufregungen vom Vorabend hatte ich das Gefühl, dass ich einen starken Kaffee brauchte – richtigen frischen Kaffee, nicht die Instantbrühe, die ich normalerweise in meiner Küche anrührte. Anstatt mich wie üblich direkt nach Meadowford zu begeben, steuerte ich eine kleine Bäckerei mit angeschlossenem Sandwichladen an, die ich in meiner Studentenzeit oft besucht hatte.

Mit seiner gestreiften Markise und dem hölzernen A-Rahmen-Schild vor der Tür wirkte der Laden so vertraut wie eh und je und bot im Übrigen immer noch frischen Tee und Kaffee und ein kontinentales Frühstück an. Ich stellte mich in die Warteschlange, nahm schließlich meinen Becher mit dampfendem Kaffee entgegen und wollte gerade gehen, als ich erkannte, wer hinter mir in der Schlange gestanden hatte. Ich merkte, wie sich mein Puls beschleunigte – es war Maddie Gill, die Fernsehproduzentin.

Unsere Blicke trafen sich und sie lächelte höflich. „Hi, Sie sind Gemma, nicht wahr? Die Betreiberin der Teestube in Meadowford?"

„Ja, stimmt. Die mit den Eierpuddingtörtchen", fügte ich mit schiefem Grinsen hinzu.

„Es tut mir wirklich leid", sagte sie verlegen. „Jerrys Auftritt neulich war ... äh ..."

„Das ist schon in Ordnung", versicherte ich ihr. „Ich habe es mir nicht zu Herzen genommen."

„Wenn es Sie beruhigt – Sie sind nicht die Einzige, bei der er sich so aufgeführt hat. Er ist ... er hat den Ruf, manchmal etwas ... äh ... streitlustig zu sein."

„Es ist bestimmt nicht leicht, mit ihm zu arbeiten", sagte ich mitfühlend.

Sie verdrehte die Augen. „Ein wahres Wort."

Ich wartete, bis auch sie ihren Kaffee bekommen

hatte, und ging dann neben ihr zurück auf die Straße. „Ähm ... also, wie geht es jetzt mit der Fernsehsendung weiter?"

Sie zuckte mit den Schultern. „Das steht noch nicht fest. Jerry hat ein paar Ideen, aber da die polizeilichen Ermittlungen nicht abgeschlossen sind, ist alles irgendwie in der Schwebe. Ehrlich gesagt, kann ich immer noch nicht ganz glauben, dass Josh tot ist. Und nicht nur tot wie ... wie bei einem Unfall. Nein, er wurde ermordet. Es ist verrückt!" Sie schüttelte den Kopf. „Ich meine, so etwas passiert im Fernsehen, in Serien, wie ich sie produziere, verstehen Sie? Nicht im wirklichen Leben."

„Können Sie sich vorstellen, warum jemand Josh umgebracht hat?"

Sie wich meinem Blick aus. „Nun, in unserer Branche trifft man immer wieder auf instabile Charaktere – vor allem, wenn jemand so beliebt ist wie Josh."

„Was meinen Sie damit?"

„Ich tippe auf einen verrückten Fan."

„Sie glauben, ein Fan hat das getan?", fragte ich. „Aber ... das ergibt keinen Sinn. Warum sollte ihn jemand umbringen, wenn er so beliebt war?"

Sie zuckte erneut mit den Schultern. „Wer weiß? Manchmal haben Menschen seltsame Anwandlungen. Ich habe da Geschichten gehört ... Fans, die von einer Beziehung mit einem Star träumen und dann ausflippen, wenn sie sich einbilden, dass der Prominente sie betrogen hat. Sie kommen sich vor, als habe man sie wie einen alten Lappen behandelt, den man benutzt und dann wegwirft."

Ich runzelte die Stirn. Wo hatte ich diesen Satz schon einmal gehört? Dann fiel es mir wieder ein: Als ich mit Antonio im Pub gesessen hatte. Die hysterische Frau am Telefon hatte fast genau dieselben Worte benutzt. Es war ein ungewöhnlicher Vergleich – konnte es sein, dass Maddie durch puren Zufall die gleiche Formulierung verwendete?

Ich betrachtete Maddie mit anderen Augen. Sie war die hysterische Frau am Telefon gewesen. Als ich sie gestern in der Stadt gesehen hatte, hatte sie rotgeweinte Augen und das war direkt nach meiner Verabredung mit Antonio Casa gewesen. Jetzt ergab natürlich alles einen Sinn! Die Worte von Keeley O'Connor kamen mir wieder in den Sinn: „Sie weint um einen Mann." Ich musste schmunzeln. Devlins Mutter hatte recht gehabt. Maddie war unglücklich gewesen, weil sie sich gerade mit Antonio Casa gestritten hatte und dachte, er würde sie betrügen.

„Stimmt etwas nicht?"

Ich fuhr zusammen und sah, dass Maddie mich nervös anstarrte.

„Oh ... äh ... es ist nichts. Tut mir leid. Ich war mit den Gedanken woanders."

Sie warf mir einen seltsamen Blick zu, sagte aber nichts. Stattdessen nickte sie mir zum Abschied zu. „Nun, es war nett, mit Ihnen zu plaudern. Passen Sie auf sich auf."

Sie ging davon. Ich sah ihr nach und rannte ihr dann aus einem Impuls heraus hinterher.

„Maddie! Warten Sie!"

Sie drehte sich um. Ich blieb leicht keuchend vor ihr stehen.

„Maddie, Sie haben eine Affäre mit Antonio Casa, nicht wahr?"

Sie zuckte zusammen, als hätte sie sich verbrannt. „Ich ... ich weiß nicht, wovon Sie reden."

„Gestern haben Sie sich mit ihm gestritten ... am Telefon. Sie dachten, er würde Sie betrügen, weil er sich mit einer anderen Frau zum Lunch getroffen hat."

Ihre Augen weiteten sich. „Woher ... wie können Sie das wissen?"

„Ich war die andere Frau."

Sie stotterte: „Sie? Sie waren mit Antonio zum Lunch verabredet?"

„Oh, es war kein romantisches Date", versicherte ich ihr. „Zumindest nicht von meiner Seite aus. Ich war nur bereit, mich mit ihm zu treffen, weil ich ihm Fragen zum Mord an Josh stellen wollte."

In Maddies Gesicht spiegelten sich Erleichterung, Freude, Verlegenheit und – wie ich mit Interesse feststellte – ein Anflug von Angst.

„Sie wissen, dass Antonio zum Kreis der Verdächtigen gehört?", fragte ich.

„Ich habe es gehört, aber das ist lächerlich", sagte sie schnell.

„Es ist nicht lächerlich – es ist sogar sehr

schlüssig. Dass sich die beiden Köche nicht ausstehen konnten, war allgemein bekannt, und von Antonio weiß man, dass er sehr jähzornig ist."

„Ja, aber das heißt doch nicht, dass er jemanden umbringen würde!"

„Nicht einmal aus Rache? Oder um einen Rivalen loszuwerden? Kommen Sie, Antonio ist überzeugt, dass Josh versucht hat, sein neues Restaurant zu sabotieren, und er war wütend, weil Josh ihn in der nächsten Staffel von ‚Superchef' ersetzen sollte. Josh zu töten hätte nicht nur seine Rachgier befriedigt, er wäre auch einen Rivalen losgeworden, der ihm im wahrsten Sinne des Wortes die Show zu stehlen drohte. Antonio war ursprünglich Elektriker, also wäre es ein Leichtes gewesen, die Kabel zu manipulieren. Und dann wurde er an dem Abend, an dem Josh getötet wurde, in der Nähe des Speisesaals gesehen."

„Woher wissen Sie das?", fragte Maddie.

„Ich war diejenige, die ihn gesehen hat."

Sie sah verblüfft aus. „Nun ... das bedeutet nicht ... dass ... Sie irren sich!", stammelte sie.

„Ich irre mich nicht – ich weiß, dass ich ihn gesehen habe. Er schlich durch den Korridor, der die Küche mit dem Speisesaal verbindet, und ich wette, er kam gerade aus dem Speisesaal, wo er sich an dem elektrischen Quirl zu schaffen gemacht hat."

„Nein! Nein, Antonio war nicht im Speisesaal! Das müssen Sie mir glauben!"

„Woher wollen Sie das wissen?"

„Ich ... ich ..." Sie zögerte, dann sagte sie überstürzt: „Ich war nicht die ganze Zeit bei ihm!"

„Aber haben Sie der Polizei nicht gesagt, dass Sie die ganze Zeit mit Jerry Wallis im Speisesaal waren?" Ich ließ sie nicht aus den Augen.

Maddie zögerte erneut, dann senkte sie den Kopf und sagte mit leiser Stimme: „Ich habe gelogen."

„Sie waren also gar nicht im Speisesaal?"

„Nein, ich wusste, dass Antonio auf dem Ball war – oh, eigentlich sollte er gar nicht da sein, aber Joshs Versuch, sein Restaurant zu sabotieren, hat ihn so wütend gemacht, dass er ihn zur Rede stellen wollte."

„Moment mal – ich dachte, das sei nur eine unbewiesene Anschuldigung von Antonio gewesen. Josh hat bestritten, etwas damit zu tun zu haben."

„Natürlich hat er es bestritten", meinte Maddie trocken. „Er war sehr geschickt darin, die Medien zu manipulieren. Er verstand es, die Dinge so zu drehen, dass er immer wie ein Unschuldsengel aussah. In Wirklichkeit war Josh McDermott ein rücksichtsloser, kaltherziger Schweinehund, dessen Blick nur darauf gerichtet war, wie ihm ein Mensch nutzen konnte, und der sich nicht gescheut hat, zu ziemlich zweifelhaften Methoden zu greifen, um zu bekommen, was er wollte. Er hat sich das mit den Tischreservierungen ausgedacht, um Antonios Restauranteröffnung zu sabotieren und ihn zu demütigen – und ich kann Ihnen versichern, dass er es genossen hat. Und er hat es ebenfalls genossen, sich hinterher ganz unschuldig zu geben und so zu tun, als sei er der Geschädigte, damit alle Mitleid mit ihm haben ... oh, das war alles Teil von Joshs Masterplan."

„Woher wissen Sie das alles?"

„Weil er mich gebeten hat, einige der Reservierungen vorzunehmen! Er konnte es natürlich nicht selbst tun – es war zu riskant, weil man seine Stimme hätte erkennen können – und außerdem macht Josh nie seine eigene Drecksarbeit. Also hat er Jerry beauftragt, ein paar Anrufe zu tätigen. Aber er wollte auch eine weibliche Stimme und hat mich gefragt. Als ich abgelehnt habe, war er sehr wütend ... aber er brauchte mich für seine Sendung, daher konnte er mich nicht entlassen. Er wusste, dass ich die Beste in der Branche für diese Art von Produktion bin, und er konnte es sich nicht leisten, mich zu verlieren. Also hat er stattdessen ein anderes weibliches Mitglied der Crew bezirzt und sie weitere Reservierungen vornehmen lassen."

„Hatte er keine Angst, dass sie es hinterher der Presse erzählen könnte?"

Maddie zuckte mit den Schultern. „Wahrscheinlich nicht. Josh war von seinem Charme sehr überzeugt, und ich glaube, dank seiner Arroganz ist es ihm nie in den Sinn gekommen, dass ihn jemand verraten könnte. Er war sich sicher, dass wir alle in Liebe zu ihm entbrannt waren und alles für ihn tun würden."

„Aber *Sie* waren es offensichtlich nicht ... Ich nehme an, dass niemand in Joshs Gefolge von Ihrer

Affäre mit Antonio wusste?"

Sie errötete. „Nein. Ich … ich habe es geheim gehalten. Das hat es noch aufregender gemacht, es war wie eine Verbrüderung mit dem Feind." Sie begegnete meinem Blick und reckte trotzig das Kinn in die Höhe. „Aber auch ohne meine Beziehung zu Antonio hätte ich mich geweigert, bei Joshs Plan mitzumachen. Das war einfach nur ekelhaft."

„Und Sie haben Antonio davon erzählt?"

„Nun, ich dachte, er hätte ein Recht darauf, es zu erfahren! Er war wahnsinnig wütend! Antonio tut zwar so, als sei er ein echter Macho, aber in Wirklichkeit ist er ziemlich sensibel, wissen Sie", sagte sie und ihr Blick wurde weicher. „Nach dem Desaster bei der Eröffnung war er völlig am Boden zerstört, und ich konnte es nicht ertragen, ihn so zu sehen. Vor allem, weil es nicht seine Schuld war – er war nur das Opfer einer niederträchtigen, bösartigen Schikane." Sie seufzte. „Im Nachhinein betrachtet war es wahrscheinlich eine schlechte Idee. Ich hätte wissen müssen, dass Antonio ihn zur Rede stellen würde."

„Deshalb ist er also auf den Ball gekommen", stellte ich fest. „Nicht, um eine Freundin zu treffen, wie er der Polizei erzählt hat."

„Ja, Antonio wollte Josh unbedingt zur Rechenschaft ziehen – aber nicht, indem er ihm körperlichen Schaden zufügt", sagte sie hastig, als sie meinen Gesichtsausdruck sah. „Er wollte Josh während der Live-Übertragung der Kochshow mit seinen Vorwürfen konfrontieren und allen im Publikum die Wahrheit über Joshs miese Machenschaften erzählen. Es wäre eine Möglichkeit gewesen, Josh öffentlich zu demütigen und seinen Fans sein wahres Wesen zu offenbaren."

„Woher wissen Sie, dass Antonio nicht noch etwas Drastischeres geplant hatte?"

„Das würde er nicht tun!", rief sie. „Ich kenne Antonio. Er macht zwar viel Lärm und heiße Luft, aber er ist kein boshafter Mensch. Es sind die Typen wie Josh, vor denen man sich in Acht nehmen muss – charmant und wortgewandt, die einem ins Gesicht lächeln, während sie einem ein Messer in den Rücken rammen."

Ich brauchte einen Moment, um das zu verdauen. Obwohl ich keinen Beweis für ihre Behauptungen hatte, musste ich einräumen, dass Maddies leidenschaftliches Plädoyer für Antonio überzeugend war. Ich mochte ihn nicht und fand ihn ziemlich abstoßend, aber ich war instinktiv zu dem Schluss gekommen, dass er nicht der Mörder war. Er war zu einfach, zu gradlinig. Bei Antonio Casa gab es keine Doppeldeutigkeiten, er war nicht subtil, sondern sagte geradeheraus, was er dachte. Wenn er wütend war, könnte er jemandem den Schädel einschlagen, aber er war nicht der durchtriebene Typ, der einen kaltblütigen Mord plante.

Und was Josh anging ... was ich im Laufe der letzten Tage über ihn erfahren hatte, überraschte mich nicht. Vielleicht hatten Cassies Skepsis und ihre Verachtung für ihn auf mich abgefärbt, aber ich konnte mir durchaus vorstellen, dass sich hinter seinem strahlenden Lächeln ein hinterhältiger Egoist verbarg.

„Ich habe Antonio tatsächlich in der Nähe des Speisesaals gesehen. Da bin ich mir sicher."

„Ja", gab Maddie schließlich zu. „Er hat mir eine Nachricht geschickt, dass er auf dem Ball war und Josh zur Rede stellen wollte. Ich geriet in Panik. Ich wollte keine hässliche Szene und außerdem wollte ich verhindern, dass Antonio aller Welt erzählte, woher er von Joshs Sabotageaktion wusste. Also versuchte ich, ihn aufzuhalten. Zum Glück war er noch nicht im Speisesaal, als wir dort ankamen – ich sah ihn vor dem Gebäude herumschleichen. Er wartete offensichtlich darauf, dass Josh auftauchte. Ich ging mit Josh und Jerry durch den Hintereingang, aber ich ließ sie vor mir in den Speisesaal gehen, blieb im Korridor zurück, um Antonio abzufangen, und nahm ihn zur Seite, um mit ihm zu sprechen. Es hat mich einige Mühe gekostet, aber ich konnte ihn davon überzeugen, nicht hineinzugehen und Josh zur Rede zu stellen."

„Aber ich habe Sie mit Jerry herauskommen sehen", bemerkte ich. „Und dann habe ich Antonio gesehen, als ich selbst hineingegangen bin – er war also noch im Gebäude, als Sie schon weg waren."

„Ja, wir hörten jemanden aus dem Speisesaal kommen, also habe ich Antonio durch den anderen Korridor geschleust – Sie wissen doch, dass sich der

Flur teilt? Jedenfalls blieben wir an der Küchentür stehen und sahen eine blonde Frau, die den anderen Gang hinunter aus dem Gebäude lief. Ich glaube nicht, dass sie uns gesehen hat, sie schien selbst darum bemüht, nicht gesehen zu werden."

„Das muss Leanne gewesen sein."

„Wer?"

„Ach, nichts", sagte ich schnell. „Und was ist dann passiert?"

„Nun, etwa fünf Minuten, nachdem sie gegangen war, hörte ich, wie jemand anderes aus dem Speisesaal den Flur entlangkam, und diesmal war es Jerry. Ich hatte Antonio gebeten, an der Küchentür zu warten, dann habe ich Jerry abgefangen und habe in seiner Begleitung das Gebäude verlassen. Der Plan war, dass Antonio uns nach draußen folgen sollte, sobald die Luft rein war – aber natürlich hatte er nicht mit Ihnen gerechnet. Als er Sie sah, musste er sich schnell umdrehen und so tun, als gehe er in die Küche."

„Oh ..." Ich dachte an den kurzen Blick, den ich von ihm erhascht hatte. „Er war also gar nicht in der Küche?"

„Nein, sobald Sie im Speisesaal verschwunden waren, ist Antonio nach draußen gerannt. Ich habe auf ihn gewartet und Wache gehalten - er sollte mir eine Nachricht schicken, sobald er wieder draußen war, und ich habe Blut und Wasser geschwitzt, als ich nichts von ihm gehört habe." Sie sah mir direkt in die Augen. „Aber er war nur ein paar Minuten allein zwischen dem Moment, in dem ich ihn verlassen habe, und dem Moment, in dem Sie ihn gesehen haben – in dieser Zeit kann er unmöglich in den Speisesaal gegangen sein, um den Quirl zu manipulieren."

Da musste ich ihr recht geben. Es sah so aus, als könne Antonio nicht der Mörder gewesen sein, aber plötzlich wurde mir klar, dass es noch jemanden gab, der als Verdächtiger in Frage kam.

„Sie haben der Polizei gesagt, Sie seien durchgehend mit Jerry Wallis im Speisesaal gewesen. Das war gelogen – und er wusste es. Warum hat er nicht widersprochen? Haben Sie ihn gebeten, Sie zu decken?"

Maddie schüttelte den Kopf. „Ich hatte keine Gelegenheit, mit ihm zu sprechen, bevor die Polizei eintraf. Der Detective Sergeant hat uns zusammen verhört, und als ich sagte, ich sei die ganze Zeit im Speisesaal gewesen, hat Jerry das bestätigt." Sie zuckte mit den Schultern. „Ich war etwas überrascht, aber dann dachte ich, dass er die Dinge vielleicht nicht komplizierter machen wollte, als sie waren. Ich meine, wenn es um Mord geht, will niemand Verdacht erregen, und wahrscheinlich war es besser für ihn zu behaupten, er sei ununterbrochen mit mir zusammen gewesen."

Auf diese Weise hatte er sich ein wasserdichtes Alibi verschafft. Die Frage war nur, ob Jerry ein Alibi brauchte.

Maddie und ich verabschiedeten uns bald darauf

voneinander, und ich ging nachdenklich zu meinem Fahrrad zurück. Hatte ich möglicherweise alles aus der falschen Perspektive betrachtet? Wenn Joshs Ex-Freundin und auch sein Erzrivale unschuldig waren – war es dann sein Manager gewesen?

Kapitel 25

Ich war so sehr mit meiner neuen Theorie über den Mord an Josh McDermott beschäftigt, dass ich kaum über die bevorstehende Teerunde bei meiner Mutter nachgedacht hatte. Ich kam etwas zu spät (wie immer!), stellte schnell mein Fahrrad ab und eilte ins Haus, wo all ihre Freundinnen bereits im Wohnzimmer versammelt waren. Kerzengerade, die Knie fest zusammengepresst, saßen sie auf Sofa- und Sesselkanten und nippten diskret an ihrem Tee. Natürlich hatte meine Mutter zu diesem Anlass ihr bestes Royal Doulton aus dem Schrank geholt. Die Damen trugen die übliche Uniform aus Twinset, Bleistiftrock und Perlenkette, das Haar sorgfältig frisiert, das Make-up dezent und unauffällig. Und während sie so taten, als würden sie sich höflich unterhalten, spitzten sie alle die Ohren und warteten darauf, dass es an der Tür klingelte und die Special Guests des Tages ihren Auftritt hatten.

Am wachsamsten von allen war Helen Green, die

älteste und engste Freundin meiner Mutter. Sie begrüßte mich mit einem knappen Kopfnicken, als ich mich zu ihnen gesellte, und wandte sich dann an Lincoln, der wie immer die Rolle des pflichtbewussten Sohnes übernommen hatte: „Schatz, habe ich dir schon von dieser US-Studie erzählt, von der ich kürzlich gelesen habe? Sie hat ergeben, dass der Beruf des Polizeibeamten als einer der schlechtesten Berufe der Welt angesehen wird – er rangiert auf gleicher Position wie der eines Zimmermädchens oder eines Tellerwäschers in einem Restaurant."

Lincoln warf mir einen entschuldigenden Blick zu. „Äh … nein, davon hast du nichts erzählt."

„Nein? Auf jeden Fall fand ich das Ergebnis überraschend", sagte Helen und strich selbstzufrieden eine Falte in ihrem Rock glatt. „Man denkt immer, dass Polizeiinspektoren große Helden sind – woran zweifelsohne all die Kriminalromane und die Krimis im Fernsehen schuld sind -, aber in Wirklichkeit ist es ein undankbarer Job mit schlechter Bezahlung und schrecklichen Perspektiven. Man mag sich gar nicht ausmalen, was ihre armen Ehefrauen erdulden müssen!"

Lincoln räusperte sich und sagte dann zu mir: „Ähm … wie läuft es denn mit den Mordermittlungen, Gemma? Hat die Polizei irgendwelche neuen Spuren?"

„Ich bin mir nicht sicher. Ich hatte in den letzten Tagen kaum Gelegenheit, mit Devlin über den Fall zu sprechen." Ich beugte mich vor und fügte leise hinzu: „Übrigens, Lincoln – ich wollte dich schon lange fragen: Ist MNG in Lebensmitteln gefährlich?"

Lincoln runzelte die Stirn. „MNG? Also Mononatriumglutamat? Nun, früher war man der Ansicht, dass Glutamat unerwünschte Reaktionen oder eine Form von Lebensmittelallergie hervorrufen kann – was allgemein als ‚China-Restaurant-Syndrom' bekannt war. Demnach konnte der Verzehr von Lebensmitteln, die MNG enthalten, Kopfschmerzen, Hautrötungen, Schweißausbrüche und sogar Übelkeit verursachen, aber das hat sich als ein absolutes Märchen herausgestellt. Verschiedene medizinische Fachzeitschriften wie Clinical & Experimental Allergy haben jahrzehntelange Forschungsarbeiten ausgewertet, und es gibt keinerlei wissenschaftliche Beweise für diese Annahme. Die Lebensmittelbehörde in den Vereinigten Staaten hat umfangreiche Untersuchungen durchgeführt und MNG als sicher eingestuft. Es ist von Natur aus in vielen Lebensmitteln enthalten – zum Beispiel in Parmesankäse – und den Menschen, die behaupten, Probleme damit zu haben, haben keine Beschwerden, wenn sie nicht wissen, dass sie es zu sich nehmen."

„Oh, dann bilden sie sich das alles nur ein?"

„Im Grunde genommen, ja. Es ist eine dieser pseudowissenschaftlichen Theorien, die die Medien verbreiten und die irgendwann zur urbanen Legende werden." Lincoln sah mich verwundert an. „Warum fragst du?"

„Es war nur so ein Gedanke. In einem Fernsehinterview hat Josh McDermott kürzlich zugegeben, dass er MNG in seinen Gerichten verwendet, und da das anscheinend sehr umstritten ist, habe ich mich gefragt, ob vielleicht jemand ... na, du weißt schon ... das Interview gesehen hat und denkt, dass Josh ihn krank gemacht hat und sich rächen will."

„Das kann man nicht ausschließen. Hypochonder glauben alles Mögliche, und du weißt, wie mächtig die Psyche sein kann. Aber ... würdest du deshalb wirklich jemanden ermorden? Weil du glaubst, dass ein Gericht, das er zubereitet hat, für die Kopfschmerzen verantwortlich ist, die du nach dem Essen hattest?"

„Ich weiß, das klingt wirklich weit hergeholt. Na ja, es war ja nur eine Idee ..."

Als es an der Haustür läutete, sprang meine Mutter auf, um zu öffnen, während ihre Freundinnen wie gebannt zur Tür starrten. Gleich darauf führte sie Devlin und seine Mutter ins Wohnzimmer. Helen Green fielen bei Keeleys Anblick fast die Augen aus dem Kopf. Sie trug ein figurbetontes Kleid mit einem tiefen Ausschnitt, der nur wenig der Fantasie überließ. Für eine Frau ihres Alters hatte sie eine fantastische Figur, und dem ehrfürchtigen Ausdruck auf den Gesichtern von meinem Vater und Lincoln nach zu urteilen, hatte sie die Männer bereits für sich eingenommen. Die anderen Frauen im Raum jedoch beäugten sie, als sei sie eine exotische Pythonschlange, die sich in einem unbeobachteten Moment herangeschlängelt hatte.

Meine Mutter übernahm die Vorstellung und Keeley schüttelte lächelnd allen die Hand, wobei sie die deutlich spürbare Kühle, mit der sie empfangen wurde, gar nicht zu bemerken schien. Dann schwebte sie anmutig geradewegs auf Lincoln zu. Helen Green erstarrte, während die attraktive Erscheinung ihren Sohn mit einem verführerischen Lächeln bedachte.

„Verdammt, ich dachte, gutaussehende Ärzte gibt es nur im Fernsehen!" Keeley musterte Lincoln von oben bis unten. „Sie könnten es glatt mit diesem Typen aus ‚Grey's Anatomy' aufnehmen, wie hieß er noch gleich? McDreamy?"

Lincoln errötete bis zu den Haarwurzeln und stammelte etwas Unverständliches, während Helen aussah, als sei sie dem Erstickungstod nahe.

„Ähm … Mrs O'Connor, darf ich Ihnen einen Tee anbieten?", fragte meine Mutter, die unschlüssig neben ihr stand.

„Oh, gute Idee, danke. Ein Tee wäre jetzt genau das Richtige", freute sich Keeley. „Ich bin heute Morgen mit einem furchtbaren Kater aufgewacht – ich war gestern Abend lange aus, wissen Sie. Aber ich hatte viel Spaß und bin in meinem eigenen Bett aufgewacht, das war zur Abwechslung mal ganz nett. Normalerweise lande ich in einem fremden Bett." Sie lachte schallend.

Ein kollektives Aufkeuchen ging durch den Raum. Einige Frauen hielten sich entgeistert die Hand vor den Mund und sahen Keeley mit schreckgeweiteten Augen an. Etwas so wenig Damenhaftes hatten sie wohl noch nie gehört. Devlins Miene war wie versteinert und selbst meine Mutter schien ausnahmsweise um Worte verlegen.

„Äh, nehmen Sie Milch im Tee?", fragte sie schließlich munter. Als echte Britin flüchtete sie sich in übertriebene Höflichkeit und tat so, als sei nichts geschehen.

Keeley nahm die Teetasse entgegen, die ihr gereicht wurde, setzte sich und balancierte sie auf den Knien. „Prost, alle miteinander", sagte sie munter.

Ihre Handtasche, die sie gegen ihre Beine gelehnt hatte, fiel um, wobei sich ein Teil des Inhalts auf dem Boden verteilte. Ich blickte nach unten, dann weiteten sich meine Augen, als ich etwas zwischen Lippenstiften, Taschentüchern, Kaugummi und Haarnadeln sah … eine lange, dünne Papierrolle, die wie eine Zigarette geformt war und an einem Ende verbrannt war. Ein Joint.

Oh nein! Ich schnappte ihn mir, dann schaute ich mich verstohlen um. Keeley unterhielt sich lachend mit Lincoln, der nur Augen für sie hatte. Meine Mutter ging von einem zum anderen und füllte Tee nach, während Devlin auf der anderen Seite des Raumes mit meinem Vater sprach.

Puh. Ich entspannte mich ein wenig. Es sah so aus, als hätte niemand gesehen, was da aus Keeleys Handtasche gefallen war. Ich lehnte mich auf meinem Sessel zurück und überlegte, wie ich die weiche Papierrolle in meiner verschwitzten Handfläche loswerden sollte. Leider hatte ich keine Handtasche dabei und meiner Mutter zuliebe ausnahmsweise ein Kleid an und das hatte keine Taschen. Irgendwo musste ich den Joint vorübergehend verstecken, bis ich ihn später entsorgen konnte – aber wo?

In diesem Moment rief mich mein Vater: „Gemma, Schatz, kannst du mal kurz herkommen? Ich möchte Devlin diesen wunderbaren Zaubertrick zeigen, den ich von Professor Holmes aus der Abteilung für mittelalterliche Sprachen gelernt habe – aber ich brauche eine Assistentin.“

Ich schluckte. „Äh … ja, Dad.“

Ich stand ganz langsam auf und überlegte dabei verzweifelt, was ich mit dem Joint machen sollte. Für den Zaubertrick brauchte ich wahrscheinlich beide Hände und Devlin würde sofort erkennen, was ich da in der Hand hielt. Voller Panik schob ich den Joint hinter das Kissen, an das ich mich gelehnt hatte. In einem unbeobachteten Moment würde ich ihn hervorholen. Dann schlenderte ich so lässig wie möglich zu meinem Vater und Devlin hinüber.

Der Zaubertrick schien meinen Vater und Devlin prächtig zu amüsieren und es war schön, sie zusammen lachen zu sehen; außerdem war ich froh, dass Devlin die Sorge um seine Mutter für eine Weile vergessen konnte. Nicht, dass er sich ihretwegen hätte ängstigen müssen – Keeley O'Connor ließ sich von den Freundinnen meiner Mutter nicht unterkriegen und ich empfand so etwas wie Bewunderung für sie. Sie schien sich keinen Deut darum zu scheren, was andere über sie dachten, und wenn sie noch so hochnäsig auf sie herabblickten.

Als mein Vater mit seinem Zaubertrick fertig war, hörte ich, wie Helen Green zu Keeley sagte: „Konnte Ihr Mann Sie nicht nach Oxford begleiten, Mrs O'Connor?"

Ich spürte, wie Devlin neben mir erstarrte, aber Keeley warf unbekümmert ihr langes blondes Haar über die Schulter und sagte mit einem fröhlichen Lächeln: „Oh, ich habe keinen Mann, Mrs Green. Es ist großartig, sich nicht für irgendeinen Kerl abrackern zu müssen und ständig hinter ihm herzuräumen."

„Ich finde, das Leben einer Frau ist erst dann ganz ausgefüllt, wenn sie ein Heim für ihren Mann und ihre Kinder geschaffen hat", erwiderte Helen Green sittsam.

Keeley lachte. „Sie sind wohl in den 1950er-Jahren steckengeblieben, wie?"

Helen brachte vor Wut kein Wort hervor.

„Äh, wie wär's mit einem Stückchen Madeira-Kuchen, Mrs O'Connor?", fragte meine Mutter hastig. „Oder vielleicht möchten Sie ein paar selbst gebackene Kekse?"

„Danke!" Keeley nahm sich einen Keks von dem Tablett, das ihr meine Mutter entgegenstreckte. „Die sehen köstlich aus! Sind die selbst gebacken?"

„Ja." Meine Mutter strahlte sie an. „Backen Sie gerne?"

„Backen? Ich? Nein, Backen ist nicht so mein Ding. Und Kochen schon gar nicht." Keeley grinste fröhlich in die Runde, während die Damen entsetzt nach Luft rangen.

„Oh." Meine Mutter suchte verzweifelt nach einem anderen Gesprächsthema. „Nun … äh … arbeiten Sie gern im Garten? Die Rosen sind zu dieser Jahreszeit so schön – vielleicht haben Sie ja Zeit, einige Herrenhäuser in der Umgebung zu besuchen und eine Gartentour zu machen, während Sie hier sind?"

Keeley verzog das Gesicht. „Ich auf einer Gartentour? Eher nicht!" Dann hellte sich ihre Miene auf. „In der Nähe gibt es ein paar tolle Bier- und Musikfestivals … schade, dass an diesem Wochenende nichts los ist, ich wär gerne hingegangen. Da gibt's alles: Indie, Rock, Punk, Blues … Welches ist Ihre Lieblingsband?"

„Oh … äh … ich kenne eigentlich keine … Bands", sagte meine Mutter unbeholfen. „Ich mag Vivaldis ‚Vier Jahreszeiten' und auch seine anderen Kompositionen. Man könnte wohl sagen, dass er mein … äh … Lieblingskomponist ist."

„Klassische Musik?" Keeley erschaudert. „Na, wem's gefällt … Ich schlaf dabei immer ein."

Ich wand mich innerlich vor Verlegenheit und

hoffte inständig, dass diese qualvolle Teerunde bald ihr Ende finden würde. Und gerade, als ich dachte, es könne nicht mehr schlimmer kommen, nahm meine Mutter in ihrer Beklommenheit das Kissen von dem Sessel, auf dem ich gesessen hatte, und schüttelte es auf. Dabei rollte eine zerknitterte Hülse aus weißem Papier hinter dem Kissen hervor. Meine Mutter hob sie auf und starrte sie verdutzt an.

Oh. Mein. Gott.

Am liebsten hätte ich ihr den Joint aus der Hand gerissen, doch dann wären alle darauf aufmerksam geworden und das war das Letzte, was ich brauchen konnte.

„Wie seltsam ...", murmelte meine Mutter und drehte den Joint zwischen den Fingern. Sie zeigte ihn den anderen Damen. „Was mag das sein?"

Die Freundinnen meiner Mutter beäugten das seltsame Objekt neugierig. Ich konnte mich nicht länger zurückhalten. Ich sprang auf und versuchte, ihr den Joint aus der Hand zu reißen.

„Äh ... entschuldige, Mutter. Das ist Müll ... ich werfe es gleich weg."

„Aber was ist das?" Meine Mutter hielt den Joint so hoch, dass ich nicht drankam.

„Es ist ... äh ..." Ich zermarterte mir das Hirn und sagte das Erste, was mir in den Sinn kam. „Es ist ein ... ein parfümiertes Duftsäckchen!"

„Oh, ein Duftsäckchen!", rief eine der Damen erfreut. „Ich lege gern eines davon zwischen meine Unterwäsche, die ganze Schublade duftet danach."

Sie betrachtete den Joint misstrauisch. „Ich habe aber noch nie eins in dieser Form gesehen."

„Nein", bestätigte meine Mutter, „normalerweise sind es kleine rechteckige oder dreieckige Tütchen."

„Das ist ... äh ... ein neues Design", erklärte ich verzweifelt. „Es ist von dieser schwedischen Firma ... Bei den Skandinaviern ist ja alles ... du weißt schon ... minimalistisch."

„Oh, ja, was für eine wunderbare Idee. Nimmt weniger Platz in den Schubladen weg", bemerkte eine andere Dame.

„Aber ist es trotzdem so effektiv?", fragte Helen Green und beäugte den Joint kritisch.

„Ich könnte mir vorstellen, dass der Duft konzentrierter ist", spekulierte die erste Dame. „Wie riecht es denn, Evelyn?"

Meine Mutter hielt sich den Joint an die Nase und schnupperte begeistert. Ich wurde fast ohnmächtig.

„Oh, der Duft ist sehr angenehm", sagte sie lächelnd. „Süßlich, mit einer scharfen Note." Sie hielt ihn den anderen Damen hin, damit sie ebenfalls daran riechen konnten, und so ging der Joint von Hand zu Hand und wurde ausgiebig beschnuppert, während ich fassungslos zusah. Das musste ein schlechter Traum sein!

„Wie heißt der Duft, Schatz?", fragte meine Mutter

„Oh, ich weiß es nicht mehr", murmelte ich. Dann gelang es mir endlich, Helen Green den Joint abzunehmen.

„Du musst mir unbedingt sagen, wo du es gekauft

hast, Gemma“, beharrte die erste Dame. „Meine Duftsäckchen gehen allmählich zur Neige und diese neue Sorte würde ich gerne ausprobieren. Es wäre schön, mal etwas anderes als Lavendel und Sandelholz zu haben.“

„Das hat mir eine Freundin geschenkt!“, plapperte ich drauflos. „Ich weiß leider nicht, wo sie es gekauft hat. Wenn Sie mich jetzt entschuldigen, ich muss mal schnell auf die Toilette ...“

Ich huschte aus dem Zimmer und ins Gästebad im Erdgeschoss, schlug die Tür hinter mir zu, warf den Joint in die Toilette und betätigte schnell die Spülung. Dann ließ ich mich gegen die Wand sinken. Ich war mit den Nerven am Ende. Im nächsten Moment fuhr ich zusammen, als es an der Badezimmertür klopfte und ich Devlins Stimme von draußen hörte.

„Gemma?“

Hastig wusch ich mir die Hände, dann öffnete ich die Tür so behutsam wie möglich und sagte: „Oh, hallo, Devlin ...“

Er starrte mich an. „Ist alles okay?“

„Ja, warum?“

Er zögerte. „Ich dachte ja ... das Ding, das deine Mutter eben herumgereicht hat ... das sah aus wie ein Joint.“

„Meine Mutter mit einem Joint in der Hand?“ Mein Lachen klang unnatürlich schrill.

Devlin nickte verlegen. „Ja. Du hast recht. Blöde Idee. Trotzdem ... ich hätte schwören können, dass es ein –"

„Also … ähm … gab es auf der Wache etwas Neues?", unterbrach ich ihn. „Über den Fall Josh McDermott, meine ich."

Zu meiner Erleichterung ließ sich Devlin ablenken. „Ja, es gab tatsächlich etwas Interessantes: Ich habe meinen Sergeanten gebeten, Jerry Wallis' Hintergrund zu recherchieren, und anscheinend hat er ziemlich hohe Schulden."

„Oh!", rief ich. „Als wir in Browns Brasserie waren, hörte ich, wie Maddie Gill und ein anderes Mitglied der TV-Crew auf der Damentoilette über ihn geredet haben. Dabei haben sie auch von den Schulden gesprochen. Das hatte ich ganz vergessen."

„Ja, er scheint ein kleines Problem mit seiner Spielsucht zu haben: Er hat eine Menge Geld bei Pferderennen verloren und musste sich Geld leihen, um sich über Wasser zu halten. Dabei ist er an ziemlich zwielichtige Gestalten geraten. Es würde mich nicht überraschen, wenn er auch in die Firmenkasse gegriffen hätte. Ich frage mich, ob Josh jemals auf die Idee gekommen ist, seinem Manager auf die Finger zu schauen und sich anzusehen, wie es um seine Finanzen steht."

„Also könnte Jerry Wallis doch ein Mordmotiv haben", sagte ich langsam.

„Nun, es sieht ganz danach aus." Devlin runzelte die Stirn. „Allerdings hat er ein wasserdichtes Alibi."

„Nein, hat er nicht", erwiderte ich aufgeregt. „Ich habe mit Maddie Gill gesprochen – wusstest du, dass sie mit Antonio Casa zusammen ist?"

Devlin zog die Augenbrauen hoch. „Ist das dein Ernst?"

„Sie hat bei ihrer Aussage gelogen, um ihn zu schützen. Sie war nicht die ganze Zeit mit Wallis im Speisesaal, wie sie behauptet hat – sie hat ihn mit Josh hineingehen lassen, während sie davor gewartet hat, um sich mit Antonio zu treffen."

„Was? Aber laut meinem Sergeanten hat Wallis ihre Aussage bestätigt ..."

„Nun, er hat sie gemeinsam befragt, und ich schätze, Jerry Wallis hat die Gelegenheit beim Schopf gepackt und sich auf diese Weise ein Alibi beschafft. Als Maddie sagte, sie sei die ganze Zeit mit ihm im Speisesaal gewesen, hat er einfach zugestimmt."

Devlin fluchte leise. „Darüber werde ich mich mit meinem Sergeanten unterhalten müssen. Zeugen gemeinsam befragen ... was hat er sich dabei gedacht? Er sollte wissen, dass wir Aussagen brauchen, die die Zeugen unabhängig voneinander machen! Und was hat Antonio dort gemacht?"

Schnell berichtete ich, was ich von Maddie erfahren hatte und erzählte ihm auch von Cassies „Verhör" von Leanne Fitch.

„Es sieht also so aus, als seien sowohl Leanne als auch Antonio aus dem Schneider", meinte ich, „aber ich finde Jerrys Verhalten wirklich sehr verdächtig. Es kam mir gleich seltsam vor, dass er Maddie ihre Lüge hat durchgehen lassen ... und jetzt ergibt das alles einen Sinn! Sie hat ihm das perfekte Alibi verschafft! Glaubst du, er hat die Kabel manipuliert, als Josh nicht hingesehen hat? Ich meine, wenn er dringend Geld braucht, um seine Gläubiger zu bezahlen, dann wäre die Auszahlung von Joshs Lebensversicherung die ideale Lösung. Und vor allem, wenn Josh in Erwägung gezogen hat, seine Finanzen prüfen zu lassen, und er vielleicht Gelder veruntreut –"

„Langsam, langsam!" Devlin lachte auf. „Wenn ich in meinem Job eines gelernt habe, dann, dass die Dinge nie so einfach sind, wie sie aussehen. Schon gar nicht, wenn alles zu gut zusammenzupassen scheint. Wir wissen nicht, ob Wallis Gelder veruntreut hat – oder ob Josh vorhatte, ihm auf die Finger zu sehen. Und was die Auszahlung der Versicherung angeht, ist das zu diesem Zeitpunkt auch nur Spekulation. Ich muss Wallis noch einmal befragen. Aber zuerst werde ich mit der Versicherungsgesellschaft und anderen Leuten aus Josh McDermotts Umfeld sprechen. Vielleicht bekomme ich auf diese Weise mehr Informationen. Ich möchte sichergehen, dass ich gegen Wallis etwas in der Hand habe, bevor ich ihn mir erneut vorknöpfe. Wenn er Wind davon bekommt, dass wir uns für ihn interessieren, verschrecken wir ihn womöglich, und ich will nicht, dass er sich davonmacht, bevor wir genug Beweise haben, um ihn zu verhaften."

Er grinste, als er die Enttäuschung in meinem

Gesicht sah. „Ich weiß, Detektivarbeit im wirklichen Leben ist viel mühsamer als das, was man im Fernsehen sieht. Aber ich fürchte, du musst dich noch etwas gedulden. Die Versicherungsgesellschaft hat heute geschlossen, also muss ich damit bis morgen früh warten. Aber Wallis muss sowieso in Oxford bleiben, ohne polizeiliche Erlaubnis darf er die Stadt nicht verlassen. Keine Sorge – wenn er unser Mann ist, kriegen wir ihn."

Wir hörten lautes Gelächter aus dem Wohnzimmer und angeregtes Stimmengewirr. „Sie scheinen sich prächtig zu amüsieren. Wir sollten uns wieder zu ihnen gesellen." Er zögerte, dann fügte er hinzu: „Es ist bisher besser gelaufen, als ich erwartet hatte."

Wenn du wüsstest, dachte ich im Stillen, aber ich zwang mich zu einem Lächeln.

„Ja, ich glaube, deine Mutter ist ein voller Erfolg."

„Das geht wahrscheinlich ein bisschen zu weit", lachte Devlin. „Aber ich bin deiner Mutter sehr dankbar, dass sie sich solche Mühe gemacht hat, meine Mutter willkommen zu heißen."

Ich schlang ihm die Arme um den Hals. „Nun, sie weiß, wie wichtig du mir bist. Und außerdem hast du ihr iPad wiedergefunden", neckte ich ihn.

Devlin nahm meine Hand und wir gingen gemeinsam ins Wohnzimmer zurück.

Kapitel 26

„Du hast den Joint hinter einem Kissen versteckt?" Cassie kicherte. „Gemma, was hast du dir dabei gedacht?"

Ich hob resigniert die Hände. „Was hättest du an meiner Stelle getan? Glaub mir, ich bin um Jahre gealtert, als meine Mutter ihn gefunden und ihren Freundinnen gezeigt hat." Ich fasste mir an die Stirn. „Oh mein Gott, Cass, und sie haben mir alle geglaubt, dass es ein Duftsäckchen ist. Sie wollten sogar wissen, wo man diese Sorte kaufen kann!"

Cassie brach in schallendes Gelächter aus.

„Wie schön, dass du der ganzen Sache etwas abgewinnen kannst", murmelte ich missmutig.

„Du musst zugeben, es ist wirklich lustig!" Cassie wischte sich die Lachtränen aus den Augen. „Dass du nach solch einem Morgen zur Arbeit gekommen bist!"

„Ich brauche etwas Ruhe und Frieden", antwortete ich sarkastisch.

„Übrigens hat Mrs Purdy angerufen und eine Nachricht hinterlassen: Sie sagte, Müsli sei gestern am späten Abend vom Schuppendach heruntergekommen und habe eine große Portion Steak und Leber gegessen, dann habe sie bei ihr auf dem Bett geschlafen - ‚genau wie Smudge früher‘ und heute habe sie ihr im Garten geholfen – ebenfalls ‚genau wie Smudge früher‘.“ Cassie legte den Kopf schief. „Ich glaube, du wirst es schwer haben, deine Katze zurückzubekommen.“

„Vielleicht will Müsli nicht mehr nach Hause. Wenn Mrs Purdy sie so verwöhnt …“, witzelte ich und warf einen Blick auf die Uhr. „Ich hole sie erst nach Feierabend ab, dann hat die alte Dame ein bisschen Gesellschaft.“

„Wahrscheinlich ist es ganz gut, dass Müsli heute Morgen nicht hier war. Wir hatten so viel zu tun, da wäre sie nur im Weg gewesen.“

„Seid ihr zurechtgekommen?“, fragte ich besorgt. „Die Silberlocken sind ja gar nicht hier – du warst doch nicht etwa ganz allein, oder?“

„Nein, sie haben ausgeholfen, aber jetzt wollten sie zum Sonntagnachmittags-Bingo. Sie haben aber versprochen, noch mal vorbeizuschauen – ach, wenn man vom Teufel spricht!“

Die Tür der Teestube ging auf und die vier netten alten Damen kamen herein. Ihre Augen leuchteten, als sie mich sahen.

„Gemma, Liebes, wir müssen dir etwas sagen!“, rief Glenda.

„Ja, es geht um den Mord an Josh McDermott!“, erklärte Ethel.

„Antonio könnte es doch gewesen sein!“, verkündete Florence.

„Nein, nein, ich sage es ihr“, sagte Mabel herrisch. Sie stemmte die Hände in die Hüften. „Du hast gesagt, dass Leanne Antonio nicht im Speisesaal gesehen hat, aber er könnte hineingegangen sein, bevor sie kam. Er könnte sich hineingeschlichen und die Kabel manipuliert haben und ist dann wieder verschwunden – und das alles, bevor sie überhaupt da war.“

„Nein, das passt nicht. Erstens hat Devlin mir gesagt, dass die gesamte Ausrüstung für die Show vom Fernsehteam bereitgestellt und bis zum letzten Moment im Haus des Masters aufbewahrt wurde. Als sie kurz vor dem Ball alles für die Kochshow hergerichtet haben, brachte ein Mitglied des Teams den elektrischen Schneebesen persönlich in den Speisesaal und legte ihn dort auf den Arbeitstisch. Die einzige Zeitspanne, in der sich jemand daran zu schaffen gemacht haben könnte, waren die zehn Minuten zwischen dem Abstellen des Quirls und Joshs Ankunft im Speisesaal.“

„Da hat sich Leanne reingeschlichen, oder?“, fragte Cassie.

„Ja. Wenn Antonio vor ihr dagewesen wäre, hätte sie ihn wohl kaum übersehen – weder im Saal oder auf dem Weg nach draußen. Aber ich weiß ganz bestimmt, dass er nicht in den Speisesaal gegangen ist, denn es gibt eine Zeugin, die ihn vor dem Gebäude gesehen hat, als Josh und Jerry ankamen.“

„Und wer ist das?“, fragte Mabel.

„Maddie Gill, die Produzentin.“ Ich erzählte ihnen von meinem Gespräch mit Maddie am Vormittag, von ihrer Affäre mit Antonio und davon, was am Abend des Balls wirklich vor dem Speisesaal passiert war. Außerdem berichtete ich, was mir Maddie über Joshs Sabotageplan gesagt hatte.

„Das hätte Josh nie getan!“, rief Glenda empört.

„Oh doch, das hätte er“, gab Cassie grimmig zurück.

„Wie auch immer, der Punkt ist – Antonio Casa ist definitiv nicht der Mörder“, wandte ich ein.

„Und ich war mir so sicher“, seufzte Mabel.

Cassie lachte. „Und ich war mir sicher, dass es Leanne war! Ich schätze, wir haben uns beide geirrt.“

„Aber … heißt das, dass wir jetzt keine Verdächtigen mehr haben?“ Ethel rang die Hände.

„Nein, es gibt noch jemanden, der die Gelegenheit hatte, den Schneebesen zu manipulieren. Nicht bevor Josh ankam, sondern während er im Speisesaal war – vielleicht, als er sich einen Moment abgewandt hat.“ Alle sahen mich erwartungsvoll an. „Sein Manager, Jerry Wallis.“

„Wallis? Dieser widerliche Kerl, der neulich hier war und dich beschuldigt hat, Joshs Rezept für die Eierpuddingtörtchen gestohlen zu haben?“, fragte Cassie.

„Ja, genau der. Anscheinend hat er enorme

Spielschulden und ist der alleinige Begünstigte von Joshs Lebensversicherung."

„Was? Warum hat die Polizei ihn nicht schon früher verdächtigt?" Cassie war entsetzt.

„Weil er ein Alibi hatte. Maddie hatte der Polizei gesagt, sie sei die ganze Zeit bei ihm gewesen. Und jetzt hat sich herausgestellt, dass sie gelogen hat und gar nicht mit Jerry im Speisesaal war. Das heißt, er könnte ..."

Ich verstummte, als sich die Tür zur Teestube öffnete und niemand anderer als Jerry Wallis eintrat. Er wirkte gar nicht so streitlustig wie bei seinem letzten Besuch, sondern eher ein wenig ängstlich.

„Miss Rose? Kann ich Sie einen Moment sprechen? Unter vier Augen", fügte er mit einem Blick auf die Silberlocken hinzu.

Ich führte den Manager in den kleinen Laden, der sich an den Gastraum anschloss. Er war durch eine Glastür und Glaswände an drei Seiten vom Rest des Tearooms abgetrennt, was uns ein gewisses Maß an Privatsphäre verschaffte. Allerdings ließ sich nicht vermeiden, dass uns die Silberlocken mit großen Augen beobachteten.

Jerry warf einen Blick auf die Regale, die mit Teedosen, Keksen, Oxford-Souvenirs und anderen Andenken bestückt waren. Mit einem einschmeichelnden Lächeln sagte er: „Ein hübscher kleiner Laden. Überhaupt ... der ganze Tearoom ist großartig ... und ich habe fantastische Dinge über Ihre Backkunst gehört."

Ich beäugte ihn misstrauisch. Jerry versuchte offensichtlich, mir Honig ums Maul zu schmieren, was ihm jedoch nicht gelang. Ich fragte mich, worauf er hinauswollte.

„Sie sagten, Sie wollten mit mir sprechen?"

„Ah ... ja ... richtig." Wieder bemühte er sein schmieriges Lächeln. „Ich habe nachgedacht, wissen Sie, und ich ... äh ... denke, wir könnten zu einer für beide Seiten vorteilhaften Vereinbarung kommen."

Ich runzelte die Stirn. „Ich weiß nicht, was Sie meinen."

„Nun ja, Joshs Tod ist eine absolute Tragödie ..." Er setzte eine trauernde Miene auf. „Vor allem, weil die Welt dadurch seiner großen kulinarischen Talente beraubt wurde und man in Zukunft auf seine beliebten Eierpuddingtörtchen verzichten muss ... ach, ich weiß, wie sehr sich die Leute danach sehnen, sie noch einmal essen zu dürfen! Jetzt, wo er nicht mehr unter uns ist ..." Er schnippte mit den Fingern, um die Größe seines Geistesblitzes zu verdeutlichen. „Und dann habe ich an Sie gedacht! Durch Ihre köstlichen Törtchen – die fast so wie die von Josh schmecken – hätten die Menschen Gelegenheit, seine berühmten Kreationen erneut zu genießen."

Er rieb sich die Hände. „Ich schlage also Folgendes vor: Sie produzieren die Törtchen und ich vermarkte und vertreibe sie. Ich habe ein paar Kontakte in London ausgelotet, und wir könnten sie vielleicht sogar in den Lebensmittelabteilungen der großen Kaufhäuser wie Selfridges und Harrods und in Gourmetläden wie Fortnum & Mason verkaufen. Wir bringen sie als ‚Josh McDermott's klassische Eierpuddingtörtchen' auf den Markt, in einer schicken Verpackung ...“ Seine Augen leuchteten. In den sozialen Medien ist der Mord im Moment *das* Thema – das ist ein guter Zeitpunkt, um von dem zusätzlichen Interesse zu profitieren. Vielleicht gelingt es uns sogar, eine Kampagne zu starten, die viral geht. Sie wissen schon: ‚Essen Sie ein Eierpuddingtörtchen zu Ehren von Josh' – oder so ähnlich, eventuell mit einem Promi als Werbeträger. Für Sie bedeutet das kostenlose PR für Ihren Tearoom und natürlich sorge ich auch dafür, dass Sie nicht leer ausgehen. Vierzig Prozent des gesamten Gewinns. Und Sie müssen noch nicht einmal für die Werbung aufkommen – das übernehme ich für Sie. So ein Angebot bekommt man nicht alle Tage. Also ... was meinen Sie?“

Ich starrte ihn mit einer Mischung aus Fassungslosigkeit und Abscheu an. „Erst letzte Woche waren Sie hier und haben mich beschuldigt, Joshs Rezept gestohlen zu haben und seine Popularität auszunutzen – und jetzt wollen Sie meine Törtchen als seine ausgeben, um von der Publicity um seinen Mord zu profitieren?“

Er hob abwehrend die Hände. „Okay, okay, letzte Woche habe ich mich möglicherweise geirrt, aber hey, wir machen alle Fehler, oder?“ Er schenkte mir ein weiteres einschmeichelndes Lächeln. „Kommen

Sie, wir werden ein tolles Team. Sie sind eine hübsche junge Frau – vielleicht könnte ich Ihnen einen Vertrag bei einem Fernsehsender verschaffen, wie klingt das? Sie kriegen Ihre eigene Show – was meinen Sie? Und ich biete Ihnen gerne meine Dienste als Manager an."

Ich musste unwillkürlich lachen. Der Mann war wahnsinnig!

„War das von Anfang an Teil des Plans? Haben Sie deshalb Josh mit einer so ungewöhnlichen Waffe ermordet, um auch noch von der Publicity profitieren zu können?"

Seine Augen weiteten sich. „Was? Ich soll Josh ermordet haben?"

„Ja, Sie." Ich trat einen Schritt auf ihn zu. „Sie dachten, Sie würden damit durchgekommen, nicht wahr? Vor allem, weil Maddie Gill Ihnen ein perfektes Alibi gegeben hat. Wahrscheinlich haben Sie sich insgeheim ins Fäustchen gelacht. Aber sie hat mir die Wahrheit gesagt: Sie war gar nicht mit Ihnen im Speisesaal, sondern draußen, weil sie mit jemandem an der College-Küche verabredet war. Sie hat zugegeben, dass sie die Polizei angelogen hat ... was bedeutet, dass Sie ebenfalls gelogen haben, als Sie ihr nicht widersprochen und die ganze Sache auch nicht klargestellt haben. Nun, warum sollten Sie das tun? Sie brauchten ein Alibi. Und der Grund, warum Sie ein Alibi brauchten, ist der: Sie waren derjenige, der an der Verkabelung des elektrischen Quirls herumgepfuscht hat. Sie haben Josh McDermott ermordet.“

Er starrte mich an. „Sie sind verrückt“, sagte er und schüttelte langsam den Kopf. „Absolut verrückt. Warum um alles in der Welt sollte ich Josh ermorden?“

„Wegen des Geldes“, sagte ich lapidar. „Sie haben eine Menge Schulden, nicht wahr?“

Er wich meinem Blick aus. „Woher wissen Sie das?“

„Die Polizei hat sich mit Ihrer Vergangenheit beschäftigt. Und sie hat herausgefunden, dass Sie dringend Geld brauchen, um sich Ihre Gläubiger vom Hals zu halten – Geld, das Joshs Lebensversicherung Ihnen auszahlen wird.“

Er wollte etwas sagen, aber ich unterbrach ihn.

„Und nicht nur das: Sie haben außerdem Geld von Joshs Konten veruntreut, nicht wahr? Und er wurde misstrauisch ... also mussten Sie etwas unternehmen. Sein Tod würde zwei Fliegen mit einer Klappe schlagen. Sie bekämen das Geld von der Versicherung und würden der Kontoprüfung entgehen ... und vielleicht zusätzlich etwas Geld aus Joshs Nachlass abzweigen ...“

„STOPP!“, brüllte er. „Das ist absoluter Blödsinn! Sie sind verrückt, wenn Sie glauben, ich hätte Josh ermordet. Er war das Beste, was mir je passiert ist. Ist Ihnen klar, wie viel er als Klient wert war? Ich hätte alles getan, um sein Leben zu retten, wenn ich gekonnt hätte. Das Geld der Lebensversicherung? Hah!“ Er schnaubte. „Sie glauben, ich hätte ihn ermordet, um an das Geld zu kommen? Ich bitte Sie! Es ist keine riesige Summe; als Joshs Manager habe ich viel mehr verdient."

„Ja, aber von der Versicherung bekommen Sie eine beträchtliche Summe auf einen Schlag", wandte ich ein, wenn auch weniger selbstbewusst als zuvor. Die Heftigkeit seiner Beteuerungen verunsicherte mich.

Er bedachte mich mit einem herablassenden Lächeln. „Glauben Sie mir, Süße, der lebendige Josh war mir weit mehr wert als der tote. Allein meine Provision aus seinen Fernsehverträgen ist mehr als diese mickrige Versicherungszahlung. Als sein Manager – und so, wie seine Karriere verlief – hätte ich mich sogar vorzeitig zur Ruhe setzen können, wenn ich gewollt hätte."

„Aber ... aber was ist mit Ihren Schulden ...?"

„Ja, ich habe ein paar Schulden, na und? Josh wusste davon. Ich bin letzte Woche zu ihm gegangen und habe ihm alles erzählt. Er war ziemlich verständnisvoll – er hat früher selbst ein bisschen gezockt – und er war sogar bereit, mir ein zinsloses Darlehen zu geben, um mir über die Runden zu helfen, bis ich wieder auf die Beine komme. Jetzt ist er tot und ich stehe ohne Darlehen und ohne meinen Klienten da. Ich habe nichts", fügte er mit einem freudlosen Lachen hinzu. „Und Sie glauben, ich hätte ihn umgebracht? Verdammt ... der Mord an Josh war das Schlimmste, was mir je passiert ist!"

„Aber ... ich verstehe nicht ... warum haben Sie

zu Maddies Lüge geschwiegen?"

Er zuckte mit den Schultern. „Ich weiß es nicht … es schien mir damals eine gute Idee zu sein. Ich wollte nicht, dass mir die Polizei im Nacken sitzt, also dachte ich, es wäre einfacher, wenn sie denkt, ich hätte ein Alibi. Wer will sich schon verdächtig machen, wenn es um einen Mord geht?"

Das war genau das, was Maddie gesagt hatte. Es hatte sich so simpel, so folgerichtig angehört, aber jetzt musste ich widerstrebend einräumen, dass es möglicherweise stimmte.

„Also, um auf diesen Deal zurückzukommen …", sagte Jerry mit seinem öligen Lächeln. „Was sagen Sie dazu? Ich könnte Ihnen morgen den Papierkram bringen und wir könnten –"

„Nein."

„Okay, wir teilen es fifty-fifty, wie wär's damit?"

„Nein", wiederholte ich. „Ich bin nicht –"

„Na gut, dann siebzig-dreißig, und das ist mein letztes Angebot. Kommen Sie, ein besseres Angebot können Sie nicht bekommen! Siebzig Prozent des Gewinns und die Möglichkeit, Josh McDermotts Namen für Ihre Produkte zu verwenden!"

„Nein!" Ich betrachtete ihn voller Abscheu. Ich öffnete die Glastür zum Gastraum und hielt sie demonstrativ auf. „Ich denke, es gibt nichts mehr zu besprechen."

„Denken Sie darüber nach", setzte er penetrant nach, während er langsam aus dem Laden ging. „Wenn Sie darüber geschlafen haben, erkennen Sie bestimmt, was für eine fantastische Gelegenheit das ist und wie dumm Sie wären, wenn Sie -"

„Auf Wiedersehen, Mr Wallis."

Als er endlich verschwunden war, kehrte ich zur Theke zurück, wo Cassie und die Silberlocken auf mich warteten. Ich verzog das Gesicht.

„Ich fühle mich schmutzig, am liebsten würde ich duschen." Ich schüttelte mich.

„Was wollte er?", fragte Cassie, während sich die Silberlocken eifrig um uns scharten.

Ich erzählte es ihnen und gab auch Jerrys Erklärung für sein „falsches" Alibi wieder.

„Und du glaubst ihm?"

„Ja, ich denke schon", antwortete ich. „Der Mann ist ein Widerling, aber ich schätze, er sagt die Wahrheit. Er war völlig perplex, als ich ihn mit meinen Anschuldigungen konfrontiert habe, und das kann er nicht vorgetäuscht haben. Ich halte ihn für unmoralisch und gewissenlos, aber auf seine Geldgier ist Verlass. Wenn es also stimmt, was er gesagt hat, dann hätte er mit Josh seinen Goldesel umgebracht, und das wäre seinen Interessen zuwidergelaufen. Wie auch immer, ich werde Devlin alles erzählen und es von der Polizei überprüfen lassen. Wahrscheinlich kommen sie zu dem gleichen Schluss wie ich."

„Aber ... wenn der Manager nicht der Mörder ist ... und Antonio Casa und Leanne Fitch sind es auch nicht - wer ist es dann?", jammerte Glenda.

„Wir stehen wieder am Anfang und haben keine

Verdächtigen", sagte Mabel grimmig.

„Und auch keine Hinweise", ergänzte Florence traurig. „Sie scheinen alle in eine Sackgasse zu führen."

Die Silberlocken hatten recht. Es war entmutigend, festzustellen, dass wir nach all den Dramen der letzten Tage wieder da standen, wo wir angefangen hatten, ohne eine Vorstellung davon, wer Josh McDermott ermordet haben könnte.

Dann meldete sich Ethel mit ihrer weichen, sanften Stimme zu Wort: „Vielleicht gibt es einen Hinweis in dem Interview."

Wir sahen sie erwartungsvoll an.

„Ich meine das Interview, das letzte Woche im Fernsehen war", erklärte Ethel. „Vormittags."

Cassie schnippte mit den Fingern. „Ja - als Josh in dieser Frühstückssendung war. Ich habe neulich gesagt, dass er wahrscheinlich wegen eines dunklen Geheimnisses ermordet wurde, das er in der Sendung preisgegeben hat, wisst ihr noch?"

„Aber da war kein ‚dunkles Geheimnis'", erklärte ich. „Ich habe mir das Interview bei meiner Mutter angesehen. Darin war nichts Skandalöses. Josh hat nur über ein paar seiner Rezepte gesprochen und dann bestritten, dass er versucht hat, das neue Restaurant von Antonio Casa zu sabotieren."

„Die Moderatoren haben ihn aber immer wieder nach etwas gefragt, das er in seinen Gerichten verwendet hat", sagte Mabel nachdenklich. „Mononatriumglutamat ..."

„Ja, MNG. Das ist ein Geschmacksverstärker. Manche Leute meinen, dass man davon eine Art allergische Reaktion bekommt. Aber wie Josh in der Sendung sagte, gibt es für diese Behauptung keine wissenschaftlichen Beweise."

„Bist du dir da sicher?", fragte Cassie. „Ich meine, natürlich würde Josh den Gebrauch von MNG in der Show verteidigen, aber woher weißt du, dass er nichts Falsches angibt?"

„Ich habe Lincoln auch danach gefragt und er hat mir bestätigt, dass es nur ein Mythos ist. Außerdem willst du doch nicht ernsthaft behaupten, dass jemand Josh umgebracht hat, weil er ihm etwas MNG ins Essen getan hat und er davon Kopfschmerzen bekommen hat?"

„Ich weiß es nicht", sagte Cassie. „Aber ich glaube, Ethel hat recht - ich glaube, das Interview enthält einen Hinweis, den wir übersehen. Wenn wir herausfinden könnten, was es ist, wüssten wir, wer Josh McDermott umgebracht hat."

Kapitel 27

Als der nachmittägliche Ansturm auf die Teestube vorbei war, überließ ich sie den fähigen Händen von Cassie und den Silberlocken und machte mich - bewaffnet mit der Katzenfalle, die Seth mir mitgebracht hatte - auf den Weg zum Boscobel College. Ich genoss die Fahrt nach Oxford, die mich über gewundene Landstraßen führte, sog den Geruch von frisch gemähtem Gras und den süßen Duft des Geißblattes in den Hecken ein. Als ich schließlich am Boscobel ankam, fühlte ich mich wunderbar unbeschwert.

Meine Stimmung trübte sich ein wenig, als ich mich dem Speisesaal näherte und daran denken musste, was dort geschehen war. Aber dann schob ich alle Gedanken an den Mord beiseite und machte mich auf den Weg zu dem abgelegenen Garten im hinteren Teil des Colleges. Im Moment ging es mir nur darum, den gerissenen Streuner einzufangen.

Ein Mann mittleren Alters kam gerade aus dem

Garten, als ich hineingehen wollte. Ich erkannte ihn als Henry Mansell, den Master des Colleges. Trotz des warmen Sommerwetters trug er eine braune Tweedjacke und eine Fliege; mit der Brille auf der Nasenspitze und dem zerfledderten Lehrbuch in der Jackentasche sah er aus wie der typische zerstreute Universitätsprofessor. Er zog die Augenbrauen hoch, als er mich sah, und sein Blick fiel auf den Käfig in meiner Hand.

„Hallo ... äh ... ich bin Gemma", stellte ich mich vor. Ich hatte das Gefühl, meine Anwesenheit erklären zu müssen. „Ich wollte den streunenden Kater einfangen. Ich habe mit Ihrer Frau Irene gesprochen und sie hat mir erlaubt, heute zu kommen."

„Oh ja, das stimmt", antwortete er vage. „Irene hat es mir erzählt. Nun, ich muss sagen, ich kann nicht verstehen, warum Sie sich die Mühe machen ..." Er schauderte. „Ich kann Katzen nicht ausstehen - böse, hinterhältige Kreaturen -, aber ich nehme an, man muss versuchen, ihnen Menschlichkeit angedeihen zu lassen." Er musterte mich eindringlich. „Verzeihen Sie, aber Sie kommen mir bekannt vor. Sind wir uns schon einmal begegnet?"

„Ja, allerdings nur ganz kurz, als ich in Ihrem Haus auf die Polizei gewartet habe. Ich war diejenige, die die Leiche von Josh McDermott gefunden hat."

„Oh ja, natürlich, jetzt entsinne ich mich." Sein Gesicht wurde ernst. „Schreckliche Sache, schrecklich ... so ein vielversprechender junger

Mann …"

„Er hat hier studiert, nicht wahr?"

„Ja, ja, allerdings größtenteils vor meiner Zeit. Ich glaube, Irene und ich kamen in Joshs letztem Jahr hierher, er stand kurz vor seinem Abschluss. Allerdings kehrte er ein paar Jahre später ans College zurück, zu unserer Hundertjahrfeier. Wir haben eine Afternoon-Tea-Party im Garten an unserem Haus veranstaltet. Josh hatte gerade begonnen, sich einen Namen zu machen, und so dachten wir, es wäre passend, ihn die Party als seine erste große Veranstaltung ausrichten zu lassen. Ich erinnere mich, dass er an jenem Tag seine Eierpuddingtörtchen vorstellte. Es hat sich schnell herumgesprochen, wie sensationell sie waren. Sie waren sozusagen in aller Munde!" Mit einem verschmitzten Lächeln fügte er hinzu. „Mir gefällt der Gedanke, dass das College Josh den ersten Schritt seiner beeindruckenden Karriere ermöglicht hat, vor allem durch die Premiere seiner Eierpuddingtörtchen." Er hielt stirnrunzelnd inne. „Ich glaube, ich habe vor Kurzem gehört, dass es in den Cotswolds einen Tearoom gibt, der ebenfalls fabelhafte Eierpuddingtörtchen macht … äh … wie hieß er noch? Little irgendwas …? Ein paar Freunde von uns haben davon gesprochen."

„Der Tearoom heißt The Little Stables", sagte ich und errötete leicht. „Ja, ich bin die Besitzerin dieser Teestube."

„Tatsächlich?" Er sah mich erfreut an. „Nun, das

werde ich mir merken. Wenn wir das nächste Mal in der Gegend sind, schauen wir vorbei. Ich muss jetzt gehen ..." Er nickte mir zu und schlenderte an mir vorbei, wobei er murmelte: „Ich sage Irene Bescheid, dass Sie hier sind ..."

Ich sah ihm nach, wie er durch den Säulengang in dem privaten Innenhof verschwand, und fragte mich, ob er tatsächlich daran denken würde, es seiner Frau zu sagen. Er wirkte derart geistesabwesend, dass er mich wahrscheinlich vergessen haben würde, ehe er sein Haus betrat. Dann würde er in sein Arbeitszimmer gehen und sich in ein wissenschaftliches Journal vertiefen.

Eigentlich gab es keinen Grund, weshalb Irene bei meinen Versuchen, den Kater zu fangen, dabei sein sollte, dachte ich, als ich den Käfig hochhob und in den Garten ging. Wenn der Kater anderen Menschen gegenüber wirklich so feindselig war, wie sie behauptet hatte, konnte ich allein sogar mehr ausrichten.

Ich sah mich gründlich um und stellte den Käfig schließlich in der Nähe eines großen Busches im hinteren Teil des Gartens auf, gleich neben dem Zugang zu der wilden Wiese jenseits des College-Geländes. Vorsichtig bestückte ich die Falle mit dem mitgebrachten Köder - einer öligen, stinkenden Dose Thunfisch - und legte eine kleine Spur von der Öffnung des Fangkorbes bis zur Auslöseplatte auf der Rückseite. Dann stellte ich mich an eine alte steinerne Sonnenuhr, von der aus ich die Falle im

Auge behalten konnte.

Die Minuten vergingen. Es war sehr friedlich, fast einschläfernd im Garten. Außer dem leisen Rascheln des Sommerwindes im hohen Gras und dem trägen Summen der Bienen, die um einen großen Lavendelbusch herumschwirrten, war kein Laut zu hören. Die warme Spätnachmittagssonne glitzerte auf dem Stiel einer Mistgabel, die neben mir in einem großen Komposthaufen steckte, und spiegelte sich auf dem Schattenstab in der Mitte der Sonnenuhr. Ich verlagerte mein Gewicht von einem Bein auf das andere, schaute mich gelangweilt um und versuchte, nicht ungeduldig zu werden.

Ich überlegte gerade, ob ich mich hinsetzen sollte, als ich ein vertrautes Rascheln im Gestrüpp hörte. Zwischen den Sträuchern hinter der Falle bewegte sich etwas, und eine schlanke Gestalt trat aus dem Schatten. Es war der grau getigerte Kater. Er hielt inne und schnupperte in die Luft, dann wandte er den Kopf und sah mich mit seinen großen grünen Augen an, die denen von Müsli so ähnlich waren. Er hatte eine frische Narbe im Gesicht, die ihn noch wilder aussehen ließ.

„*Miauuu*", machte er.

„Hallo", sagte ich leise und lächelte ihm zu.

Er betrachtete mich einen weiteren Moment, dann drehte er sich um und ging langsam auf den Käfig zu. Mein Puls beschleunigte sich, als ich sah, wie er um das Gehäuse herumschlich und es vorsichtig beschnupperte. Seine Schnurrhaare zitterten, als er den Thunfisch roch, aber er hielt Abstand von der Falle und beäugte sie mit Misstrauen. Irene Mansell hatte recht gehabt: Dieser Kater würde nicht leicht zu überlisten sein. Ich beobachtete bang, wie er den Käfig noch zweimal umkreiste und sich dann abwandte.

Unwillkürlich machte ich einen Schritt nach vorne, dann hielt ich inne. Der Kater war ein paar Meter entfernt stehen geblieben und hatte sich mit dem Rücken zum Käfig gesetzt. Er begann, sich in aller Ruhe zu putzen, als sei ihm der durchdringende Fischgeruch in seiner Nähe gleichgültig. Ich starrte ihn frustriert und fassungslos an. Gerade als ich einen weiteren Schritt nach vorne machen wollte, stand er plötzlich wieder auf und schlenderte zurück zum Käfig. Diesmal ging er näher heran, schnüffelte aufmerksam an den Stahlstäben und wackelte dabei mit den Ohren. An der Öffnung des Käfigs blieb er stehen und starrte auf den Thunfischhappen, den ich dort ausgelegt hatte. Seine Schnurrhaare zuckten. Ich wagte kaum zu atmen.

Er schaute sich rasch um, dann bückte er sich, schnappte sich das Stück Thunfisch und schluckte es hinunter. Ich verspürte eine Welle der Erregung. Er hatte den Köder geschluckt! Gespannt beobachtete ich, wie der Kater seinen Kopf erneut senkte und an der Stelle schnupperte, wo das Stück Thunfisch gelegen hatte. Langsam reckte er den Kopf dorthin, wo der nächste Thunfischhappen wartete, im Inneren des Käfigs. Ich sah, wie er zögerte, dann eine Pfote hob, um einen Schritt in den Käfig zu machen -

RRRRRRRING!

Ich zuckte zusammen und fluchte leise, als mir klar wurde, dass es mein Handy war. Ich hatte vergessen, es lautlos zu stellen, und nun hallte das schrille Klingeln wie ein Feueralarm durch die Stille des Gartens. Der Kater hatte sich mit einem Ruck von der Falle entfernt, kauerte nun mit großen Augen ein paar Meter von mir entfernt und sah aus, als würde er im nächsten Moment davonlaufen. Ich kramte in meiner Tasche nach meinem Handy.

„Hallo?", meldete ich mich mit gedämpfter Stimme.

„Liebling!", trällerte meine Mutter. „Ich bin gerade bei Boswells und die haben die tollsten Brollymaps. Möchtest du einen haben?"

„Was?"

„Es heißt nicht ‚was', Liebling – es heißt ‚Verzeihung'. Er ist von Fulton, dem Regenschirmlieferanten der Queen, und der Stadtplan von London ist wunderbar illustriert, mit allen wichtigen Sehenswürdigkeiten ..."

„Mutter, hör zu, ich kann jetzt nicht reden."

Zu meiner Erleichterung war der Kater nicht weggelaufen. Er wirkte sogar ganz entspannt und näherte sich wieder dem Käfig. Ich spürte Hoffnung in mir aufkeimen. Mit leiser und ruhiger Stimme sagte ich: „Ich bin gerade beschäftigt, Mutter. Kann ich dich später zurückrufen?"

„Oh, wenn es sein muss ... obwohl ich gleich zum Friseur gehe. Es ist eigentlich kein günstiger Zeitpunkt, aber das Mädchen, das die Termine macht, ist in Mutterschaftsurlaub gegangen, und die Dame, die ihre Stelle übernommen hat, scheint nicht recht zu wissen, was sie tut - oh, bevor ich es vergesse, Liebling, willst du, dass ich das Interview mit Josh McDermott aufbewahre? Ich frage nur, weil dein Vater gestern Abend das Aufnahmegerät in Ordnung gebracht hat und es löschen wollte."

„Oh nein - lösch es bitte nicht! Ich würde mir das Interview gerne noch einmal ansehen. Vielleicht enthält es einen Hinweis auf den Mord."

„Nun, vermutlich wird es sowieso wiederholt. Ich habe gehört, dass eine spezielle Gedenksendung über Josh geplant ist, mit einer Auswahl seiner Fernsehauftritte und Interviews." Meine Mutter klang unwirsch. „Ich weiß nicht, was die ganze Aufregung soll. Ich meine, es ist natürlich furchtbar tragisch, was dem armen Jungen passiert ist, aber alle tun so, als sei er der größte Koch, der je gelebt hat."

„Ich dachte, du bist ein Fan von Josh."

„Oh nein, er kann sich nicht mit den wirklichen Größen in der Branche messen – mit den britischen Köchen, die seit Jahrzehnten bekannt sind ... wie Delia Smith zum Beispiel. Die meisten seiner Rezeptvariationen sind ein bisschen affig und einige von ihnen sind geradezu gefährlich. Wie zum Beispiel die nicht pasteurisierte Sahne in seinen

Eierpuddingtörtchen. Darüber hat er in dem Interview gesprochen. Das ist wirklich sehr unverantwortlich - Rohmilch kann alle möglichen Keime enthalten, wie Salmonellen und E.coli ... und Listerien sind sehr gefährlich, vor allem für Schwangere. Selbst wenn man keine Symptome zeigt, kann es zu einer Fehlgeburt kommen oder das Kind wird tot geboren.“

„Was?“ Ich umklammerte das Telefon fester. „Mutter, was hast du gesagt?“

„Es heißt nicht ‚was', Schatz, man sagt -“

„Oh mein Gott, Mutter, ich glaube ... ich glaube, ich weiß, wer Josh McDermott getötet hat!“

Ich ignorierte die verwirrten Fragen meiner Mutter, murmelte eine Entschuldigung und legte auf. Dann stand ich da und starrte blindlings ins Leere. Das Herz schlug mir bis zum Hals und meine Gedanken wirbelten wild durcheinander.

Es schien mir unmöglich, und dennoch ...

Ja, es passte alles, und ich konnte es nicht fassen, dass ich es nicht schon früher gesehen hatte. Josh McDermotts Interview ... seine erste große Veranstaltung und das Debüt seiner berühmten Eierpuddingtörtchen am Boscobel College ... die nicht pasteurisierte Sahne ... Listerien und die Gefahr einer Fehlgeburt ... eine Frau, deren Gesicht von jahrelangem Schmerz und Kummer gezeichnet war ... Rache ... mit dem Werkzeug eines Kochs ...

Ich holte mein Handy wieder hervor und tippte Cassies Nummer ein. Sie nahm nach dem zweiten

Klingeln ab.

„Hallo, Gemma, du hast gerade etwas Lustiges verpasst. Dora hat gesagt -"

„Cassie, ich glaube, ich weiß, wer Josh McDermott ermordet hat! Du hattest recht: Es hatte etwas mit dem Interview zu tun", unterbrach ich sie atemlos. „Hör zu, neulich hat mir der Portier vom Boscobel erzählt, dass dies für Henry Mansell und seine Frau immer eine schlimme Zeit im Jahr ist: Es ist der Jahrestag, an dem sie ihr Baby verloren haben. Weißt du, was damals passiert ist?"

„Oh, ja, ich kenne die Geschichte." Cassies Stimme klang ernst. „Das war natürlich, nachdem ich das College verlassen hatte, also kenne ich die Details nicht, aber ein paar Freunde, die für ein Postgraduiertenstudium am Boscobel geblieben sind, haben mir davon erzählt. Anscheinend wurde Irene Mansell nach vielen Schwierigkeiten doch noch schwanger - ich glaube, sie und ihr Mann haben sich einer Behandlung unterzogen, obwohl man ihr wegen ihres Alters kaum Hoffnung auf Erfolg gemacht hat. Aber dann hat es geklappt und sie waren sehr glücklich und alles lief gut ... und dann hatte sie plötzlich eine Fehlgeburt und verlor das Baby. Sie war im sechsten Monat und hatte schon das Kinderzimmer dekoriert und alles."

„Oh, das ist ja furchtbar", murmelte ich.

„Ja. Ich habe gehört, dass es sie sehr mitgenommen hat. Es war ihre letzte Chance gewesen, Kinder zu bekommen. Sie hat sich eine Zeit lang fast völlig zurückgezogen. Aber in den letzten paar Jahren ging es ihr besser. Ich glaube, ich habe sie sogar auf dem Ball gesehen. Warum fragst du -" Sie brach ab. „Gemma, du glaubst nicht etwa, dass Irene ...?"

„Doch", sagte ich. „Irene Mansell ist die Mörderin. Sie muss das Interview gesehen und plötzlich erkannt haben, dass Josh für die Fehlgeburt verantwortlich war. Die nicht pasteurisierte Sahne, die er für seine Eierpuddingtörtchen verwendet hat, hat bei ihr eine Listeriose ausgelöst."

„Listeriose?"

„Das ist eine Art von Lebensmittelvergiftung - eine Infektion, die durch das Bakterium Listeria verursacht wird. Sie ist recht selten und verläuft normalerweise nicht tödlich, aber für schwangere Frauen ist sie sehr gefährlich. Ich weiß nicht, wann Irene ihre Fehlgeburt hatte, aber ich wette, es war kurz nach der Afternoon-Tea-Party im Rahmen der Hundertjahrfeier am Boscobel College, die Josh ausgerichtet hat. In dem Interview hat er gesagt, dass er die nicht pasteurisierte Sahne zum ersten Mal bei seiner ‚ersten großen Veranstaltung' verwendet hat - und Henry Mansell hat mir heute Nachmittag erzählt, dass Joshs Eierpuddingtörtchen bei der Teeparty im College ihr Debüt hatten. Das passt alles!"

„Verdammt ...", sagte Cassie. „Also war Irene diejenige, die an den Kabeln herumgepfuscht hat?"

„Sie hatte die perfekte Gelegenheit: Die

Ausrüstung wurde tagsüber im Haus des Masters aufbewahrt, bevor das Fernsehteam alles für die Kochshow vorbereitet hat. Wir haben uns alle darauf konzentriert, wer in den Speisesaal gelangt sein könnte, um den Schneebesen zu manipulieren, und wir haben nie die Möglichkeit in Betracht gezogen, dass er manipuliert wurde, bevor er in den Saal getragen und auf die Arbeitsfläche gestellt wurde!"

„Wir haben also ganz falschgelegen."

„Nun, nicht in allem. In einer Sache hatten wir recht: Bei diesem Mord ging es um Rache. Weißt du, ich habe Lincoln und Jo im White Horse Pub getroffen, als ich mit Antonio Casa verabredet war. Jo sagte etwas, das mir jetzt erst wieder einfällt. Sie meinte, dass wir Frauen Dinge in uns hineinfressen und jahrzehntelang schmoren lassen können, und sie sprach in diesem Zusammenhang von Frauen, die sich an ihren Ehemännern oder Partnern rächen, weil sie sie betrogen haben, aber darum ging es hier nicht. Irene Mansell muss ihren Schmerz und ihre Bitterkeit all die Jahre in sich getragen haben, und dann hat sie plötzlich herausgefunden, warum sie ihr lang ersehntes Baby verloren hat: nur weil ein eingebildeter junger Mann beschlossen hat, die Regeln zu missachten und es niemandem zu sagen."

„Verdammt ...", sagte Cassie noch einmal. „Sie muss außer sich gewesen sein."

„Wer wäre das nicht? Sie muss ihn gehasst haben - und als sie erfuhr, dass Josh am Abend des Balls ins College kommen würde, schien es, als würde ihr das Schicksal die perfekte Gelegenheit präsentieren, es ihm heimzuzahlen. Auge um Auge – oder in diesem Fall ein Leben für ein anderes.“

„Du musst Devlin das alles erzählen.“

„Das werde ich, sobald ich -“

Ein Geräusch hinter mir ließ mich herumfahren. Ich keuchte entsetzt auf und das Telefon entglitt meinen Fingern. Irene Mansell stand hinter mir, ihr Gesicht war blass und angespannt. An dem Ausdruck in ihren Augen erkannte ich, dass sie alles gehört hatte.

„Irene ...“, sagte ich nervös. Ich sah mich verstohlen um, aber wir waren ganz allein im Garten. Die einzige andere Bewegung kam von dem wilden Kater, der immer noch um die Falle strich, aber ich beachtete ihn kaum. Ich konzentrierte mich ganz auf die Frau, die vor mir stand und deren Augen dunkel glühten.

„Ich habe mich natürlich gefragt, ob Sie es am Ende herausfinden würde“, sagte Irene freundlich. „Ich wusste, dass Sie ein kluges Mädchen sind. Ich habe früher unterrichtet ... wussten Sie das? Ich war Lehrerin für Naturwissenschaften an der Highschool, bevor ich Henry geheiratet habe. Sie erinnern mich an einige meiner besten Schüler: intelligent, kreativ und hartnäckig. Es ist eine Schande, dass Ihnen diese Talente nicht weiterhelfen werden ...“

Sie machte einen Schritt auf mich zu, und meine Augen weiteten sich, als ich sah, was sie in den Händen hielt: die Mistgabel vom Komposthaufen, deren scharfe Zinken auf mich gerichtet waren. Ich wollte zurückweichen, doch die Sonnenuhr stand direkt hinter mir. Ich saß in der Falle und die gefährlich aussehende Mistgabel machte jeden Gedanken an Flucht unmöglich.

„Warten Sie, Irene ... können wir darüber reden - ?"

„Was gibt es da zu reden? Sie scheinen schon alles zu wissen", erwiderte sie, immer noch mit dieser angenehmen Stimme, als sei dies eine Verabredung zum Nachmittagstee.

„Ich weiß nicht, wie Sie an den Kabeln herumpfuschen konnten", murmelte ich. „Ich meine, ich weiß nicht, woher Sie wussten, wie man das macht."

Sie lachte. „Oh, das war einfach. Ich kannte die Grundprinzipien aus meiner Zeit als Lehrerin. Der Lernstoff der neunten Klasse ist sehr nützlich. Und es ist erstaunlich, welche Informationen man im Internet finden kann ... Natürlich hat man nicht unbedingt die Zeit, den perfekten Mord zu planen und vorzubereiten - manchmal muss man improvisieren ..."

Sie hob die Mistgabel leicht an, sodass die Zinken genau auf meine Kehle zielten. Ich schluckte und lehnte mich so weit zurück, wie ich konnte.

„Irene, das ist verrückt! Sie können mich nicht umbringen ... hier laufen überall Menschen herum. Damit kommen Sie nicht durch."

„Ach nein? Sie würden sich wundern. Die

Vorlesungszeit ist vorbei, die meisten Studenten sind abgereist und vom Personal ist nur noch eine Notbesetzung hier. Die meisten kommen sowieso nie hierher. Und wenn Ihre Leiche auf der Wiese hinter dem College liegt, könnte es sein, dass man Sie erst nach ein paar Tagen findet."

„Meine Freunde wissen, dass ich im Boscobel bin", sagte ich verzweifelt. „Sie würden nach mir suchen. Sie würden mich sehr schnell finden, es würde keineswegs Tage dauern. Und mein Freund ist ein Detective ..."

„Er ist der gutaussehende Mann mit den blauen Augen, nicht wahr? Ja, bei ihm muss ich vorsichtig sein. Er ist kein Dummkopf, das sieht man sofort. Aber keine Sorge, er wird keinen Grund haben, mich zu verdächtigen."

Sie kam noch ein Stück näher. Die Zinken der Mistgabel berührten jetzt fast meinen Hals, und ich spürte, wie ich vor Anstrengung zitterte, weil ich mich krampfhaft nach hinten lehnte.

Irene Mansell lächelte. „Sie halten besser still. Ich kann Ihnen nicht versprechen, dass es nicht wehtut, vermutlich wird es sogar sehr schmerzhaft sein, aber es dauert hoffentlich nicht lange. Wenn Sie erst einmal Blut verloren haben, werden Sie nicht mehr viel spüren."

Panik ergriff mich. Die Frau war völlig verrückt! Meine Hände krallten sich an die steinerne Einfassung der Sonnenuhr hinter mir fest. Ich überlegte, mich zur Seite zu werfen, aber ich wusste, dass zu wenig Platz war - ich würde der Mistgabel nicht ausweichen können, sondern Irene die Sache nur leichter machen. Aber was war die Alternative? Hier zu stehen und zu warten, bis mich Irene Mansell aufspießte wie ein Grillwürstchen?

Wie in Zeitlupe sah ich, wie ihre Fingerknöchel weiß wurden, als sie den Griff umklammerte und die Mistgabel noch ein Stückchen anhob. Ich öffnete den Mund, aber bevor ich einen Laut von mir geben konnte, wurde die Luft von einem grässlichen Schrei zerrissen.

„MIIIIAAAAUUU!"

Es folgten ein Knall und das Klappern von Stahl, als die Katzenfalle neben uns heftig bebte. Ein weiterer Schrei ertönte und etwas, was aussah wie ein Tornado aus zischendem, spuckendem Fell, flog durch das Innere des Käfigs, der dadurch rasselnd auf und ab hüpfte.

Irene Mansell zuckte überrascht zusammen und stieß mit der Mistgabel in Richtung des Käfigs, doch die plötzliche Bewegung brachte sie aus dem Gleichgewicht, und sie stolperte.

Ich sprang aus dem Weg, als sie an mir vorbeitaumelte, ohne die Mistgabel loszulassen, dann fiel sie gegen die Sonnenuhr. Ich hörte ein furchtbares Krachen, als sie mit dem Kopf gegen die Seite des steinernen Bauwerks prallte.

Dann sackte sie zu Boden.

Plötzlich versagten mir die Beine und ich setzte mich schnell ins Gras. In meinen Ohren dröhnte es, und einen Moment lang dachte ich, mir würde schlecht. Kalter Schweiß lief mir über den Rücken und meine Hände zitterten. Dann, ganz langsam, verging das Gefühl. Ich rappelte mich auf, schluckte gegen die aufsteigende Übelkeit in meiner Kehle an und holte zitternd Luft.

Das Geräusch nahender Schritte ließ mich aufblicken. Zwei Männer stürmten in den Garten. Es waren Henry Mansell und der freundliche College-Pförtner, den ich in der Ballnacht kennengelernt hatte. Sie stockten kurz, als sie das Bild sahen, das sich ihnen bot: Irene Mansell lag bewusstlos neben der Sonnenuhr, ich kauerte neben ihr im Gras, und auf dem Boden neben mir stand ein Käfig mit einem fauchenden, spuckenden Kater, der uns allen böse Blicke zuwarf.

„Irene!", rief Henry Mansell und eilte zu seiner Frau. „Rufen Sie einen Krankenwagen!", rief er dem Pförtner zu, der nickte und eilig davonlief. Dann hockte er sich neben die leblose Gestalt und fühlte ihren Puls. Zunächst schien er erleichtert und lehnte sich zurück, doch dann erstarrte er, als er die Mistgabel in ihrer Hand bemerkte. Er schaute mich fragend an.

„Was ist hier passiert?"

Ich zögerte, dann sagte ich: „Ihre Frau hat versucht, mich umzubringen."

„Wie bitte?" Mr Mansell sah mich verständnislos an.

„Es ist wahr. Sie wollte mich zum Schweigen

bringen, weil ich die Wahrheit herausgefunden hatte.“

„Die Wahrheit?“

„Die Wahrheit über den Mord an Josh McDermott - dass sie ihn ermordet hat.“

Er sah aus, als hätte ihm jemand ein Messer in den Leib gerammt, und alle Farbe wich aus seinem Gesicht. „Warum ... warum sollte sie Josh töten?“, flüsterte er tonlos.

„Aus Rache ... weil er dafür verantwortlich war, dass sie damals das Baby verloren hat“, antwortete ich sanft. „Aber das wussten Sie bereits, nicht wahr?“, fügte ich hinzu, als ich den Ausdruck in seinen Augen sah.

Der Master des Boscobel Colleges zögerte, stieß dann einen tiefen Seufzer aus und schien in sich zusammenzufallen. „Ich ... ja ... möge Gott mir verzeihen, ich wusste es.“ Er blickte auf seine bewusstlose Frau hinunter. „Ich habe mich elend gefühlt, dass ich sie überhaupt verdächtigt habe, aber ...“ Er schüttelte den Kopf und sah mich flehentlich an. „Sie müssen das verstehen. Irene war wie verwandelt, nachdem wir unser Baby verloren hatten. Ich war natürlich auch sehr traurig, aber für sie war es, als sei alles Licht in ihrer Welt erloschen. Sie aß nicht, schlief nicht, verließ monatelang das Haus nicht. Selbst nach Jahren gelang es ihr nicht, so weiterzumachen wie ich. Sie war nahezu besessen von dem Gedanken, die Ursache für die Fehlgeburt herauszufinden. Die Ärzte sagten ihr, dass es manchmal zu spontanen Fehlgeburten kommt, aber sie weigerte sich, ihnen zu glauben. Sie war während der gesamten Schwangerschaft so vorsichtig gewesen, hatte auf ihre Ernährung und ihren Nachtschlaf geachtet, hatte nicht zu viel und nicht zu wenig Sport getrieben, hatte nichts getan, was dem Baby hätte schaden können. Sie konnte einfach nicht begreifen, wie das hatte passieren können.“

„Und dann fand sie es heraus ...“

Henry Mansell nickte grimmig. „Ja, und dann fand sie es heraus ... und es war, als sei die Wut, die all die Jahre in ihr geschwelt hatte, plötzlich zu neuem Leben erwacht. Ich merkte, dass sich etwas verändert hatte, aber ich wusste nicht, was es war. Ich habe mir das Interview nicht mit ihr angesehen. Aber mir fiel auf, dass Irene plötzlich unruhig und zerstreut wirkte - und doch erfüllt von einer seltsamen, wie unterdrückten Energie. Ich schätze, ich hätte es wissen müssen ... hätte etwas sagen müssen ...“

„Machen Sie sich keine Vorwürfe“, sagte ich und legte impulsiv meine Hand auf seine. „Und eigentlich können Sie auch Ihrer Frau keine Vorwürfe machen.“

Ich erwartete, dass er zurückzucken würde - er war genau der Typ, der der klassischen britischen Tradition folgte, in der Öffentlichkeit keine Gefühle zu zeigen -, aber zu meiner Überraschung legte er meine Hand in seine und schenkte mir ein trauriges Lächeln.

„Danke, meine Liebe. Das ist sehr nett von Ihnen." Mit einem Blick auf seine bewusstlose Frau sagte er leise: „Ich hoffe, die Geschworenen werden ebenso verständnisvoll sein." Dann straffte er die Schultern und sah dem Pförtner entgegen, als er in den Garten trat.

„Der Krankenwagen ist unterwegs, Sir."

Henry Mansell nickte, dann sagte er langsam: „Und Sie sollten besser auch die Polizei rufen."

„Die Polizei?", wiederholte der Pförtner erstaunt.

Ich sah, dass Irene sich rührte und ihr Mann sich zu ihr hinunterbeugte, um sie zärtlich in die Arme zu nehmen. Ich stand auf und trat zum Pförtner.

„Ich komme mit Ihnen zurück zur Pförtnerloge", sagte ich, um den Mansells etwas Privatsphäre zu geben.

„Was ist passiert?", fragte er, während wir losgingen. „Als ich diesen schrecklichen Schrei hörte, kam ich so schnell ich konnte angerannt. Ich hatte ja keine Ahnung, dass es der Kater war - ich dachte, es sei etwas Schreckliches passiert."

„Beinahe wäre etwas Schreckliches passiert." Ich rieb mir vorsichtig den Hals. Dann sagte ich mit einem schmalen Lächeln: „Aber es ist nicht das erste Mal, dass mir eine Katze das Leben rettet."

Kapitel 28

Zur Hauptverkehrszeit quoll der Bahnhof von Oxford schier über von Pendlern und den üblichen Besucher- und Touristenströmen, die täglich in die berühmte Universitätsstadt kamen. Ich folgte Devlin, der seine Mutter auf den Bahnsteig begleitete, und dann standen wir zusammen und warteten auf den nächsten Zug Richtung Norden.

„Ist der Fall jetzt erledigt?", fragte Keeley ihren Sohn.

„Ja, von unserer Seite schon. Die Ermittlungen sind abgeschlossen, wir haben eine Verhaftung vorgenommen. Aber der Prozess fängt gerade erst an und wird sich wahrscheinlich noch eine Weile hinziehen."

„Sie werden verständnisvoll sein, nicht wahr?", fragte ich.

Devlins Blick wurde weicher. „Ja, ich denke, alle werden Irene Mansell wohlwollend gegenüberstehen. Nicht, dass es ihre Tat rechtfertigt - Mord ist niemals gerechtfertigt -, aber ich denke, wir können alle verstehen, wie sie dazu getrieben wurde, das zu tun, was sie getan hat."

„Die arme Frau ...", sagte Keeley. „Ich weiß noch, wie ich mit dir schwanger war, Dev, und obwohl ich zuvor gar nicht den Wunsch hatte, Mutter zu werden, hatte ich schreckliche Angst, dich zu verlieren. Ich will mir nicht vorstellen, was Irene durchgemacht haben muss."

Ich wandte mich ab und blickte auf die Bahngleise hinaus, wobei ich über die Ironie des Schicksals nachdachte - eine Frau wünschte sich so sehr ein Baby, dass sie bereit war zu töten, um das Kind zu rächen, das sie verloren hatte, und eine andere Frau hatte nie Mutter werden wollen und versuchte nun, eine Verbindung zu dem Sohn herzustellen, den sie recht unbekümmert in die Welt gesetzt hatte.

„Es war großartig, dich kennenzulernen, Gemma", sagte Keeley und umarmte mich. „Ich habe es wirklich genossen, Zeit mit dir zu verbringen - schade, dass ich nicht länger bleiben kann."

„Ich fand es auch schön", sagte ich lächelnd und stellte zu meiner Überraschung fest, dass ich sie vermissen würde.

Bei allem Ärger und Stress, den ihr Besuch mit sich gebracht hatte, hatte ich es genossen, Keeley O'Connor kennenzulernen. Ja, sie war flatterhaft und impulsiv, unverblümt und leichtfertig ... aber sie war auch warmherzig und charmant und in gewisser Weise sogar inspirierend. Und vor allem konnte man mit ihr Spaß haben. Auch wenn man sich immer wieder über sie ärgerte, war es doch herrlich, mit ihr zusammen zu sein. Das war schon seltsam: Ich hatte mich vor der ersten Begegnung mit der Mutter meines Freundes gefürchtet – und hatte stattdessen jemanden kennengelernt, der wie eine verrückte ältere Schwester war.

Keeley warf ihrem Sohn einen zaghaften Blick zu. „Vielleicht kommt ihr zwei mich mal besuchen? Dev kommt nicht oft nach Hause."

Ihr Ton klang, als sagte sie es nur so dahin, aber ich bemerkte die Verletzlichkeit in ihren Augen. Auf ihre Weise wünschte sich Keeley O'Connor, dass ihr Sohn sie liebte und ihr Verständnis entgegenbrachte. Ich sah Devlin hoffnungsvoll an. Seine blauen Augen – die denen seiner Mutter so ähnlich waren – trübten sich einen Moment lang, dann lächelte er und legte Keeley den Arm um die Schultern.

„Ich würde Gemma gerne mitbringen, Mum. Vielleicht wenn ich das nächste Mal Urlaub habe und Gemma sich in der Teestube freinehmen kann."

Keeley strahlte und nahm ihren Sohn fest in den Arm, als der Zug in den Bahnhof einfuhr und ihr langes blondes Haar in alle Richtungen wehen ließ. Die Leute drängten sich zu den Waggontüren. Devlin reichte seiner Mutter den Koffer an, und sie blieb in der Waggontür stehen.

„Seid brav, ihr zwei!", grinste sie.

Dann fuhr der Zug an und wir blieben auf dem leeren Bahnsteig zurück. Ich betrachtete Devlin verstohlen: Er starrte dem Zug nach und es war schwierig, seine Gedanken zu lesen. Ich ließ meine Hand in seine gleiten und drückte sie. Ein Lächeln erhellte seine blauen Augen.

„Weißt du, Gemma ... ich glaube, du hattest recht."

„Womit?"

„Nun, du hast gesagt, ich solle meiner Mutter eine Chance geben ... und sie scheint sich tatsächlich zu ändern. So ruhig und nett war es schon lange nicht mehr mit ihr. Es gab keine peinlichen Rettungsaktionen aus irgendwelchen Spelunken, keinen verdächtigen Rauch aus dem Badezimmerfenster, keine schlaflosen Nächte, in denen ich mir das Hirn zermartert habe, wo sie ist und was sie macht ..."

„Äh ..." Ich biss mir auf die Zunge, um nichts Falsches zu sagen.

„Ich glaube, sie wird endlich erwachsen", sagte Devlin froh. „Vielleicht wird sie jetzt in ihren Vierzigern ruhiger und benimmt sich mehr wie andere Mütter."

Ich schaute in Devlins glückliches Gesicht und fragte mich, was ich tun sollte. Die Wahrheit sagen? Oder ihn in seliger Unwissenheit lassen?

„Ach, Devlin, weißt du ... vielleicht sollten wir nicht erwarten, dass sich unsere Mütter ändern", sagte ich schließlich.

Er runzelte die Stirn. „Was meinst du damit? Du hast doch gesehen, wie meine Mutter ist – dass sie reifer und verantwortungsbewusster werden muss, steht außer Frage, oder?"

„Nun, selbst wenn sie sich nicht ändert, ist sie immer noch deine Mutter. Und ... na ja, womöglich wäre es unkomplizierter für dich, wenn du nicht ständig erwarten würdest, dass sie sich ändert ... wenn du sie einfach so akzeptierst, wie sie ist." Ich drückte seine Hand. „Menschen ändern sich nicht wirklich, Devlin - das solltest du wissen. Sie sind, wie sie sind ... und wenn man sie liebt, dann nimmt man sie so, wie sie sind." Ich lächelte wehmütig. „Kinder sagen immer, dass sie von ihren Eltern so akzeptiert werden wollen, wie sie sind ... nun, ich denke, manchmal wünschen sich Eltern umgekehrt dasselbe." Ich blickte zurück auf die leeren Bahngleise, die in der Ferne miteinander zu verschmelzen schienen. „Trotz all ihrer Fehler ... ich finde deine Mutter großartig."

Devlin sah mich ungläubig an. „Du findest meine Mutter großartig?"

Ich legte Devlin die Arme um den Hals und küsste ihn zärtlich. „Nun, sie hat dich zur Welt gebracht, nicht wahr? Das allein macht sie in meinen Augen zu einer wunderbaren Frau."

Bevor Devlin etwas erwidern konnte, schrillte mein Handy in meiner Tasche. Ich zuckte entschuldigend mit den Achseln, holte das Telefon heraus und warf einen schnellen Blick auf das Display. Es war meine Mutter.

„Liebling!", begrüßte sie mich munter. „Ich bin

gerade bei Debenhams, in der Abteilung mit den Nagelbürsten. Was meinst du – möchtest du eine ergonomisch geformte aus Walnussholz oder eine aus Naturholz mit stabilen Kaktusborsten?"

„Hm?"

„Ich dachte, das Walnussholz wäre viel schöner. Die Bürste hat mittelstarke Naturborsten und kann auf Reisen auch als kleine Körperbürste verwendet werden - ist das nicht praktisch?"

Ich stöhnte auf. „Mutter, ich brauche keine Nagelbürste."

„Ach, Unsinn, Liebling, wie willst du denn sonst deine Nägel richtig sauber bekommen? Vergiss nicht, eine Dame pflegt ihre Hände, und Schmutz unter den Fingernägeln ist furchtbar unansehnlich!"

„Mutter ..." Ich wollte sie mit einer knappen Antwort zum Schweigen bringen, als mir einfiel, was ich gerade zu Devlin gesagt hatte. Ich lächelte. Vielleicht war es an der Zeit, dass ich meinen eigenen Rat befolgte. Ich holte tief Luft und sagte: „Weißt du was, Mutter? Wenn du warten kannst, komme ich schnell zu Debenhams. Ich bin gerade am Bahnhof, ich brauche also nur zehn Minuten. Hmm? Oh ... Tee mit dir und Tante Helen klingt auch gut ... ja, bis gleich!"

Epilog

„Der Tierarzt sagte, er sei in bemerkenswert guter Verfassung, wenn man bedenkt, dass er auf der Straße gelebt und sich sein Futter sonst wo zusammengesucht hat. Er ist ein bisschen dünn und hat ein paar Schrammen und Kratzer, aber nichts Ernstes. Eine Dosis Flohmittel, die eine oder andere Impfung und ein paar Wurmkuren, und schon war er wieder fit", sagte Seth. „Ich glaube, sie waren ganz froh, ihn loszuwerden. Er scheint ein bösartiger Bursche zu sein. Er hat die Tierarzthelferin zweimal gebissen und dem Tierarzt fast das Auge ausgekratzt. Ich wäre an deiner Stelle vorsichtig. Komm ihm lieber nicht zu nahe", fügte er hinzu und beäugte den Kater im Käfig misstrauisch.

Ich ignorierte Seths Warnung und hockte mich neben den Katzentransporter. Der Kater saß mürrisch in der hintersten Ecke, die Ohren an den Kopf gepresst und die Augen zu Schlitzen verengt. Er hob das Kinn leicht an, als er mich sah, und ich stellte fest, dass der Blick aus seinen grünen Augen freundlicher wurde.

Er stieß ein kehliges „*Miau*“ aus und sah mich vorwurfsvoll an.

„Hallo“, begrüßte ich ihn leise. „Es tut mir leid, dass ich dich ausgetrickst habe, aber wir versuchen, ein gutes Zuhause für dich zu finden.“

„Äh, ja, was das angeht ...“ Seth sah unbehaglich aus. „Ich habe mich umgehört, aber es ist ein bisschen schwierig, jemanden zu finden, der ihn aufnimmt.“

„Hast du nicht gesagt, er bräuchte etwas, wo es einen Unterschlupf im Freien gibt, auf einem Bauernhof oder so?“

„Nun, ja, es gibt ein paar Höfe in der Nähe, aber auf dem einen wohnt eine Familie mit kleinen Kindern und der andere hat einen angeschlossenen Reiterhof mit vielen Besuchern. Und da er so aggressiv ist, sind beide ungeeignet.“

„Oh, so schlimm ist er nicht – sieh nur!“ Der Kater hatte sich aus seiner Ecke gewagt und beschnupperte nun meine Finger durch die Gitterstäbe des Käfigs. „Bist du sicher, dass sie nicht übertreiben? Vielleicht sind sie nur voreingenommen wegen seines vernarbten Gesichts. Ich glaube, er ist eigentlich ein großer Softie.“

„Ich weiß nicht, Gemma. Ich habe den Verband an der Hand der Tierarzthelferin gesehen und sie hat bestimmt nicht übertrieben!“ Seth sah ungläubig staunend zu, wie ich den Kater unter dem Kinn kraulte, bis lautes Schnurren den Raum erfüllte. „Bei dir ist er ganz zutraulich." Seine Miene erhellte sich. „Vielleicht kannst du ihn adoptieren?"

Ich schaute zu Müsli hinüber, die auf meinem Sofa kauerte und den Kater mit aufgestelltem Fell und wütend zuckendem Schwanz anstarrte.

Ich schmunzelte. „Ich glaube, Müsli sollte ein Wörtchen mitreden dürfen."

„Ach was, ich wette, sie werden gute Freunde!", strahlte Seth. „Sie sehen sich sogar ähnlich. Bestimmt teilen sie sich ihr Fressen und spielen zusammen ..."

„Zusammen spielen?" Ich verkniff mir ein Lachen. „Seth, die meisten Katzen spielen nicht miteinander - zumindest nicht, wenn sie etwas älter sind, und schon gar nicht, wenn sie nicht zusammen aufgewachsen sind. Wir können uns glücklich schätzen, wenn sie im selben Zimmer bleiben, ohne zu streiten." Ich warf einen weiteren Blick auf meine Katze. „Müsli würde ihn liebend gern in Stücke reißen."

„Müsli?" Seth lachte. „Der Kater ist doppelt so groß wie sie! Ich würde mir eher Sorgen um sie machen."

„Da wäre ich mir nicht so sicher", sagte ich düster. „Die Größe spielt nicht immer eine Rolle. Sonst gäbe es nicht so viele große Hunde auf der Welt, die Angst vor kleinen Kätzchen haben. Wie auch immer, nein, es tut mir leid, ich würde ja gerne, aber ich kann ihn nicht nehmen."

„Nun, einen Versuch war es wert", seufzte Seth. „Was soll ich nur mit ihm machen? Wir müssen jemanden finden, der über sein wildes Äußeres hinwegsehen kann, ihm Zeit und Verständnis schenkt und ihn so liebt, wie er ist."

Ich lächelte plötzlich. „Ich glaube, ich weiß genau die Richtige."

***

Das Dorf Meadowford-on-Smythe lag ruhig und friedlich da, die Spätnachmittagssonne warf lange Schatten auf die gepflasterten Gassen und die goldenen Kalksteinmauern der Cottages. In der Ferne hörte ich den Eiswagen läuten, der seine Runden drehte, und in der Nähe sang ein Rotkehlchen. Es schien wie das perfekte Ende eines entspannten Sommertages und ich blickte auf den Käfig in meiner Hand und hoffte, dass es auch das perfekte Ende der Geschichte um eine einsame alte Dame sein würde.

Langsam ging ich den Pfad zu dem kleinen Haus hinauf und klingelte. Einen Moment später schwang die Tür auf und Mrs Purdy sah mich überrascht an.

„Gemma, meine Liebe! Wie schön, dass Sie -" Sie unterbrach sich, als sie den Käfig erblickte, und ein strahlendes Lächeln breitete sich auf ihrem Gesicht aus. „Oh, Sie haben Müsli mitgebracht!"

„Nein, es ist nicht Müsli - obwohl er ihr sehr ähnlich sieht." Ich lächelte, als ich den Käfig hochhielt.

„Ohhh." Mit großen Augen starrte sie den Kater an. „Ist er … wie heißt er?", flüsterte sie.

„Bis jetzt hat er noch keinen Namen. Er war ein Streuner, wissen Sie, und hat sich auf dem Gelände eines Colleges in Oxford herumgetrieben. Er war eine echte Plage."

„Eine Plage? Wie kann ein so hübscher Bursche eine Plage sein?", sagte Mrs Purdy entrüstet.

„Na ja, er kann Fremden gegenüber ziemlich aggressiv sein und er kratzt - oh, vorsichtig!", rief ich, als Mrs Purdy näher kam und ihr faltiges Gesicht an den Käfig hielt.

„*Miau*", sagte der Kater.

Ich hielt meinen Atem an. Einen Moment lang herrschte Schweigen, während Mrs Purdy und der Kater einander musterten. Dann streckte der Kater eine Pfote aus und tätschelte die Hand der alten Dame durch die Gitterstäbe.

„Oh! Er will Hallo sagen!", seufzte Mrs Purdy. „Schnell, schnell, lassen Sie ihn raus!"

„Warten Sie, ich glaube nicht, dass …"

Meine Worte trafen auf taube Ohren. Mrs Purdy nahm mir den Käfig ab und öffnete die Tür. Einen Moment später kam der Kater heraus und die alte Dame schloss ihn ohne Umschweife in die Arme. Ich beobachtete die beiden nervös und fragte mich, was ich tun sollte, wenn der Kater Mrs Purdy das Gesicht zerkratzte, aber zu meiner Erleichterung lag er ruhig in ihren Armen und betrachtete neugierig seine

Umgebung.

„Oh, er ist hinreißend - er ist absolut hinreißend!“, schwärmte Mrs Purdy. „Kann er über Nacht bei mir bleiben - bitte?“

„Eigentlich …“ Ich lächelte sie an. „Er kann für immer bleiben, wenn Sie sich mit ihm anfreunden würden.“

Sie war sprachlos. „Sie meinen …“

„Nun, er braucht ein neues Zuhause. Der Tierarzt hat ihn untersucht, geimpft, entfloht und entwurmt …“

Mrs Purdy hörte gar nicht zu. Sie unterhielt sich mit dem Kater, erklärte ihm, was sie ihm zum Abendessen kochen würde, und fragte ihn, auf welcher Seite des Bettes er schlafen wollte. Ich hatte einen Kloß im Hals, als ich ihr glückliches Lächeln sah. Ich wollte mich unauffällig zurückziehen, doch als ich den leeren Käfig aufhob, hielt mich Mrs Purdy zurück.

„Oh, warten Sie, hat er wirklich noch keinen Namen?“

„Nicht, dass ich wüsste. Falls die Leute am College ihm einen Namen gegeben haben, war es bestimmt kein netter.“

„Dann müssen wir einen Namen für ihn finden“, erklärte Mrs Purdy.

„Ja, etwas, das zu seinem Aussehen passt. Vielleicht Tiger oder Rambo …“

„Pudding.“

Ich starrte sie an. „Pudding?“

Mrs Purdy nickte strahlend. „Ja, Pudding. Weil er so ein süßer Kerl ist ...“ Sie betrachtete den großen, kampferprobten Kater in ihren Armen liebevoll. „Finden Sie nicht auch, dass es perfekt zu ihm passt?“

„Aber er ist ein echter Macho! Meinen Sie nicht, Sie sollten ihm einen Namen geben, der -“ Ich verstummte und sah den Kater an. Dann dachte ich an die Eierpuddingtörtchen, mit denen die ganze Sache angefangen hatte.

Ich lächelte die alte Dame an. „Ja, Pudding ist perfekt.“

Rezept für Eierpuddingtörtchen

(*Mit freundlicher Genehmigung von Kim McMahan Davis* — „*Cinnamon and Sugar… and a Little Bit of Murder*"-*Blog*)

ZUTATEN

Für den Teig

- 225 g Allzweckmehl
- 85 g Feinzucker
- 1 Prise Salz
- 1 Prise frisch geriebene Muskatnuss
- 150 g kalte Butter, in kleine Stücke geschnitten
- 1 ganzes Ei + 1 Eigelb, miteinander verquirlt
- 1 Eigelb, zum Bestreichen des Teigs während des Backens

Für die Puddingfüllung

- 375 g „Heavy Cream" (Sahne mit einem Fettgehalt zwischen 36 und 40 Prozent)
- 90 g Vollmilch
- 2 ganze Eier + 2 Eigelb
- 85 g Feinzucker

- 2 Teelöffel Vanilleextrakt
- Frisch geriebene Muskatnuss

ANLEITUNG

1.   Heizen Sie den Ofen noch nicht vor, da der Teig vor dem Backen im Kühlschrank ruhen muss.

2.   Das Mehl, den Zucker, das Salz und die Muskatnuss in die Schüssel einer Küchenmaschine geben und mittels Pulsfunktion vermischen. Alternativ können Sie die Zutaten auch in einer Rührschüssel verquirlen.

3.   Die kalte Butter zu der Mehlmischung geben und entweder in der Küchenmaschine mit der Pulsfunktion vermischen oder mit einer Gabel oder einem Teigschneider einarbeiten, bis eine krümelige Mischung entsteht.

4.   3/4 der verquirlten Eier zur Mehlmischung geben und mit der Küchenmaschine (oder von Hand) vermengen, bis ein zusammenhängender Teig entsteht. Wenn die Mischung zu trocken ist, das restliche Ei hinzufügen.

5.   Den Teig auf eine leicht bemehlte Arbeitsfläche geben und zu einer Scheibe formen. In Frischhaltefolie einwickeln und 1 Stunde lang kühl stellen.

6. Den Teig ausrollen und Kreise ausstechen, die groß genug sind für die Törtchenformen oder die Mulden des Mini-Muffinblechs. Sie können auch unterschiedliche Größen ausstechen. Die Förmchen mit den Teigkreisen auskleiden.

7. Jede Form mit Backpapier abdecken und 30 Minuten lang in den Kühlschrank stellen.

8. Den Backofen auf 180 °C heizen.

9. Die Teigschalen aus dem Kühlschrank nehmen. Das Backpapier vorsichtig in die Teigschalen drücken, entweder Backbohnen oder Reis auf das Backpapier legen und die Teigschalen damit fast bis zum Rand füllen. Dadurch wird verhindert, dass der Teig beim Backen zusammensackt.

10. 15 Minuten backen, dann das Backpapier zusammen mit dem Reis oder den Bohnen entfernen.

11. Die Teigschalen wieder in den Ofen schieben und weitere 5 Minuten backen.

12. Aus dem Ofen nehmen und jede Teigschale mit dem verquirlten Eigelb bestreichen.

13. Erneut in den Ofen schieben und weitere 5 Minuten backen.

14. Die Teigschalen aus dem Ofen nehmen und die

Ofentemperatur auf 120 °C reduzieren.

Puddingfüllung

1.   Sahne und Milch in einem mittelgroßen Topf bei mittlerer bis niedriger Hitze erhitzen. Unter häufigem Rühren so lange erhitzen, bis sich am Pfannenrand kleine Bläschen bilden.

2.   Eier, Eigelb, Zucker und Vanille verquirlen.

3.   Sobald die Sahne heiß ist, ganz langsam und unter ständigem Rühren zu der Eier-Zucker-Mischung geben. Nicht versuchen, alles auf einmal hinzuzufügen, sonst gibt es am Ende Rührei.

4.   Die Füllung in die vorgebackenen Teigschalen geben, dabei darauf achten, dass sie gleichmäßig gefüllt sind, damit sie die gleiche Garzeit haben. Frische Muskatnuss über die Füllung reiben.

5.   18 - 30 Minuten backen, je nach Größe der Törtchen.* Die Füllung sollte weitgehend fest sein, aber in der Mitte noch leicht wackeln.

6.   Aus dem Ofen nehmen und vor dem Servieren auf Zimmertemperatur abkühlen lassen.

Tipps

1.   Die Törtchen, die ich mit einer Mini-Muffinform gebacken habe, brauchten 18 Minuten. Die kleinen Tortenförmchen brauchten 20 bis 25 Minuten. Beobachten Sie den Backvorgang genau und prüfen Sie häufig, ob der Teig gar ist.

2.   Sie können eine große Tarteform verwenden. Dann brauchen Sie eine Backzeit von 35 bis 45 Minuten.

3.   Sie können einen vorgefertigten, gekühlten Kuchenteig verwenden, anstatt den Teig selbst zu machen. Achten Sie aber darauf, dass Sie ihn vorbacken und mit Eigelb bestreichen, damit die gebackenen Teigschalen nicht durch die Puddingfüllung aufweichen.

4.   Wenn Sie etwas von der Puddingfüllung übrig haben, füllen Sie sie in kleine Backförmchen. Die Förmchen in eine flache Auflaufform stellen und in den Ofen schieben. Füllen Sie die flache Form vorsichtig mit heißem Wasser, bis die Förmchen mit der unteren Hälfte im Wasser stehen. Bei gut 160°C 25 bis 35 Minuten backen, bis die Füllung fest ist und in der Mitte noch ein wenig wackelt. Die Förmchen aus dem heißen Wasser nehmen, gut abkühlen lassen und genießen!

Guten Appetit!

Über die Autorin

Die USA-Today-Bestsellerautorin H. Y. Hanna schreibt britische Cosy Mystery voller Humor, schrulliger Charaktere, spannender Mordfälle und charakterstarker Katzen! Nach ihrem Abschluss an der Oxford University hat H. Y. Hanna eine Reihe von Jobs ausgeübt: Sie war in der Werbung tätig, Model, Englischlehrerin, Hundetrainerin ... bevor sie sich wieder ihrer ersten großen Liebe zuwandte: dem Schreiben. Seit einigen Jahren arbeitet sie als freiberufliche Autorin und hat mit ihren Gedichten, Kurzgeschichten und journalistischen Beiträgen mehrere Preise gewonnen.

Hsin-Yi wurde in Taiwan geboren und ist ihr ganzes Leben lang eine Globetrotterin gewesen, die in einer Vielzahl von Kulturen gelebt hat, von Großbritannien über den Nahen Osten, die USA bis nach Neuseeland... doch inzwischen wohnt sie mit ihrem Ehemann und ihrer Katze Muesli glücklich in Perth (Westaustralien). Mehr über H. Y. Hannas Bücher erfährst du unter: www.hyhanna.com

Trage dich für meinen Newsletter ein, dann bist du immer über Neuerscheinungen auf Deutsch, Buchverlosungen und andere Neuigkeiten zu meinen Büchern informiert!
www.hyhanna.com/german-newsletter